Pondré mi oído en la piedra hasta que hable

WILLIAM OSPINA

Pondré mi oído en la piedra hasta que hable

RANDOM HOUSE

Papel certificado por el Forest Stewardship Council®

MIXTO
Papel procedente de fuentes responsables
FSC® C117695

Penguin Random House Grupo Editorial

Primera edición: abril de 2023

Printed in Spain – Impreso en España

ISBN: 978-84-397-4183-1
Depósito legal: B-2.911-2023

Impreso en Liberdúplex (Sant Llorenç d'Hortons, Barcelona)

RH41831

Wir haben gedienet der Mutter Erd'
Und haben jüngst dem Sonnenlichte gedient,
Unwissend, der Vater aber liebt,
Der über allen waltet,
Am meisten, daß gepfleget werde
Der feste Buchstab, und Bestehendes gut
Gedeutet.

Cierto, hemos venerado la Tierra, nuestra madre,
Después la luz del Sol, en la ignorancia,
Mas lo que quiere el Padre que reina sobre todo
Es que sea guardada la letra inalterable,
Y que sea revelado el sentido profundo
De lo que permanece.

HÖLDERLIN. *Patmos*

En medio de una naturaleza imponente, vivamente concentrado en los fenómenos que a cada paso registra, poco tentado se ve el viajero a consignar en sus diarios lo que se refiere a sí mismo y a los detalles minuciosos de su vida.

ALEXANDER VON HUMBOLDT

Un hombre se propone la tarea de dibujar el mundo. A lo largo de los años puebla un espacio con imágenes de provincias, de reinos, de montañas, de bahías, de naves, de islas, de peces, de habitaciones, de instrumentos, de astros, de caballos y de personas. Poco antes de morir descubre que ese paciente laberinto de líneas traza la imagen de su cara.

JORGE LUIS BORGES, *El Hacedor*

No sabría citar poema alguno que exprese adecuadamente esta ansia por lo salvaje: desde ese punto de vista la mejor poesía resulta mansa. No sé en qué literatura, antigua o moderna, hallar un texto que me satisfaga respecto a esa naturaleza que me es familiar. Advertiréis que pido algo que ninguna época ni neoclásica ni isabelina, que ninguna cultura, en una palabra, puede ofrecer.

La mitología es lo que más se le aproxima. La mitología es la cosecha que produjo el Viejo Mundo antes de que su suelo quedase exhausto, antes de que la creatividad y la imaginación se marchitasen, y que sigue dando frutos allí donde su vigor prístino permanece constante. Las demás literaturas perduran solo como los olmos que dan sombra a nuestras casas, pero esta es como el gran árbol dragón de las islas occidentales escocesas, tan viejo como la humanidad, y prospere o no, perdurará tanto como ella.

El Oeste se está preparando para añadir fábulas a las de Oriente. Los valles del Ganges, del Nilo y del Rhin ya han dado su cosecha; queda por ver lo que producirán los del Amazonas, el Plata y el Orinoco, el San Lorenzo y el Mississippi. Tal vez cuando en el curso de los siglos la libertad americana se haya convertido en una ficción del pasado, como es, hasta cierto punto, una ficción del presente, los poetas del mundo se inspiren en la mitología americana.

HENRY DAVID THOREAU, *Caminar*

A Giovanny Gómez, en su barca solar.

Los hermanos

Él se comportó siempre como si la muerte existiera. No dejó nada para mañana. Ni siquiera en los tiempos en que vivía aún su madre, cuando algo poderoso lo ataba irremediablemente a Berlín como una montaña magnética, dejó de hacer sus excursiones a Silesia y al Rhin, de descender a las minas, de estudiar las rocas basálticas, los musgos, de situar las estrellas sobre los pinos formidables. Entre esos signos que formaban las constelaciones aprendió temprano a ver los Gemelos, los Peces y la Balanza, el cinturón del Cazador, el Escorpión y el Cangrejo, pero también veía el dibujo de su propio destino, el del viajero sin descanso, una avidez más insomne que ese arco que allá arriba quería flechar a los mundos.

Qué extraño que alguien como él sintiera que el tiempo era escaso. Aunque Alexander era dos años menor, su madre, que llevaba el intranquilo apellido Colomb en su sangre, advirtió temprano que había dado a luz a unos gemelos míticos de esos que desde el comienzo se dividen el mundo: para mí la tierra, para ti el cielo, para mí los nombres, para ti las cosas, para mí lo visible, para ti lo invisible, para mí el techo, para ti la intemperie. «Sé que no habrá manera de impedir que se vayan, porque el mundo los llama, pero por ahora hay que traer el mundo a la casa». Y desde temprano desfilaron por Tegel los botánicos y los físicos, los geólogos y los astrónomos, los geómetras, los juristas, los lingüistas y los historiadores. La casa se llenaba de piedras y de ranas, de prismas y de brújulas, de diccionarios, de mapas y de caleidoscopios.

«Esta piedra la recogí en Renania, mira este anillo negro con rayas de azufre, mira los siglos de fuego que hay guardados en ella, el hierro en la lutita, las estrías de basalto, el recuerdo de los torrentes de lava».

Pero ella no podía ignorar que en cada piedra había un volcán llamando, que cada musgo era el mensajero de un bosque, que cada palabra como cada hombre tenía su pasado, que cada mapa era una tentación. Y cuanto más los maestros querían detenerlos con axiomas y ecuaciones, con corolarios y conjugaciones, más soñaba Alexander con caballos y con barcos, con huracanes y con playas salvajes, porque un astrolabio necesita un abismo y un cianómetro necesita muchas clases de azules.

El grave consejero Humboldt había muerto temprano y la madre había administrado el mundo con eficacia y con sabiduría, cortando cada día esas alas para que los pichones no echaran a volar antes de tiempo; pero cuando Dios dispuso que ella muriera y los muchachos entraron en posesión de su herencia, la montaña magnética se esfumó y las montañas verdaderas erizaron el mundo.

Hay jóvenes a los que una canción estremece; a Wilhelm lo estremecía el sonido de una palabra persa o tuareg, aunque ignorara su sentido, y a Alexander lo desvelaba el recuerdo de las formas de una hoja, el fuego de esa heliconia que solo había visto en los dibujos de una viajera holandesa. Un escarabajo negro de triple cuerno le contaba más historias que un libro egipcio, y podía soñar con un wómbat australiano perdido en las montañas de la Luna. A la edad en que los muchachos se están preguntando si les gusta más Luisa o Elena, Alexander se preguntaba si lo atraían más los musgos o las piedras, los vientos o las corrientes marinas, una abeja atrapada en la miel de una orquídea o una caverna llena de murciélagos. Y Wilhelm no sabía si le gustaba más la palabra *orquídea* o la palabra *murciélago*, el sonido de seda de los pétalos o el terciopelo de las alas membranosas.

Cuando Zeus se transformó en un cisne y abrazándola con sus alas poseyó a la ninfa en el lago, en uno de los huevos que ella puso venían un par de niñas, Helena y Clitemnestra, una divina y otra humana, y en el otro un par de niños, Cástor y Pólux, el uno mortal y el otro inmortal. Una era la belleza, que solo existe para los demás, y la otra el sentido práctico, que siempre sobrevive. Pero todos, los dioses y los humanos, ignoramos nuestro destino, y los dos hermanos griegos que se adoraban y que eran inseparables no sabían que el uno estaba destinado a morir y el otro a vivir para siempre. Un dios que no puede hacer algo es, como dice el poeta, una cruel fantasía, y el padre de aquellos muchachos sufría de tener que contarles que un día tendrían que separarse, porque la muerte es más poderosa que los dioses. Ellos urdieron sin embargo una coartada amorosa y melancólica, consiguieron que su padre les permitiera trocar sus eternidades, de modo que un tiempo el uno estaba sepultado en la tierra y el otro vivo en el cielo, en el tiempo siguiente el otro bajaba a la muerte y el uno subía a las estrellas, y por un instante, cada tantos siglos, podían abrazarse cuando intercambiaban su suerte.

Alexander niño se preguntaba si ese iba a ser su destino con su hermano, y ya no le importaba cuál de los dos estaba destinado a durar, porque la eternidad podía compartirse, pero trataba de aprovechar los momentos que pasaban juntos y de escribirle a Wilhelm largas cartas cuando se separaban, porque seguramente las horas estaban contadas, y la intensidad de los encuentros tenía que ser más grande que su duración. A los que más amamos nunca los tenemos lo suficiente, y a menudo nos toca amar a otros en su nombre. Como nunca podía atrapar a su hermano, que andaba siempre en otro mundo, trataba de encontrarlo en los amigos que le iba dando la vida, y los quería con desesperación. Aunque no era capaz de encadenarse a las muchachas, porque era esclavo de su libertad, cuando uno de sus más queridos amigos murió, quiso casarse con la viuda, como por protegerla de aquella pérdida, pero ella lo redimió de ese deber. Él, por devoción, le habría entregado la vida, pero ella sabía que la misión de él era otra, y era más absorbente que un sacerdocio.

Estaba hecho para la soledad, pero las amistades apasionadas eran su consuelo, y muchos poetas posteriores supieron expresar el tipo de pasión que unía a este joven con la naturaleza. Sin duda, Rimbaud cuando dijo:

Y yo iré lejos, lejos, como un bohemio errante,
feliz por la naturaleza como si fuera con una mujer.

O Paul-Jean Toulet, que habla así con una cordillera:

De una amistad apasionada
Tú me hablas todavía,

Azur, decorados aéreos,
Montaña pirenaica.

En donde me engañó tan tiernamente
Esa ardorosa ingenua,
Que mentía, aunque estuviese desnuda,
Sin ni siquiera enrojecer.

Mientras que tú, recinto sublime,
Eres color del tiempo:
Nieve en marzo, rosas de primavera,
Agosto, sombrío jacinto.

Aunque se habían dividido el mundo, a partir de cierto momento aprendieron a compartir sus vocaciones, no solo por el placer de compartirlas sino porque la rosa necesita de su nombre, el arado de su estrella y la clasificación del mundo del lenguaje. Mientras Mutis observaba en Mariquita las plantas vivas, era necesario que en Upsala Linneo estableciera las taxonomías y las genealogías vegetales. Y qué agonía la de esas plantas buscando por el Atlántico sus nombres latinos, y qué agonía la de esas palabras buscando por el Caribe sus realidades precisas, y qué esfuerzo el de Alexander por descubrir la planta que las contiene todas, y qué desvelo el de Wilhelm por descubrir la lengua que las contiene todas, y qué trabajo el del correo de ultramar por llevar esas cartas a sus destinatarios por ríos de caimanes y mares de filibusteros y fronteras de ejércitos enemigos, y qué trabajo el de Dios por hacer coincidir los caminos de estos dos hermanos que nunca estaban en el mismo mundo.

La madre

Pero mientras Wilhelm, que tenía más claro su rumbo, recibía sus lecciones de filosofía, de administración, de lenguas y de jurisprudencia, Alexander escapaba por los bosques de pinos de Tegel y por la arena de sus dunas, y volvía a rellenar los estantes de guijarros y semillas, de criaturas y flores raras, de pedazos de ramas que parecían esculturas grotescas y amuletos. «Yo de niño quería tener un mapa tan grande que se pudiera caminar sobre él, y hasta me dije: de qué sirve tener un telescopio si no te permite tocar la estrella».

La madre no confiaba tanto en el destino de este pequeño, enfermizo pero obstinado, rebelde pero lleno de atisbos geniales, en el que los visitantes creían ver un travieso malvado, aunque para los maestros toda conducta incontrolable cabía en las pautas de Rousseau. Los campos vecinos, que eran un alivio frente a los opresivos salones llenos de deberes, ya le hablaban al muchacho de las tierras y los mares distantes que tantos aventureros empezaban a explorar.

En Tegel había mucha ciencia pero poca ternura, había más pedagogía que amor, y fue una suerte que Wilhelm y Alexander conocieran en ese Berlín de mercaderes y militares el círculo artístico e intelectual de Marcus Herz, un médico que era capaz de demostrar en su propio patio las propiedades del pararrayos de Franklin. En el salón de aquel judío reinaba una muchacha exquisita, su esposa

Henriette, la joven más bella, ingeniosa y graciosa que los hermanos hubieran visto, y así llegó a sus vidas la magia femenina que nunca habían conocido en casa.

Esa bella diosa de su adolescencia tal vez no alcanzó a traerle a Alexander la clave del amor ni el secreto de la sensualidad, pero le trajo ingenio y alegría; fue él finalmente quien le enseñó a ella a bailar el *menuet*, y dieron en la costumbre de escribirse cartas en inglés cuando querían que ella las exhibiera y en hebreo cuando eran confidencias secretas. «Los alemanes están demasiado arraigados y sienten que no pueden moverse. Aquí, en Berlín, solo los judíos son divertidos, porque saben bromear y corren el riesgo de equivocarse».

Nunca más, tuvo Alexander una amistad femenina como aquella. Después los hermanos intentaron una vida universitaria más formal en Frankfurt del Oder, pero esa existencia escolar entre nobles provincianos de Pomerania solo duró seis meses, porque los dos estudiantes sabían ya más que sus maestros y había más libros en su casa que en toda la provincia.

Cada día se notaban más sus inclinaciones distintas: Wilhelm, que estaba enamorado de Henriette, era prometedor como jurista y adelantado en el estudio de las lenguas, en tanto que Alexander encontró una pasión que ya no lo abandonaría, la de unas amistades masculinas fervientes y abnegadas, y empezó a escribir incesantes cartas a un joven estudiante de teología, Wegener, en las que le juraba un amor eterno y fraternal.

Más tarde, su maestro Willdenow le transmitió de tal manera su pasión por las plantas, que fue como internarse en un universo de revelaciones fantásticas; desde entonces los grandes árboles de los bosques germanos lo mismo que las oscuras y húmedas grutas llenas de musgos y hongos y toda clase de plantas criptógamas llenaron su curiosidad. Sintió que la intensa vida de los vegetales aparentemente inactivos sería su refugio frente a las tentaciones del tiempo, y en ese momento apareció en el horizonte otro hombre que moldearía su destino: Georg Forster, descendiente de escoceses, quien a los diez años realizó una expedición al Volga acompañando a su padre, a los trece tradujo al alemán una notable *Historia de Rusia*, y a los diecisiete se enroló en la celebrada vuelta al mundo del capitán James Cook.

En esa travesía, Forster había estudiado con respeto las sociedades de los mares del sur, pudo explorar la isla de Pascua y después entregó a los lectores un libro laborioso sobre la flora de Australia: ¿cómo no iba a caer rendido Alexander ante el hombre que venía a darle forma a la arcilla llena de chispas que había en su ser? Forster era un personaje a la vez fascinante y tortuosos al que la historia atrapó más tarde en sus remolinos, envolviéndolo en una nube oscura, como la hoja en la tormenta, pero hoy podemos medirlo por su sombra, porque lo que hizo Alexander fue llevar a una dimensión mitológica el impulso vital que su amigo le había contagiado.

Contando historias de su viaje fantástico, Forster se llevó al muchacho de veinte años a conocer el mar, lo arrastró a un periplo revelador por el Rhin hasta Holanda y Bélgica, y lo llevó después a Inglaterra, haciendo despertar sin proponérselo aquello que Alexander sería para siempre: un observador obstinado que no descuidaba detalle, en quien dialogaban el arte y la naturaleza, las flores y las costumbres, la piedra y las estrellas; que buscaba el rigor de la historia y la verdad de la mitología, que atendía por igual a las maniobras de la política y a las fuerzas de la economía, el hormigueo de los ejércitos y las migraciones de los pájaros.

Hasta el final de su vida, Alexander recordaría aquel viaje al lado de un observador del mundo del que Goethe llegó a decir que era el mejor compañero de viajes posible. Forster amaba el arte, le enseñó al joven a apreciar la arquitectura gótica, que muchos ilustrados repudiaban por considerarla irracional y sombría, y fue la primera persona a la que Alexander le oyó hablar de un paisaje romántico. Alemania empezaba a sentir de un modo nuevo, fascinante y complejo, la sombra de los siglos sepultados, la nostalgia de Roma.

En Inglaterra lo hizo conocer al principal asistente de Cook en su expedición, sir Joseph Banks, que tenía la versatilidad de un actor y la temeridad de un corsario, y que sustentaba, con el herbario más grande de Europa, la biblioteca de botánica más notable de su tiempo. El muchacho ya no supo diferenciar entre el aprendizaje y la pasión de vivir: con todo su rigor y su sacrificio, el estudio y el placer podían ser la misma cosa. Con Forster sentía a la vez fascinación e impaciencia, porque era un hombre impredecible y vanidoso, pero nada como aquel viaje le reveló a Alexander lo intolerable de su encierro en la casa materna y le mostró que un reino inmenso lo estaba esperando. «Me preguntas por qué permitió mi madre que me fuera con Forster a Holanda y a Inglaterra: creo que tiene miedo de que demasiadas restricciones me hagan escapar para siempre, así que no me suelta, pero alarga el hilo».

De regreso, en 1790, los dos pasaron por París entre los tumultos de la revolución. El contacto con esas multitudes callejeras armadas de ideales urgentes los sorprendió como una selva nueva, y Forster vivió una metamorfosis: se entregó por completo a la causa revolucionaria, hasta terminar participando en la formación de la breve República de Maguncia, al calor de la invasión de los franceses. Esto avivó contra él el odio de los nacionalistas, y Alexander vio cómo su maestro admirado, que con tantas hazañas, audacias y creaciones solo tenía treinta y cinco años, se veía obligado a refugiarse en París y en la pobreza, y tres años después se derrumbaba en silencio.

También eso lo puso en conflicto para siempre con las urgencias de la actualidad: prefirió la serenidad de la naturaleza a las pasiones de la vida social, pero, aunque quiso poner toda el alma en las preguntas del mundo natural, a menudo alcanzaban su costado los fogonazos de la historia.

Le bastó entrar a la Escuela de Minas de Friburgo para volverse el alumno más destacado; todo dejaba de ser una ciencia ajena y se convertía en una pasión personal. Su madre quería que se limitara a la Escuela de Comercio, pero él estudiaba comercio a la luz del día y geología y botánica en la oscuridad de las minas, de modo que, a pesar del celo de Elizabeth por impedir que volara demasiado lejos, Alexander se iba volviendo una celebridad no más por la impresión que causaba en los especialistas de todos los temas.

Forster había admirado enseguida su pasión por la geografía; Willdenow, su dedicación a las plantas. Bajaba a las grutas como Novalis, y salía de las minas profundas con el metal de nuevos pensamientos. Pronto desarrolló un sistema original de escritura caligráfica para usar en la química y la física, y se interesó por el magnetismo terrestre después de descubrir una roca serpentina que tenía una polaridad inversa a la de la Tierra.

No se conformaba con aplicar electricidad a las plantas o a las ranas muertas, también la experimentaba en su propio cuerpo. Quería entender qué parte de nuestro ser se debe a la electricidad y al magnetismo, quería saber si el peso es algo pasivo o dinámico, de qué manera la energía mueve nuestros músculos, y era tema de continuas especulaciones si los colores están en las cosas o en los ojos, si el sonido está en la campana o en el cerebro, si el espacio que vemos está afuera o adentro de nuestra conciencia.

Un día despertó en su castillo de Tegel y le pareció como si su cuerpo no tuviera peso. Ocurrió dos años antes de que su madre muriera, pero por una vez sintió que casi nada lo ataba a Berlín. Pensó que su hermano estaba en Jena, la colmena de la nueva filosofía, y que pronto sería necesario hacer ensillar su caballo y emprender un viaje para visitarlo. Aunque vivía enfrascado en sus estudios de lenguas y costumbres, de gramática y derecho, Wilhelm se relacionaba muy fácilmente con nobles y con funcionarios, tenía una activísima vida social y era diplomático, algo que para Alexander era más difícil, porque a pesar de su belleza física y su gracia verbal, de su erudición y su magnetismo, era tan activo, se interesaba por tantas cosas a la vez, que para algunos parecía un poco loco, un potro inquieto picado por avispas, y si algo lo protegía del éxito burocrático y del destino diplomático, que se fundan en la hipocresía y en los eufemismos, era su lenguaje directo, su franqueza inaudita, una agudeza verbal que siempre era burlona y que podía ser hiriente.

Nadie llega a los noventa años si se guarda demasiadas cosas en el corazón, si almacena rencores o si demora decisiones, y Alexander vivía como si estuviera a punto de morir, todo tenía que hacerlo ya, todo lo respondía enseguida, y no refrenaba la lengua. Así que no estaba rodeado como Wilhelm de centenares de admiradores, solo tenía los amigos que quería tener, y aunque todas las puertas se abrían para él, pocas personas en realidad lo cautivaban y siempre por razones precisas. No ciertamente por su prestigio, sino por su conocimiento, por su talento y, sin duda, por su saber real; por eso, para él era tan importante hablar con el director del Jardín de Plantas de París como con un pescador del Orinoco o con un boga del Magdalena, porque tenían un saber verdadero que nadie podía disputarles.

Los dos soles

Cuando Wilhelm supo que su hermano venía a visitarlo, le preparó una sorpresa: invitó al consejero Goethe para que lo conociera. Ahora no sabemos para quién fue el regalo: si para el muchacho de veinticinco años que quería saberlo todo, o para ese caballero veinte años mayor, que mucho antes de que el joven naciera ya estaba empeñado en construir la leyenda del hombre que quiso saberlo todo y que vendió su alma para conseguirlo. Lo cierto es que Goethe cabalgó desde Weimar esos veinticuatro kilómetros para hablar con los hermanos (e invitó al poeta Schiller al encuentro).

Nadie sabe dónde se encontró Cervantes con el lector delirante que le inspiró a Alonso Quijano, ni dónde vio Shakespeare al muchacho enlutado y vengativo que lo llevó a inventar al príncipe Hamlet, pero Goethe debió de sentir casi pánico cuando vio convertido en un ser real al Fausto con el que había estado soñando por años y que aún no terminaba de escribir.

Goethe, tan pedagogo, comprendió que no tendría ocasión de enseñarle nada a este muchacho que pasaba de la teoría del sistema de Kant a la precisión de las flores de Rubens, de las rocas de Silesia a la *Virgen de las rocas* de Leonardo, de los jeroglíficos a la posibilidad de que la naturaleza sea un alfabeto, y de la influencia de las flores en la arquitectura a la discusión sobre si el Tequendama era la cascada más alta de todas. Sin embargo, aquellos días aprendió más Alexander, o se trocaron los destinos, porque Goethe era un artista que quería ser científico y Alexander se convirtió en un geólogo y físico y botánico que quería ser artista. En ese encuentro, que se repitió más tarde, Wilhelm y Schiller parecían escuchar desde otra parte, desde la danza abstracta de las ideas o la preocupación puntillosa por las formas, porque el hermano mayor siempre estaba asombrado con la vitalidad de Alexander y sus incesantes metamorfosis, y Schiller, que le tenía pavor a la desproporción, necesitaba hacer caber la tempestad en un vaso de plata.

Pero a Goethe, que ya empezaba a querer para sí el reposo, lo embrujó aquella fuerza torrencial, como solo lo embrujaría tiempo después la visita del joven Byron, que también le pareció endemoniado. Algo estaba pasando con los jóvenes. ¿Sería la tempestad política al otro lado del Rhin lo que despertaba esas turbulencias en la nueva generación? Lo admirable es que tanta pasión no disminuía el rigor de este muchacho, que hacía parecer momias a los sabios en sus gabinetes, a los eruditos en sus bibliotecas y a los estudiosos en sus laboratorios. Lo que más se sentía allí de Minerva eran las alas en los talones, y hubo más agua que vino en la mesa, y la visita, antes que añadirle experiencias a Humboldt, le quitó años a Goethe.

Cuando dos años después se vieron de nuevo, ya les interesó menos conversar o exhibir sus erudiciones o exponer teorías que hacer experimentos juntos, y hasta en una sala de disección escudriñaron en unos cadáveres fulminados los efectos del rayo. Goethe fue más Fausto que nunca en adelante, y Alexander vivió el efecto de aquellos encuentros a lo largo de toda su vida, igual si miraba los mapas o las estrellas, un leño viajero varado en una playa, el agua que la rotación de la Tierra hace desbordarse en un río, el diseño flexible del caparazón de un armadillo o las agonías de un pintor exprimiendo pétalos para obtener en sus tintas un matiz preciso del añil o el magenta.

Hay que brindar con vino el día en que un artista se interesa por la ciencia, pero hay que brindar con agua el día en que un científico se vuelve poeta. Y aquella sed de aventura se parecía a la desesperación: no tenía nada que ver con la moderación, con las lentas maduraciones, la música estaba dejando de ser danza para volverse fuga. Por alguna razón, aquel muchacho que iba a vivir noventa años sentía que el tiempo era escaso, y aunque cada vez lograba exponer el tema completo, siempre tenía un pie en el estribo: algo se lo estaba llevando sin fin.

Para entender bien quién es un hombre no basta mirarlo, hay que mirar el mundo al que pertenece y hay que mirar su época. Como todos los jóvenes privilegiados y vigorosos de aquella edad, en la Alemania de los principados, siempre haciéndose y siempre deshaciéndose, Alexander tuvo primero la tentación de ser un soldado, porque eso había sido antes su padre, pero fue el padre quien se opuso. Después quisieron destinarlo a las finanzas, pero del mismo modo que la teoría lo movía a la acción y los mapas lo llevaban a buscar los caballos y los navíos, así el deber de las armas o la codicia de los bancos lo desplazaba más bien hacia la contemplación, y desarmar un máuser o llevar un libro de cuentas nunca le habría causado tanto placer como diseccionar una planta o estudiar el efecto de una descarga eléctrica en las ancas muertas de una rana.

En tiempos de guerra también el que se queda quieto está tomando partido, y el que huye de su patria a veces solo está buscando una patria más grande. Goethe era un maestro en eso: luchar con las palabras mejor que con las tropas, convertir las pasiones en escenas de títeres, cambiar las ceremonias del poder por herbarios y colecciones de piedras era otra forma del valor y del heroísmo. Alexander esquivó su destino prusiano y buscó peligros distintos: mientras la revolución devoraba a Europa, él prefería estudiar las tempestades, y mientras toda su generación se fundía en las trincheras, él saltaría por la cresta de los volcanes.

Ahora a su hermano lo habían nombrado embajador en Italia, y Alexander vio en ello la posibilidad de ir a abrazar a quien más quería —su madre acababa de morir, y sus deberes con Tegel habían cesado—, e incluso de ir más allá y asomarse a sus más antiguas obsesiones. En verdad desde niño nada lo inquietaba tanto como los volcanes, esos poros inflamados de la piel que revelan los fuegos secretos: solo por ellos sabemos que el interior de la tierra es un magma incandescente, que la frescura de la superficie se debe apenas al frío del abismo estrellado, que el sol que entibia la superficie es una de las fuentes de nuestra vida pero que la otra hay que buscarla en el fuego de las profundidades. Toda la salud y la belleza exterior se cuecen en los hornos internos, y es apasionante pensar que hay un sol de adentro y un sol de afuera.

¿Por qué son más ardientes los valles que las montañas? No todo depende de la cercanía del Sol. Una tradición confusa decía que la piedra supuestamente inerte era hija del fuego, que las plantas eran hijas del agua, que los animales multiformes eran hermanos del viento y que el ser humano era tierra emancipada en espíritu, pero el muchacho había leído lo suficiente a Kant para saber que esos reinos no están tan separados, que el alimento y la salud de los animales está en los vegetales, que el alimento y la salud de los vegetales está en los minerales, y que tal vez lo que llamamos vida es la manifestación más evidente de una vida más honda, que está en la piedra y en el agua, en el fuego y en el aire, en la gravitación de los planetas y en el mensaje de los meteoros.

Pensando en esas cosas cabalgó hacia el sur, quería explorar los volcanes de Italia, el Etna, el Estrómboli y el Vesubio. Logró recorrer la ruta de Viena a Salzburgo y alcanzó a ver en la distancia las cumbres de los Alpes tiroleses, pero fue justo entonces cuando Napoleón enfrentó a los austriacos en Rivoli, cuando a la sombra de las cumbres blancas cargó con los contingentes franceses contra los ordenados regimientos de Austria, y con un poco de locura y una carga de lanceros suicidas se apoderó del Piamonte. Entonces Alexander comprendió algo de su mundo europeo: atrás estarían los volcanes, pero adelante estaban las guerras.

Haber entrado en posesión de su herencia era entrar en posesión de su libertad. Y esa libertad que era el propósito final de la aventura de los muchachos franceses, para Alexander era solo el punto de partida de su aventura. Ya estaba decidido que viajaría lejos de Berlín, lejos de Prusia y, de ser posible, lejos de Europa.

Las puertas

Ese sueño de lejanías estaba en él desde siempre, pero era más fácil concebirlo que ejecutarlo. No basta ser rico y sabio y tener influencias cuando el mundo está en poder de las furias. Perdida la esperanza de los volcanes de Italia, pensó que sería más fácil y seguro formar parte de la expedición que se proyectaba al Alto Egipto: navegar hasta Alejandría, remontar el Nilo, visitar Menfis y Tebas Hekatómpylos, comprobar en Luxor la existencia de los palacios subterráneos de los reyes.

Pero con Alexander siempre ocurre que los obstáculos exteriores eran como el reflejo de un obstáculo interno. El estudio de los templos muertos, de las tumbas sepultadas y de los faraones resecos no tenía por qué excitar a un observador tan apasionado de la vida y de sus manifestaciones, así que no me extraña que este viaje también fracasara, con su proyecto final de volver a Alejandría (donde muchachos nubios desnudos se sumergen temprano en el mar para ver el palacio ahogado de Cleopatra) y zarpar finalmente rumbo a Siria y a Palestina.

Ese viaje se habría tropezado otra vez con Napoleón, a quien habían propuesto en Francia, tratando de borrarlo del horizonte político, invadir Egipto, y quien aprovechó la ocasión para llevar la caravana de sabios que despertó a un mundo dormido. Aquella aventura de tropas agobiadas por el calor y por la sed, los avances contra los sables torcidos de los mamelucos, las batallas en las que todos los ejércitos, derrotados por la arena, cantaban victoria, habrían impedido o de todos modos eclipsado las investigaciones del muchacho, y más tarde Alexander pudo agradecer que la historia, con 400 barcos de guerra y 40.000 soldados, y con el propio Napoleón a la cabeza, lleno de estrategias secretas, le hubiera cerrado ese camino.

Solo una vez lamentó más tarde no haber formado parte de aquella expedición, y fue cuando se enteró, ya al final de su viaje, en Filadelfia, de que el mismo día en que él estaba tocando las costas venezolanas, para deslumbrarse con un planeta distinto, los franceses en las arenas de Egipto estaban encontrando la piedra de Rosetta.

Apareció algo más tentador: el capitán Baudin se proponía circunnavegar el globo, y el gobierno revolucionario ya había emitido la carta autorizando la empresa. Iba a orillar las costas meridionales de América, doblar por la Tierra del Fuego, navegar ante la costa del Pacífico hasta el reino de Quito y el istmo de Panamá, para atravesar el océano hasta Madagascar y volver a casa por el cabo de Buena Esperanza. Esto se parecía más a sus sueños, Baudin no ignoraba el valor de incluir un sabio joven y ya célebre en su expedición, y Alexander se apresuró a llegar a París, donde empezaban los preparativos.

Así conoció a Michaux, uno de los naturalistas convidados al viaje, y así conoció a Aimé Bonpland, de quien no se iba a separar en los años siguientes. No siempre hay motivos para agradecer que vayamos por una cosa y volvamos con otra, pero en este caso la ganancia fue grande: Bonpland era anatomista, nada sería tan útil como llevar un médico a bordo, y sobre todo era una enciclopedia de botánica, con la mirada más sutil para reconocer las plantas y situarlas en el árbol madre de las especies. Con su maestro

Willdenow, Alexander había sentido aquella pasión compartida, pero conocer a Bonpland fue como si, todavía sin salir de Europa, ya se hubiera encontrado un continente. Le bastó hablar con él para saber que aquel hombre era un inspirado y casi un poseído: uno terminaba extrañándose de que sus fibras no fueran vegetales, de que no corriera savia por sus venas.

¡Qué importaba ahora que la expedición estuviera en peligro! Cuando después de una de sus largas y apasionantes conversaciones sobre taxonomía, un titular de la prensa vespertina les reveló que las hostilidades con Alemania y con Italia habían llevado al gobierno francés a retirar los fondos asignados para la expedición, que se aplazó indefinidamente, ya la alianza entre Alexander y Bonpland estaba decidida, y toda contrariedad se sobrelleva mejor cuando se tiene con quién compartirla. No faltarían proyectos ni rutas: para vivir la experiencia de países distantes, Alexander estaba dispuesto a gastar la mitad de su fortuna, y no hay que extrañarse de que al final se la haya gastado entera.

Con sus maestros de geología, de botánica, de física, de astronomía, con Zöllner, con Heim, con Reitenmeier, había aprendido a observar, a medir, a asociar y a clasificar; y también aprendió que muchos estudiosos se limitan a entender el mundo, pero les hace falta sentirlo. Estudiaban las piedras lejos de las minas, las plantas lejos de los bosques, el espacio en los mapas; tenían en alta estima el lenguaje y la mente, pero descuidaban lo que el cuerpo puede llegar a conocer.

No aprende lo mismo un científico encerrado en su gabinete que un hombre asomándose por el cráter de los volcanes, arriesgándose por ríos torrenciales, descifrando los vientos desde la cubierta de un barco, padeciendo el riesgo de los naufragios, desafiando el vértigo de los peñascos sobre el lomo de las mulas equilibristas, afrontando borrascas en la intemperie y enjambres de mosquitos que oscurecen el aire. También se aprende la realidad viendo hileras de esclavos que se calcinan bajo el sol despiadado, visitando furtivas casas de placer en una ciudad de las montañas o temblando de amor en la penumbra de un cuarto, en la tibieza de unos brazos desnudos.

Seguían en París cuando Skjöldebrand, cónsul de Suecia, pasó rumbo a Marsella llevando presentes de la corte escandinava para el rey de Argel. El hombre descomunal de pequeña barba roja, ojos de acero y proyectos incesantes era muy apreciado por el trono argelino, porque sus dioses nórdicos lo habían hecho nacer en el norte de África: cada año llenaba de peregrinos un barco rumbo a La Meca, y al pasar le prometió a Alexander un pasaporte para que pudiera explorar a su antojo el monte Atlas. Otro barco de pasajeros piadosos lo llevaría más tarde hasta Egipto. Fue una gran tentación: todavía ningún sabio europeo había explorado la cordillera litoral africana, y en ese tiempo proyectaba reunirse en Egipto un concilio de naturalistas que recibirían con aprecio los informes del explorador.

Wilhelm estaba en Francia. Los dos hermanos se abrazaron largamente, porque en aquellos días, así como era tan difícil partir, nadie sabía con certeza si volvería, ni cuándo, ni cómo. Apenas había logrado Alexander desprenderse de ese abrazo cuando tuvo que convencer a Bonpland, de repente indeciso, de que viajara con él, y ambos corrieron a embarcarse en Marsella, porque la fragata sueca que los llevaría lejos de Europa iba a zarpar a finales de octubre.

«Aimé, no dudes más en emprender el viaje. Si a los árboles les hubieran dado piernas, vendrían a buscarnos».

Subían cada día a la montaña de Nuestra Señora de los Guardias, miraban ansiosos la llanura marina, y mientras se preguntaban cómo se habría formado el Mediterráneo aislando y reuniendo los mares menores en los cataclismos de los días primeros, saludaban con emoción cada vela que aparecía en el horizonte. Pero aquel fue el cuarto de los viajes frustrados, porque la fragata había sido averiada por una tempestad en aguas portuguesas y estaba entrando apenas en la bahía de Cádiz, donde no podrían repararla hasta la primavera.

Lo que uno debe preguntarse cuando se van cerrando tercamente las puertas es cuál será la puerta distinta que está a punto de abrirse. Una cosa es huir y otra cosa es buscar. Vagando por el puerto encontraron un barco que se disponía a zarpar de Marsella rumbo a Túnez. Como partía al día siguiente, acordaron un precio y solo le exigieron al capitán que el camarote, utilizado siempre para guardar animales de sacrificio, fuera mínimamente acondicionado para los huéspedes. La exigencia hizo que el viaje se aplazara por un día, y en el transcurso de ese día llegó la noticia de que Túnez había entrado en conflicto con Francia: a todos los viajeros procedentes de puertos franceses los esperaba ahora un calabozo africano.

Alexander dijo un día que cuando a uno le cierran tanto las puertas pequeñas es porque le están preparando la puerta grande, pero no lo creía. Eran parte de una generación heroica, no ignoraban en qué tiempo vivían, no los desanimaban las dificultades. Si Italia era intransitable, si los barcos franceses podían zarpar pero no podían arrimar a puerto seguro, si África estaba cerrada como una muralla, solo podían mirar al occidente, por donde se filtraba una estría de luz, y decidieron pasar el invierno en España.

La abeja que naufraga en un charco de miel y resbala por las paredes internas de la flor sin alcanzar la salida no sabe que el camino de escape, difícil de advertir, es el túnel donde están los estambres llenos de polen que debe llevar en su vuelo. El destino, que les cerraba las puertas, terminó haciendo que solo un viaje fuera posible.

La llave

No quiso recorrer la tierra española sin trazar un diagrama comprensible de la composición de sus suelos; cada paso era de mediciones y de ángulos, lo mismo los peñascos de Montserrat que la catedral de Barcelona debían quedar fijos en sus coordenadas geográficas.

A veces nos parece ver en este hombre tan ilustrado y tan moderno un orden muy antiguo, el de los constructores de Toulouse, que trazaron la ciudad, si les creemos a los cátaros, siguiendo el dibujo de las constelaciones, o el de esos artífices de las ciudades aztecas que ordenaban derribar un templo si su disposición no se ajustaba a la posición del sol o al plano de los astros. Por muy concentrado que estuviera en la aldea vivía en el mundo, y sabía que para muchas cosas es indispensable la precisión, porque un error en el dibujo de una costa por no haber usado bien el astrolabio puede ser causa de un naufragio, y si en la literatura es bello e intrigante que una isla no aparezca donde se la espera, en nuestras navegaciones preferimos llegar sin sorpresas a la costa deseada. Entrar en España fue para Alexander iniciarse ya en esas regiones distantes de las que la Corona era dueña.

Solo en el perfil de la península española, que trazó en los primeros meses de 1799, quedó determinado por fin el carácter de la meseta castellana; pero la observación de la naturaleza, el dibujo del suelo y los mapas de la vegetación no impidieron que al mismo tiempo entrara en contacto con los sabios y los poderes y se trazara también un diagrama de la sociedad española.

Encontró en Aranjuez al embajador de Sajonia, el barón Phillipe de Forell, quien lo introdujo en la corte y le presentó a Mariano de Urquijo, uno de esos jóvenes ilustrados que brotaron bajo el influjo de Carlos III, el rey extraño que sacó de alguna parte su pasión por la naturaleza, su respeto por la ciencia, su amor por la historia, su inclinación a escuchar lo que cuentan los mosaicos de las iglesias viejas y los mármoles de las ciudades enterradas.

Los jóvenes se asfixiaban en el aire cerrado del absolutismo y en los inciensos del clero, y soñaban con que entraran en España el raudal de la Ilustración, el rumor de la *Enciclopedia*. Eran cómplices de las aventuras y rebeliones de Malaspina, lectores de las novelas licenciosas de Mirabeau, y oían detrás de los Pirineos los truenos de la insurrección.

Urquijo era amigo de un manejo nacional de los asuntos de la Iglesia, Urquijo había vivido la libertad de la monarquía constitucional inglesa, Urquijo había traducido a Voltaire, Urquijo veneraba las luces de Carlos III, pero le tocó ser ministro del indeciso Carlos IV, que cada día daba un paso atrás en las reformas de su padre y veía la Revolución francesa como una novela de terror.

Pero qué suerte que aquella corte espantada con la Ilustración tuviera a su pesar un ministro ilustrado, porque en marzo de 1799, gracias a Mariano de Urquijo, se abrieron para Alexander con las puertas de la casa real las puertas del Imperio colonial español. El pasaporte les daba a los viajeros la posibilidad de recorrer un continente que no parecía haber sido estudiado todavía por nadie.

Muchos lo habían explorado: Bernal Díaz del Castillo vio los altares de sangre de Tenochtitlan, los mercados y las barcas de flores; Fernández de Oviedo conoció el Caribe y el golfo de agua dulce de Santa María la Antigua del Darién; Jiménez de Quesada había visto los caimanes del Magdalena y el oro de los zipas; Juan de Castellanos pudo ver la enfermedad de la perla y la plaga de los tigres; Cieza de León tocó con las manos perplejas las descomunales piedras ensambladas del inca; Ercilla vivió las guerras de Arauco, y Francisco Hernández alcanzó a vislumbrar, aunque su labor en gran medida se perdería, las riquezas y los saberes que aún estaban por explorar. Había dibujos misteriosos en los peñascos de los ríos, tambores y cantos en las selvas, los indios convertían en relatos las tempestades, y quedaban memorias de códices y de mitologías, pero nadie había intentado abarcarlo todo: esas praderas de chigüiros, esas selvas, esos truenos de hormigas, esos delfines de río, jaguares, anacondas, esmeraldas en el buche de las gallinas, flechas húmedas de muerte, animales de oro, demonios de piedra, cuchillos de jade, pueblos innumerables, eran un conjunto tan vasto, tan hondo y tan diverso, que no cabía en una mirada, en una idea, en un conjuro.

Ahora este barón berlinés que se exaltaba ante un trozo de obsidiana, se estremecía con una bromelia y se extasiaba ante el color extremo de las buganvilias estaba a punto de recibir un regalo inaudito: no apenas un mundo, sino tal vez el único que permitía formarse una idea de la totalidad.

Era la primera vez que un documento hecho por humanos y firmado por burócratas lo conmovía como si estuviera viendo las profundidades del mar o las lunas de

Júpiter. Sentado en su habitación, más tarde, miraba el pasaporte como un milagro. Aquel documento solemne era la llave, y Alexander estaba decidido a cambiar las puertas de su querido palacio de Tegel, las cenizas de sus padres, sus recuerdos de infancia, por este regalo impredecible.

Pero al hijo mimado de un siglo lleno de luces y de una ciencia experimental más que refinada no le iban a bastar sus dos ojos, sus dos manos, su cuerpo de treinta años ni sus muchos sentidos. «Los viajes nos dan órganos nuevos para captar la realidad», escribió. Nuevos matices de la luz acaso permitieran ver otras cosas, la lengua paladearía sabores desconocidos, vientos distintos traerían sus aromas, la profusión y la prolijidad de los reinos aportarían matices al pensamiento, pero había objetos preciosos que podían afinar esas percepciones.

Fausto quería verlo todo, nombrarlo todo, medir, pesar, calibrar, condensar, dejar cada hallazgo reconocido por el saber de su tiempo, clasificado y situado, y para ello no bastaban sus conocimientos ni los catálogos de su amigo. A lo largo de los caminos, en la cubierta de los barcos, apilados en las canoas, altos sobre el lomo de las mulas en los peñascos, iba a llevar embalados en cofres de madera los más precisos instrumentos que su época podía ofrecer, y de hecho Alexander gastó una fortuna en esos objetos que resumían el refinamiento de su siglo.

Dicen que en Cumaná los veían como hechiceros, dicen que en Cajamarca las gentes creían que adoraban la Luna. Para unos eran traficantes, para otros eran brujos: aquella expedición que cruzó el continente fue para los testigos una caravana fantástica o más bien extravagante, una feria de artefactos desconocidos, instrumentos de metal y madera y cristales de diseños tan sinuosos y laberínticos como las flores que iban a estudiar, tan llenos de resortes secretos como las estrellas que iban a situar.

Como ejemplo, aquí tenemos un reloj de longitudes de Ferdinand Berthoud, el relojero de la Ilustración que midió la aceleración de las revoluciones y los sueños de los últimos reyes. Una pieza de acero con engranajes espirales que no deja escapar ni una fracción del tiempo, que mide las distancias marinas en total equilibrio, sin dejarse alterar por los saltos de la marejada ni por los bandazos del viento; un mecanismo de precisión con discos diferentes para medir las horas, los minutos y los segundos, capaz de avanzar sobre el mar inestable midiendo las distancias como si estuviera en suelo firme, capaz de corregir las rutas y redibujar los mapas con una exactitud desconocida hasta entonces.

Prolongaciones y perfeccionamientos de la vista, del brazo, del pulso y de la mente, hábiles para medir la intensidad de los colores, la limpieza del cielo, la velocidad de los vientos, la declinación de las estrellas, la temperatura de las aguas profundas, la relación con el horizonte, el magnetismo y la humedad. A Alexander le encantaba hasta la música de sus nombres: un medio cronómetro de Seyffert, un anteojo acromático de Dollond, un anteojo de Caroché, un sextante de Ramsden, un sextante de tabaquera de Throughton, un círculo repetidor de reflexión de Le Noir, un teodolito de Hurter, un horizonte artificial, un cuadrante de Bird, un grafómetro, una brújula de inclinación de doce pulgadas de diámetro, una aguja de doce pulgadas con sus pínulas, un magnetómetro de Saussure, un péndulo invariable, dos barómetros con tubos de mercurio, termómetros de Paul, de Ramsden, de Megnié y de

Fortín, eudiómetros, hidrómetros, electrómetros, aerómetros, microscopios, patrones métricos, cadenas de agrimensor, balanzas de ensayo, vasos para medir la evaporación de los líquidos, pequeñas botellas de Leyden, aparatos galvánicos, reactivos químicos, y útiles, y piezas para reparar los instrumentos averiados.

El muchacho de las flores

En una de sus visitas a la corte con Mariano de Urquijo, vio en un salón con pinturas el retrato de un niño. El cabello rubio caía en rizos cubriendo su espalda, el rostro era rosado y sonriente, los ojos eran azules, y más azul, demasiado tal vez, la casaca con alamares de oro. A Alexander le pareció verse a sí mismo todavía atrapado en la casa materna, porque el muchacho tenía una flor blanca en la mano derecha y miraba una flor azul pintada en un libro. Reconoció el estilo de esos pintores barrocos donde las figuras humanas tienen quietud de mármoles, pero las cosas están llenas de vida: las sillas se retuercen, los bordados palpitan, las cortinas ondulan como fantásticas criaturas que sufren.

El niño del cuadro era Carlos III, el padre del rey que ahora los recibía. El artista Jean Ranc, que vino de París a pintar a la familia real, advirtió que a ese niño nada le interesaba más que las plantas. La familia era muy singular pero el padre era una cosa rarísima: un rey que no quería serlo; un hombre débil, inseguro, inestable, acaso demasiado humano para el oficio que le marcó el destino. Con semejante padre, el niño creció sin ambición por las coronas, soñaba vivir en la naturaleza, y a Alexander le interesó tanto aquella historia, que dedicó unas horas a investigar la vida de Carlos III: sintió que le ayudaría a entender a España. Y tuvo mucho que contarle a Bonpland en sus caminatas por Madrid.

«El muchacho comprendió que hay en la naturaleza una claridad y una fidelidad a las leyes que la hacen más previsible que los hombres y mucho más confiable que los reyes. Pensamos que estos tienen el poder de hacer lo que quieran, pero al chico el poder le impedía su destino, y lo atrapó en un laberinto del que casi no logra escapar, porque hay cosas que les están permitidas hasta a los mendigos, pero les están negadas a los príncipes. No pudo dedicar su vida a los jardines, a estudiar las raíces que beben vida, los tallos que buscan el aire, las hojas que se alimentan de luz. Y eso, que fue malo para él, fue bueno para España y ha terminado siendo bueno para nosotros. Lo atrapaban la corona de su padre y el linaje de su madre: la corona buscaba unas sienes donde posarse, pero el viejo rey no la quería; su hijo mayor, que la recibió en herencia, murió apenas coronado; el otro heredero también murió enseguida, así que al final solo quedaba el muchacho de las flores, y tuvo que resignarse al poder.

»En cuanto a la madre, Isabel Farnesio, era una italiana exuberante. Muchos la admiraban por su gracia y su espíritu, aunque otros dijeron que era la lujuria misma, que era intrigante y ambiciosa, y que detrás de ese rostro, marcado por la viruela que la afectó en la infancia, había una criatura que no se detenía ante nada. Venía de un linaje peligroso que tenía el ardor volcánico de Sicilia, sangre fogosa de Palermo y de Nápoles.

»Aunque parezcan espléndidos, hay algo triste en los destinos que vienen trazados. El muchacho de las flores se convirtió en rey en Italia, ocupó el trono de las Dos Sicilias, y el pasado florecía en sus manos. Por esos días aparecieron entre las hierbas las ruinas de Pompeya y Herculano, y gracias al interés de este rey por la historia se pudo ver una escena completa de lo que había sido Roma antes de la erupción del Vesubio. Más tarde, unos obreros que cavaban construyendo una vía en el sur encontraron las ruinas de Paestum».

A pesar de las dificultades, era más fácil viajar lejos de Europa y de sus cortes que entender esa necesidad de Alexander de ver y estudiar otros mundos. La exploración de lo desconocido era también una respuesta a todo lo que estaba ocurriendo en su tierra: porque hasta los príncipes sentían que algo estaba muriendo y que algo germinaba, que crecía un conflicto entre la humanidad y los poderes que la sometían.

Un orden fatigado del que casi nadie podía evadirse. Alexander llevaba mucho tiempo sintiendo que las costumbres lo ataban, las tradiciones lo ahogaban, los oficios eran como una celda en torno: que nadie podría vivir un destino original si no escapaba del nudo de las repeticiones y de la tiranía del hábito. Y si hasta los sabios estaban atrapados, qué se puede decir de aquel príncipe lleno de curiosidad al que le llovían los reinos, que más tarde heredó la corona española, y que antes de llegar a España, siendo todavía rey de las Dos Sicilias, se dejó arrastrar por el delirio mayor de su época, la locura versallesca, y levantó un palacio desmesurado.

Alexander leyó una tarde entera la descripción del Palacio Real de Caserta, cautivado por aquella tentación de infinito. Ni a él le alcanzaría el tiempo para dedicarles siquiera una mirada justa a los 117 peldaños de la Scala Regia, a la balaustrada de mármol donde dos leones flanquean el acceso a una perspectiva de vestíbulos en distintos tonos de mármol o a la bóveda inspirada en Paladio, para no hablar de lo demás: «Tobas de San Nicolás, cal de

San Lucio, puzolana de Bácoli, azulejos de Capúa, hierro de Follónica, mármoles grises de Mondragón y abundante mármol de Carrara». ¿Y qué decir de las mil doscientas habitaciones, de las galerías, las plazas, los pórticos? Era tan arduo de abarcar como aquel otro desvarío: el Palacio de Versalles, con sus jardines, sus patios, sus habitaciones, sus comedores, sus alas, sus fuentes, su salón de los espejos, sus jarrones de oro, sus bronces de animales, sus vasos de múrice, sus bustos, sus molduras, sus grotescas figuras de esmeraldas y de ágata.

Habían nacido en el esplendor de la civilización, en su abundancia y su refinamiento, pero también en la vecindad del hastío. Este era el orbe de los príncipes, y los príncipes estaban a punto de enloquecer: porque si eran sensibles y lúcidos no podían no advertir todo lo que estaba mal en el tejido del tiempo. Un enjambre de fantasmas con pelucas y tacones de nácar se alimentaba de la carne de los vivientes; su frivolidad y su amaneramiento contrastaban con el hambre y la pena, con la miseria en que vivían las gentes.

Porque la historia misma de Alexander no se entendería sin arrojar una mirada sobre esas construcciones fantásticas de Carlos, rey de las Dos Sicilias, y de su modelo hiperbólico, Luis XIV de Francia: sin esas galerías luminosas de frisos y de perspectivas, delirio de unos reyes multiplicado en enormes espejos. Nada como esa selva de mármoles puede explicar lo que se estaba desencadenando a finales del siglo XVIII, cuando las muchedumbres entendieron que, sobre su postración y su derrota, un desorden opulento cambiaba los gritos de la carne machacada en jarrones de alabastro, geométricos jardines y parodias grotescas.

El leviatán se había hinchado tanto que estaba a punto de estallar, la naturaleza gemía bajo la toga de mármol y la tiranía de la escuadra. Las pieles no se bañaban sino que se raspaban con espátulas, corrían piojos debajo de las pelucas empolvadas, los reyes bostezaban, los consejeros intrigaban, las fiestas cada vez más dementes solo buscaban aliviar el aburrimiento. Esos palacios cuestan sangre, y es bajo el esplendor de los Versalles donde germinan las revoluciones.

Era urgente volver a sentir el mundo, estremecerse más ante el diseño de una flor que ante las galerías de un palacio, preferir la impudicia de la vida a esas comparsas de trajes de seda. El rey de las Dos Sicilias terminó llevando su palacio a rendirse a los pies del paisaje, porque hasta los príncipes intuían que lo más digno de admiración no es lo que brota de nuestras manos sino lo que no sabemos hacer: el agua que se abre camino entre peñascos, la selva donde hierven la vida y la muerte, la gruta que arroja sus murciélagos, los pájaros que cantan su inmortalidad sobre esos viejos reyes que mueren de gota y de hartazgo. Y cuando por fin nos hastiamos de simetrías humanas, volvemos a mirar desconcertados el cielo y sus galaxias.

Antes del gran abismo

¿Qué era lo que lo enfermaba tanto en sus años tempranos? Sin duda, la orfandad, la riqueza, la protección excesiva, pero también las exigencias de una educación demasiado rígida que siempre dependía de los demás. Al cazador le gusta tanto proveerse su propio alimento, que se siente como un buitre si lo obligan a comer solo lo que cazaron otros.

Tenía ese desasosiego que llenaba de inquietud a su cuñada Catherine, esa suerte de desesperación que angustiaba a Wilhelm, ese desorden febril que exasperaba a Schiller, y fue sobre todo en eso en lo que Goethe, al mirarlo, vio a Fausto: piedras, vísceras, plantas, estrellas, mecanismos… La geología, la anatomía, la botánica, la astronomía, la física. Y también cabalgatas, navegaciones, el deseo de explorar las grutas y escalar los peñascos, de experimentar con la temperatura, con la electricidad, con la resistencia corporal.

Aquella época amenazaba a los seres ávidos y sensibles con el crimen, con la perversidad y con la locura, porque para crear un criminal basta asfixiar o deformar brutalmente en alguien su sed de acción. Y hay muchachos como este, que quieren mirar debajo de todas las piedras, que quieren dar dentelladas a todas las manzanas, escalar las montañas, poner a prueba todos los huesos de su cuerpo y todos los laberintos de su espíritu.

La palabra *demasiado* definía su presencia y no la agotaba. No quería pasar por el mundo sino ponerse a prueba en él. Y si no hay adolescencia que no sea un nudo de ansiedades, ni juventud a la que no tiente el peligro, él quería afrontar la lluvia y la cercanía del rayo, las cavernas y su vegetación oscura de hongos y de musgos; estaba preparado para experimentar la ponzoña de los insectos y la linfa urticante de las orugas, la acritud de las sales y la variedad de efectos adormecedores o excitantes, paralizantes o febriles de los venenos. Se había formado en los gabinetes luminosos de la Ilustración, pero no estaba tan lejos de las fórmulas magistrales de la Edad Media, de los nepentes de Paracelso, de las redomas fatídicas de los nigromantes y de los experimentos macabros de los primeros anatomistas.

Era la edad de Novalis y de Mary Shelley: todas las teorías se movían por su cuerpo, establecían conexiones y producían chispas. «No puedo permitir que estar maniatado por tres libros a la vez me impida realizar experimentos. No varios temas: varias disciplinas me interesan al mismo tiempo. Y nadie podría captar la realidad mirando en una sola dirección».

Se puede morir tanto de escasez como de abundancia, y él pudo haberse convertido en uno de esos jóvenes enfermizos a los que todo acaba por hacerles daño, si no le hubieran llegado a tiempo la libertad y el contacto con Goethe, ese hombre familiarizado con los excesos del que recibió una aprobación salvadora. Pero cuando Goethe le pidió que hiciera unos experimentos en público para entretener al príncipe y a sus amigos, Alexander volvió a sentir ese malestar que casi lo paralizaba en su infancia, cuando había que hacer cosas no por descubrir algo sino por satisfacer las exigencias de un maestro o la vanidad de una madre.

La corte de Madrid fue hospitalaria con los viajeros, y los acogió con inesperado entusiasmo. Una tras otra, se iban abriendo todas las puertas, como si las abejas hubieran encontrado el túnel del polen.

Mariano de Urquijo consiguió en pocos días que Carlos IV firmara aquel salvoconducto que les permitiría acceder a todas las regiones del extenso sistema colonial hispanoamericano. Dados el recelo de la corte española y la condición de extranjeros de los expedicionarios, tenían que mediar mucho respeto por la ciencia y un real compromiso del ministro para obtener una autorización tan amplia. Y Alexander se deleitó enseguida haciendo el trazado del viaje.

Desde el momento en que tuvo el pasaporte en las manos, con su frondosa rúbrica real, sintió que despertaba de nuevo en su cuerpo la ansiedad de sus primeros tiempos, cuando se desvelaba en una pensión de Londres viendo en una pared el grabado de un barco, cuando le parecían una selva de promesas los mástiles balanceándose en los muelles de Hamburgo, cuando de niño les preguntaba a las estrellas qué habían visto esa noche al otro lado del mundo.

Era una lástima tener que dejar para después la investigación sobre el origen del Mediterráneo, comprobar si era cierto que ese mar de leyendas y de dioses se había secado siete veces, cuando los movimientos de la Tierra cerraban el estrecho, y se había convertido, antes que hubiera humanos, en un cañón inmenso y profundísimo entre los peñascos de Europa y las montañas de África. A lo mejor estaban en el fondo las explanadas con delfines de oro que Platón le atribuyó a la Atlántida, los templos de los dioses marinos que esas mismas deidades hundieron en el mar.

Pero lo más excitante fue saber que los barcos que zarpaban de Galicia rumbo a las Indias Occidentales hacían su última escala antes del gran abismo en las islas Canarias, pues allí los esperaba el primer tesoro del viaje, el monte Teide, fabricante de islas. ¿Cómo no iba a convenirle esa escala a un hombre obsesionado con los volcanes y que aún no había podido visitar ninguno?

Después irían a Cuba. Alexander se dijo con placer que el mar de las Antillas dejaría de estar en los mapas para volverse un clima alrededor. Las guerras de Europa, que diezmaban los cultivos de remolacha, hacían cada vez más necesario el azúcar del Caribe, y éste traía otro ritmo a la vida y preguntas inquietantes sobre el modo como las selvas del trópico retrocedían al avance de los cañaverales. Y después, en el istmo de Panamá, ¿cómo no prolongar, cabalgando de un mar al otro, el diálogo con Goethe sobre la posibilidad de un canal que abriera la ruta de Oriente?

Después los caminos abundaban. Por el Pacífico podían alcanzar el Perú, que, si era el gran libro de piedra de los viejos reinos, era también la puerta a la geología de los Andes. Pero con el mismo afán querían ir al norte, a la Nueva España, donde Alexander esperaba ver cómo los volcanes nacían de la tierra y cómo volvían a la luz los secretos del pasado azteca. Y si la suerte los acompañaba, terminarían sumándose a la expedición de Baudin para completar la vuelta al mundo.

«Coleccionaré plantas y animales, estudiaré la temperatura, la elasticidad, la composición magnética y eléctrica de la atmósfera, la descompondré, determinaré las longitudes y los paralelos geográficos, mediré montañas; pero, en realidad, este no es mi objetivo final. Mi verdadera y única finalidad será la de investigar cómo se entretejen todas las fuerzas naturales, la influencia de la naturaleza inerte sobre el mundo vivo animal y vegetal».

Era un boceto metódicamente alemán, hecho de trazos firmes pero abierto a lo posible. Y pronto verían que el destino se complace en alterar el rumbo, porque a menudo es el camino el que toma las decisiones. Ni Bonpland ni Alexander sabían negarse al placer de que un viaje planeado con minuciosidad terminara sometido al azar, y al cabo de cinco años las cosas más importantes ocurrieron donde menos las esperaban, los tramos más reveladores nadie los tuvo en cuenta al concebir el trayecto, los momentos más altos de su expedición científica, pero también de su aventura física, no los habían previsto.

Quería que fuera una detallada exploración de esa mitad del globo que, tres siglos atrás, se levantó de las brumas de Occidente, pero el hombre que volvió a Europa cinco años después no era el mismo que había emprendido el viaje. Más allá de las mediciones y las descripciones exactas, al final lo más importante no serían los detalles sino el conjunto: iba a pasar el resto de sus años valorando las revelaciones de aquellos días, lo que trajo a su mente y a su sangre la experiencia de haber tocado de verdad otro mundo. Y al final escribió que, aunque los sabios estudiaban mucho el mundo, les había faltado sentirlo, que las aventuras del conocimiento tenían que ser también aventuras de la carne y de la imaginación. «Nunca se prestará suficiente atención», le dijo un día a su compañero en la cubierta del barco, «a la manera como el mundo exterior influye sobre nuestros sentimientos».

Bonpland decía sonriendo que la verdadera nave en que viajaba Alexander era la obra de Kant. Aunque todo le interesaba y se entregaba por entero a cada cosa: a esta arenisca, a este meandro del río, a esta serpiente mapaná, a este matiz lila de las catleyas parásitas, no olvidó nunca que todo obedece a un sistema, que la naturaleza no es una suma de fenómenos aislados sino una totalidad en la que cada cosa depende de las otras. «Si la vida persiste es porque no es un caos de cosas dispersas e independientes, sino un orden profundamente entrelazado. No se puede entender cada cosa en sí misma sino en su relación con las otras».

Y al final, del muchacho enfermizo no quedó nada. Más tarde se burlaba de Hegel y de Buffon, que sin haber hecho nunca el viaje, pretendían que América era una tierra lánguida y mezquina, donde la fauna era débil y hasta las especies traídas de Europa se atrofiaban y degeneraban muy pronto. «Me gustaría invitar a Hegel a comprobar por sí mismo la debilidad de los caimanes del Magdalena, que pueden medir siete metros, o la pequeñez de las anacondas, o el mordisco del jaguar, diez veces más potente que el de un tigre de Bengala».

Se expuso al pasmo de las lunas y a la insolación en los desiertos de salitre, a vendavales y tormentas eléctricas, vivió aguaceros interminables bajo las enramadas de la selva, probó la electricidad de los gimnotos y succionó venenos de serpiente, estuvo a punto de ahogarse en los raudales del Orinoco y en las tormentas de Barú, sintió el abismo desde el lomo de las mulas en los desfiladeros del Quindío, afrontó los escorpiones del Cauca, las ranas venenosas de Dagua, las noches de mosquitos del Magdalena, y no solo volvió más fuerte a Europa sino que disfrutó por décadas de una salud tan envidiable, que hubo quien pensó que aquel baño de peligros lo había inmunizado contra la muerte.

La cara blanca del invierno

Nadie puede imaginar lo que sentía cuando se vio ya en la cubierta de la goleta Pizarro, que los llevaría a las Indias Occidentales. Se embarcaron en La Coruña, dejaron atrás las playas de Galicia con sus roquedales como ciudades fantásticas, la caverna dorada y violeta del atardecer sobre el cabo de San Vicente, y la visión del planeta Júpiter alzándose sobre las columnas de Hércules.

El viaje habría sido más tranquilo si no fuera porque Europa no sabía vivir sin discordias, y las tensiones que llenaban los reinos se dilataban por los mares. No zarpaba un barco español sin que fuera rastreado por una jauría de fragatas inglesas, ágiles y livianas como nubes en las ensenadas, y aunque uno se sintiera corriendo libre en la mayor soledad, podía estar ya en el ojo de los catalejos que barren el agua.

Con todo, lo que más recordaba las primeras noches en el barco no era el viejo castillo de Tegel, ni la ceniza de sus padres guardada en el mármol, ni a su querido hermano estudiando idiomas extraños en un gabinete de París, ni los muchos sabios y eruditos que en Alemania y en Francia esperaban noticias de su expedición, sino un viaje que hicieron apenas llegados a España, unos meses atrás. Por una vez fue menos un viaje de investigación que un paseo por una región sorprendente, y ese viaje pareció condensar en su alma el carácter del continente que intentaban abandonar, sus sorpresas, la tremenda virtud europea de ser un continente a la medida del hombre, donde uno puede sentirse extraño, pero nunca llega a sentirse perdido.

Habían cabalgado por las costas de Cataluña, habían comido un pan campesino ensangrentado de tomates y bebido jerez en las tascas frías de Barcelona, y cuando terminaba el invierno decidieron distraer su espera orillando los valles junto a los Pirineos, por la ruta de Montserrat. Era una mañana fría y tonificante, y tres jóvenes españoles los acompañaron. Laura, una muchacha catalana de ojos grises y pensativos, Jaume, que venía de cruzar a medianoche la frontera entre Francia y España por un camino de espinos y traía el cuerpo lacerado, pero venía cantando aires de libertad porque Francia seguía meciéndose en las oleadas de la insurrección permanente, y Nicolái, que también llegaba de Francia, donde había padecido el suicidio de una amiga desfigurada por el fuego, y cumplía casi dos meses sin dormir porque estaba seguro de que si cerraba los ojos moriría.

El viaje fue exultante, y en la gracia de aquellos paisajes cada uno de los viajeros logró liberar su pesadumbre. Un camino de amapolas se hundía sobre los campos verdes, y cuando pasaban frente a Montserrat, Alexander propuso al grupo escalar los peñascos. Aquello no parecía un monte sino una nube de piedra blanca suspendida en el cielo. Más extraño fue avanzar por los riscos, donde se alternaba la aridez de la piedra con macizos de vegetación vigorosa, y ver los picos habitados por ermitaños, gentes esquivas aferradas a la soledad con la misma fuerza con que sus ermitas están enclavadas en lo más abrupto de los peñascos, diálogos silenciosos de la piedra con el espíritu.

Descendieron de los roquedales, recobraron sus cabalgaduras, se metieron por los estrechos de la sierra, junto a un río de aguas azules del deshielo de los Pirineos, bajo una vegetación fantasiosa que crecía en las paredes mismas del cañón, y al caer la tarde llegaron a Baro, una aldea que consistía en cuatro grandes mansiones de piedra con graneros y una ermita alta en las pendientes en medio del bosque. Vacas mansas y enormes, doradas por el atardecer, bajaban por la ladera junto al río. Los jóvenes bebieron un poco de absenta verde en una taberna del camino, cantaron junto al agua hasta que se apagaron a lo lejos las cascadas, y Alexander aprendió aquella noche un par de canciones en catalán. Después llegaron hasta la casa de Laura, junto al puente, y los cinco durmieron en lechos de hierba seca, en un enorme granero de piedra, donde horas después los despertaron los rayos anaranjados del primer sol y el vuelo de las golondrinas.

Comieron pan de cereales y queso, hablaron de las formas de la cordillera, de la vegetación de las orillas y de las grutas de la ninfa Pirene, mientras los ojos contemplaban un raro contraste: aquí abajo, en España, había sol, las amapolas ardían en la hierba junto al río de aguas heladas, pero bastaba alzar la vista hacia el norte para ver laderas oscuras donde ya no estaba la primavera, y más arriba la cara blanca del invierno, que nevaba sin fin en las cumbres de Andorra.

Ahora la vegetación no era solo una muestra de la vida de las montañas, sino la fuente de una emoción inexpresable. Su experiencia en Europa, ya casi convertida en recuerdo, se concentraba en el cristal de aquellos paisajes: una morada de aguas, abetos y azaleas que eran a la vez memoria y promesa, y que semanas más tarde se fueron llenando de un mensaje profundo, a medida que el barco se alejaba.

Después de navegar doce días desde La Coruña, llegaron al amanecer a Tenerife. En la cubierta de la corbeta Pizarro dejaron pasar todavía un día y una noche, venteando la presencia de fragatas inglesas que rondaban las islas y acechaban a los viajeros. Finalmente, entre un fuerte oleaje, fondearon en Santa Cruz la madrugada del 18 de junio.

Las emociones, lo que menos anotaba Alexander en sus diarios, fueron muchas, porque se estaban poniendo a prueba por primera vez sobre el mar tenebroso hacia tierras largamente soñadas, pero entre la marea de los recuerdos y lo que decían sin descanso las aguas, los pájaros y el viento, sus pensamientos de viajero estaban fijos en una vieja obsesión: se volvía sin descanso, mucho antes de que apareciera, hacia el cono del volcán Teide que se alza sobre el mar como una vela. La presencia de un gran volcán en su camino era para él como si al acercarse a un puerto desconocido presintiera en el muelle un rostro familiar; pero cuando llegaron, lo estaba ocultando la bruma.

Indios de la Nueva Granada le dijeron después que los volcanes escogen de quién se dejan ver y de quién no, pero él necesitaba una explicación más razonable. Se dijo que aquello tenía que ver con el tipo y el color de la luz que se filtra por las regiones altas de la atmósfera, con el modo como reflejan la luz las cenizas volcánicas que flotan en el aire, pero a lo largo del viaje volvió a preguntarse muchas veces por qué el pico del Teide es a veces visible y a veces invisible, aunque las condiciones atmosféricas sean idénticas. Y cuando al fin pudo verlo, pensó en Eolia, y se dijo que también allí podrían haber situado los cronistas antiguos la puerta por donde podía descenderse hasta el Hades, la claraboya de los calabozos inmensos donde los dioses encarcelaban a los vientos monstruosos y a los demonios, donde Eolo encadenaba sus tempestades.

La isla parecía el invento de un dios disparatado. En el paisaje estéril, también aquí, más que en Montserrat, las formaciones rocosas sugerían a lo lejos seres fantásticos que al acercarse resultaban ser solo peñascos rojizos y grises de raras contorsiones, como bloques dispuestos para que un escultor comience su jornada. Podían ser el punto de partida de alguna aventura ordenadora, pero ya como trabajos de la tierra eran testigos expresivos de un inmenso desastre, algo menos que arte, pero algo más que muda geología.

Como los vegetales, en todo el mundo las piedras hablan el mismo idioma, pero es arduo aprender a escuchar lo que después llamaría un poeta «la lengua de las flores y de las cosas mudas». Lo que Alexander no pudo llegar a ver ante el cráter del Vesubio o en el punto donde apareció retorcida la sandalia de Empédocles pudo verlo después en Tenerife y en la línea ecuatorial: el lenguaje deforme y fantástico de las piedras volcánicas, que parece caprichoso como las nubes pero que está sujeto a moldes rigurosos y a dibujos eternos.

Todos los instrumentos estaban bien seguros y embalados en la bodega, y el cono del Teide seguía invisible en la altura, cuando los viajeros descendieron en las playas de Tenerife, donde iban a pasar una semana.

El ojo del volcán

Uno se acostumbra al balanceo del mar, y cuando pisa tierra todo se sigue moviendo y ondulando. También los marinos se resisten a cambiar de tema: siguen hablando de jarcias y de gavias, de garfios y de lonas, de las cosas dañinas que les hicieron los vientos en la travesía, hasta cuando las gambas doradas y el vino del puerto permiten liberar historias más tensas, de fragatas ocultas, de abordajes nocturnos, cuentos guardados en las cicatrices, fuegos de san Telmo y cañones ingleses.

Alexander no podía pensar en otra cosa que en remontar el volcán y llegar hasta el cráter. El Teide tenía que darle lo que no pudo obtener del Vesubio y del Etna. El capitán Manuel Cajigas y Castillo les presentó vecinos de la isla. El barón intentó convencerlos enseguida de que lo acompañaran al otro día a escalar la montaña, pero ninguno había subido nunca al volcán. «Cuanto más cerca están las cosas, menos parecen interesarnos», le dijo en francés al botánico.

El coronel Armiaga los hospedó en su casa. Aunque era el jefe del batallón de infantería, lo único que le gustaba era hablar de su huerta, y en una isla donde las huertas abundaban, nadie estaba más orgulloso de la suya. Ahora la magia de lo nuevo llenaba lo más cotidiano; vieron por primera vez al aire libre un bananero, un papayo y uno de esos flamboyanes encendidos que después les serían familiares en las playas de Cuba. Lo que más los movía a disfrutar del entorno vegetal era la amenaza de mundo desolado que se advertía a lo lejos. Un par de camellos, los primeros que veían en libertad, les recordaron la vecindad del Sahara. Tantos planes que habían hecho con África, y solo en esos heraldos del desierto pudieron sentir la gravitación del continente.

Hasta en lo más casual había cosas desconocidas, y ellos querían verlo todo, pero a la tercera noche se obligaron a descansar, porque el día prefijado los desvelaba con promesas de abismos. La mañana del 21, tomaron muy temprano un camino pedregoso desde La Orotava hasta un bosque oscuro de castaños donde fue un ritual llenar las cantimploras en la fuente que manaba junto al Pino. Después de tres horas la tierra se hizo más pendiente y más dura, y remontaron la cuesta hasta la estación de las Rocas, abriéndose paso por regiones de helechos y por un monte de brezos arborescentes hasta un balcón que surgió de pronto a la luz intensa del mar: esa proa de piedra que llaman en la isla La Carabela.

Estaban a la orilla de la inmensidad: mientras oían abajo la respiración del océano, del mar tenebroso por el que nadie se había arriesgado durante milenios, con el volcán al frente también sentían cercanos los secretos de la tierra. El mundo se perdió de nuevo, porque se adentraron en un bosque de enebros y pinos, y horas más tarde, por el llano de la Retama, se cruzaron con una partida de cazadores de cabras, que son lo más apetecido de la isla porque su carne tiene el sabor de las retamas de que se alimentan.

No todas las fatigas eran físicas. Tras caminar seis horas llegaron a un sitio conocido como el Montón de Trigo, que otros llaman la Montaña Blanca. Cuando empezaban a escalar las pendientes el día era diáfano, pero sintieron algo que no sabían a qué atribuir: los diálogos se hacían confusos, como si no consiguieran formular con claridad ninguna idea. Algo en el aire parecía desafiar los recursos del lenguaje, y un asunto los llevaba a otro de un modo profuso y desordenado. Hasta Alexander, experto en cambiar de tema sin perder entusiasmo, sentía en todo a la vez el agrado de lo preciso y la desazón de lo inconcluso.

Pasaron la noche cerca de la Estancia de los Ingleses, viendo a la luz de la luna un paisaje de rocas calcinadas. Desde su ingreso a la Escuela de Minas, Alexander llevaba nueve años estudiando los minerales, pero un día comprendió que esas figuras del Teide habían empezado a prepararlo para el encuentro que tuvo más tarde en un claustro de México con la imagen más perturbadora de otra cultura: una diosa que movía al estremecimiento y al terror. Esos peñascos tenían algo de seres vivos entre una vegetación balbuciente y tortuosa, la forma de la costa sugería una muralla mil veces levantada y otras mil derribada en pedazos.

A las tres de la noche (hay que decirlo así porque estaba lejos la madrugada), al débil resplandor de las antorchas de pino, se pusieron en marcha hacia la cumbre. Con la primera luz examinaron la Cueva del Hielo, y el enorme ojo rojo del sol ya se desprendía del horizonte cuando alcanzaron las Narices del Pico, respiraderos donde brotan vapores hirvientes de las grietas del suelo. Alexander examinó con detenimiento el pórfido a base de menelita (como llamaban entonces al pechstein, que es un tipo de vidrio volcánico parecido a la obsidiana) blanqueado por el vapor. Tanto tiempo soñando con escalar la cumbre de un gran volcán no lo había preparado para los detalles. El Etna y el Vesubio eran grandes palabras, la realidad eran estos cristales de azufre con presencia de ácido sulfuroso en las rendijas de las lavas.

Comenzando apenas su viaje, iban a asomarse a las profundidades. Ante ellos se alzaba la parte más hosca de la montaña. La pendiente era muy inclinada, pero una antigua corriente de lavas formaba una especie de escalinata caótica, donde había que aferrarse a unas rocas cortantes que de pronto se desprendían. Tardaron una hora ascendiendo doscientos metros; se sentían llegados a un lugar donde todo hubiera sido combate y discordia, un ciclo de formaciones pacientes y súbitas desintegraciones. Todo a sus ojos parecía contrariar las teorías neptunianas de su maestro Werner. «Son tierras que no fueron hechas por los lentos aluviones del tiempo sino por la tempestad y la aniquilación, una masa de piedras torturadas y un edificio hecho de destrucciones».

Un año atrás el monte Teide había hecho erupción. El magma, enfriado apenas, ofrecía la imagen de un planeta en gestación, suelos que acababan de aparecer en el mundo. «Todo intenta cubrirlo una vegetación presurosa pero la lava vuelve a aniquilarla. Y nada ocurre por primera vez. Uno cree al comienzo que de la isla brotó un día el volcán, pero después comprende que en realidad fue el volcán reventando el que formó la isla. Este manto arrojado alrededor viene del magma de las profundidades».

A pesar de que la geología, a la que los alemanes todavía llamaban geognosia, era una ciencia reciente, ya abundaban los términos especializados para nombrar las cosas, pero en algún lugar el lenguaje se extenuaba tratando de nombrar lo que estaba a la vista. «Una catástrofe convertida en tierra firme, un torrente de fuego aquietado en cenizas y rocas, un soplo de los hornos abisales contrariado por el agua y escalonado en isla». Y lo que hacía difícil precisar los pensamientos eran tantas formas fantásticas: cada piedra brotada del abismo, amasada por el fuego y retorcida por una furia cósmica. «No hay que ir muy lejos para sentirse ya en otro planeta», alcanzó a decir, «aunque inmediatamente se entiende que este es el planeta verdadero».

En la cumbre de El Pilón, descansaron un poco ante un muro circular de lavas porfídicas que no dejaba ver el cráter. «Hay tanto que leer en estos piroclastos granulosos, estos llanos porosos y esta espuma petrificada», dijo Alexander mientras ascendían. El pico del Teide era una montaña compuesta de basalto, pórfido pizarroso y pórfido obsidiana, y añadió que a simple vista se podían advertir la alúmina, la magnesia, la sosa, los óxidos metálicos y los octaedros diáfanos y resplandecientes de fractura concoide, toda esa filigrana mineral llena de colores que había en cada peñasco.

«Yo solo puedo decir que me parecen flores», le respondió Bonpland. Alexander dejó sus cosas un momento sobre la muralla de lavas compactas del color de la nieve, y el vapor de las grietas alcanzó a corroer el papel y a dañar el diario, donde él seguía haciendo sus anotaciones. «Fragmentos de lava reducidos a estado pastoso por el agua hirviente», escribió. Cambió de sitio para apoyar el diario y continuó: «La potasa, que es necesaria para la formación del fosfato de alúmina, se halla no solo en el feldespato, la mica, la piedra pómez y la augita, sino en las obsidianas, que abundan aquí, en Tenerife».

Después le dijo a Bonpland, con la respiración agitada: «Los antiguos pensaban que cada piedra puede tener virtudes proféticas: que revela muchas cosas por sí misma, y puede alentar poderes de adivinación. Pero es que aquí todo es tan cíclico que cada cosa prefigura el futuro: todo ha sido ya millones de veces, y promete volver después de todas las aniquilaciones». Añadió que un linaje milenario de artífices no sabría agotar el juego de sus formas, la variedad de sus colores y el sentido de sus dibujos y sus jaspes. En un solo ópalo iridiscente podría estar el secreto del universo. Era una fiesta de revelaciones, con noticias de miles, tal vez de millones de años. Y lo más atrevido de aquellas reflexiones era su capacidad de alejarse de las verdades establecidas que cerraban los ojos de la ciencia. ¿Cómo entender la formación de las piedras planetarias si se seguía pensando que la Tierra, de acuerdo con la cronología bíblica, no podía tener más de seis mil años?

Pocos sabrían remontar como él una cumbre deteniéndose a cada instante para admirar una piedra redonda estriada de líneas violeta, una piedra larga jaspeada de azufre y de pirita naranja, examinando las formas piramidales y ovoidales, cinturas de sirena, lutitas socavadas en grandes orificios que las convierten en ojos de mar. Virgilio dijo que las piedras hablan la lengua de los cíclopes y que todo lo que cuentan tiende a la fábula, pero Alexander sabía de qué modo las piedras guardan secretos antiguos y, como no pueden gritarlos, los susurran al soplo del viento y al roce de la espuma. De esos granitos y esas obsidianas de color negruzco brillante debían de estar hechos también los tobillos del monte Atlas, que no habían podido visitar.

Poco antes habían visto desde la media altura el mar que cambia de colores contra las orillas negras de la isla y el vuelo de gaviotas que maúllan como gatos. Entonces hubo un momento de frustración, porque la niebla espesa fue ocultando a la vez el cono del volcán y el mar cobalto, donde horas atrás habían alcanzado a percibir la sucesión de las islas; pero de pronto el sol se abrió camino, expulsó a ramalazos la niebla, y lo que Alexander soñaba ocurrió: el perfil de la montaña se ofreció a los viajeros como la aleta de un animal gigantesco.

Fue en ese momento cuando empezó a soplar un viento helado con tanta fuerza que no conseguían tenerse en pie. Luchando contra algo que intentaba impedirlo alcanzaron el borde del cráter, y allí Alexander no solo vio la forma de las rocas que lo cerraban por el otro extremo, sino que sintió en el momento menos oportuno la necesidad de dibujarla: como si el fantasma polaco del profesor Chodowiecki le ordenara trazar ese perfil sinuoso de furias de piedra, colosos atrapados por serpientes, esa suerte de tempestad inmóvil con olas encrespadas que todavía podemos ver en sus bocetos como el más atormentado paisaje.

Tanteando y palpando las cornisas alcanzaron el vórtice, descendieron al fondo del cráter, un ojo con burbujas y orificios que hacía sentir el calor de sus fumarolas. La emoción y el esfuerzo habían ido tensionando los cuerpos, pero en el momento extremo fue una sensación a la vez de fuego y de frío, el viento helado y el calor del abismo, lo que inundó sus cuerpos a la vez de energía y cansancio: tenían las manos y la cara congeladas por el soplo del viento, pero el suelo bajo las botas les quemaba los pies.

Lo que hallaron en este cráter tendrían que ponerlo a dialogar con las observaciones del resto del viaje, alguna idea nueva sobre los caminos de fuego subterráneo que conectan los volcanes del mundo. Alexander ahora pensaba que el secreto del planeta y tal vez de la vida estaba en el magma de las profundidades. «Todo este continente vecino, sus selvas y desiertos, sus ciudades, aldeas y campos de cultivo, y este océano que cubre el globo hasta el otro confín, son una tela fina sobre un manto de roca; la tierra una corteza delgada y el mar una membrana apenas, alrededor de ese núcleo profundo, que quizá es otra esfera incandescente girando en el abismo de las estrellas».

Nubes desordenadas se movían a distinta velocidad y en direcciones opuestas. Humboldt no supo si aquello ocurría por pequeñas corrientes en desorden que soplaban en lo alto, por la irregularidad de los suelos, por diferencias de temperatura en el aire o por la carga eléctrica de los vapores volcánicos. Permanecieron un rato en silencio. Ya emprendían el regreso cuando Bonpland vio que había abejas imprudentes que se tostaban buscando el calor en las grietas húmedas de aire sulfuroso. No vieron más insectos en lo alto que esos cadáveres pegados como a flores a las masas de azufre.

Les resultó más difícil bajar que subir: se deslizaban por la lava cubierta de ceniza, perdían el suelo firme en la escala inestable de piedras cortantes, resbalaron por tramos de césped corto y húmedo, y largamente tropezaron por declives de arena caliente. Así siguieron varias horas como sonámbulos, y caída la noche, extenuados pero incapaces de dormir todavía por la excitación de aquel viaje, descansaron en un jardín de La Orotava, oyendo en la penumbra los capirotes, pájaros conocidos en las islas porque no soportan el cautiverio y lanzan en la noche sus dulces cantos de libertad.

A la mañana siguiente, cuando se despidieron de las islas, el coronel Armiaga se obstinó en no recibir pago alguno por el hospedaje. Entonces el barón le regaló este reloj de bolsillo, que guardaría por siglos en Tenerife la memoria viviente de los viajeros. Yendo hacia el barco, todavía lleno de gozo por la experiencia del Teide, Alexander vio a Bonpland de rodillas en la arena muy negra ante un tronco arrojado a la playa, lleno de líquenes verdes y azules, y le preguntó por qué lo miraba con tanto interés. La respuesta llenó después buena parte del viaje: «Este viajero vino de más lejos que nosotros».

Cedrela odorata

Hay ríos que corren por el mar. Alexander empezó a verlos desde que abandonaron la rada de Tenerife y la cresta del monte Teide se disolvió en la luz. El nombre del barco era a la vez admirable y odioso, pero él ya sabía suficiente español para encontrar en el fondo de ese nombre, Pizarro, algo mineral y protector, cercano a sus afectos.

Los perseguía el recuerdo del tronco que vieron en la playa de Santa Cruz y que Bonpland examinó con tanta atención. Ese leño pulido por el mar llevaba líquenes de selvas submarinas. «*Cedrela odorata*», dijo el botánico, y el nombre quedó resonando en la mente de Humboldt. Era un árbol americano, una especie exclusiva de los trópicos, estaba muy lejos de sus selvas de origen, y Alexander era digno de su hermano: cuando las palabras resonaban en él, ya no podía impedir que marcaran con fuerza sus acciones y sus pensamientos. «Somos nosotros los que vamos en busca de la flora tropical: qué raro que ella venga de este modo a buscarnos».

Era como un saludo que les enviaban las selvas lejanas. Empezó a preguntarse cómo había hecho aquel tronco para llegar desde la costa de Mosquitos o desde Honduras hasta las islas Canarias, y fue como si viera un río circulando por el mar desde el Caribe hasta las playas celtas, descendiendo por la costa africana, curvándose de nuevo para entrar otra vez en las Antillas.

De no haber encallado en las playas oscuras de Tenerife, aquel tronco de *Cedrela odorata*, enredado con líquenes de medio mundo, podía haber seguido por la costa africana hasta volver a su lugar de origen. Hoy lo sabemos bien, pero adivinarlo hace dos siglos por un tronco de cedro rosado tirado en una playa cerca de África necesitaba otro espíritu.

Abandonarse al mar era por fin desprenderse de la tutela de Europa. «Cuántos recuerdos despierta en la imaginación un punto luminoso que, en medio de una noche oscura, brillando a intervalos sobre las aguas agitadas, representa la costa de la tierra natal». El capitán Hyacinthe se esmeraba en atenderlos, menos por su condición de sabios que por la calidad social del barón, y les había asignado un camarote especial. El mar atrapado en el ojo de buey era una pequeña tempestad con sorpresas.

Un par de muchachos asturianos que viajaban a Cuba, intrigados ante aquella pareja de investigadores extraños que estaban todo el día manipulando aparatos y toda la noche vigilando estrellas, fueron perdiendo la timidez y se ofrecieron a ayudarles en lo que hiciera falta. Los dos muchachos eran primos: uno acababa de perder a sus padres y viajaba a casa de su tío en las Antillas, el otro se encargaba de acompañarlo. Les divertían los acentos distintos de los viajeros, y no sabiendo nada de su fama o de su importancia, los trataban con sencilla confianza. Esto, para Alexander, era mucho mejor que las ceremonias del capitán, y compartió con ellos su idea de una corriente circular, o de una continuidad de corrientes, que podía llevar un tronco a la deriva de un continente a otro y traerlo de regreso. Cuando los jóvenes expresaron su asombro, Humboldt llevó la cosa más lejos:

«En Tenerife nos contaron que un barco cargado de trigo flamenco y de algodón inglés fue dejado en el puerto unos días por sus hombres, que tenían que cumplir alguna tarea en la ciudad. Nadie supo a qué horas el barco se soltó, y sin duda en la noche se lo llevaron las olas hacia el sur. Al regresar los tripulantes no encontraron ni el rastro; nadie supo decirles cuál había sido su suerte. Pero un año después, marinos que volvían de Venezuela contaron en Tenerife que un barco cargado de trigo y de algodón llegó a La Guaira sin tripulantes; como nadie sabía su procedencia pensaron que tal vez la tripulación había muerto en el mar, y otros hablaron, por supuesto, de un piloto fantasma. Pero si es extraño el relato de un tronco que pasa de un continente a otro, más raro es saber que hay una corriente que va de las Canarias a las Antillas, bajo un viento tan constante y confiable que hasta un barco sin tripulantes podría abandonarse con velas dispuestas y avanzar sin desviarse hasta que aparezcan las islas».

El mar había empujado aquel barco perdido hacia el sur, esa corriente equinoccial era el piloto invisible que lo condujo al Caribe. La historia más acabada bien puede no ser más que el comienzo de otra, y el más real de los viajes puede terminar siendo el primer escalón de un sueño. Y así como una corriente lleva a otra, y el relato de un tronco viajero lleva al relato de un barco extraviado, hoy sabemos que un devorador de los libros de Humboldt terminó llevando a las gentes a *Veinte mil leguas de viaje submarino*, y que doce años después de la muerte de Alexander, un muchacho en un pueblo de Francia que leía a Julio Verne concibió el poema de un barco ebrio cargado de trigos flamencos y algodones ingleses, que abandona a sus grumetes en manos de guerreros salvajes, que se deja llevar por los ríos, y visita mares floridos y corrientes monstruosas, y relata al volver los abismos de nácar, los cielos de piel de pantera manchados de flores y los golfos pestilentes que encontró en su camino.

La pasión de Bonpland por la vegetación, por las plantas que le dieron su nombre, no lo hacía más frágil a merced de las olas, porque había nacido frente al mar, en La Rochelle, y sabía nadar mejor que Humboldt, y era de una audacia que al propio Alexander le parecía excesiva. Tal vez era en verdad más aventurero que su amigo, y eso explicaría por qué años después, cuando el barón era ya un hombre sedentario dedicado a repasar en su gabinete la muchedumbre de sus viajes y a descifrar los mensajes de piedras y flores, el botánico seguía viviendo en las fronteras del peligro, porque él sí terminó hundiendo sus raíces para siempre en ese mundo nuevo al que ahora se dirigían, y acabó expuesto como un árbol a la voracidad de sus parásitas y a los machetes de sus hombres.

Al comienzo, las aguas eran más agitadas; a medida que avanzaron al suroeste, buscando los vientos alisios, todo se hizo más estable. Hubo días de tempestad, que cuando no es mortífera puede ser alegre, pero con mar sereno y cielo sin tormentas después la eternidad duró veinte días.

A veces navegaban por llanuras de hierba, sargazos de largos filamentos que arraigan muy abajo en los arrecifes. También podían advertir, por las aletas negras, los bellos carniceros merodeando, o el arco repetido de los delfines, y al lado de Alexander los muchachos vivieron la experiencia de ver desde la cubierta los peces voladores, *Exocoetus volitans*, que escapaban a la dentellada de los monstruos marinos y batían sus aletas a seis metros sobre las olas, para ser atrapados más de una vez en el aire por el pico de los alcatraces. Después, en el Orinoco, Humboldt pudo compararlos con las manadas de capibaras que escapan de los caimanes y salen a la llanura, donde ya los espera el hambre del jaguar.

No descansó hasta saber cuánto oxígeno había en la vejiga natatoria de los peces espada; encontró más hidrógeno que oxígeno, y concluyó que, si a veces esos peces vuelan huyendo de sus perseguidores marinos, a menudo lo hacen porque sí, libremente, como si experimentaran placer en respirar el aire abierto y volar en la luz.

Medía varias veces al día la temperatura de la superficie del mar, porque eso le daba una idea de la dinámica de las aguas y de la dirección de las corrientes; medía los azules del firmamento para apreciar los niveles de humedad de la atmósfera; medía la humedad del aire con sus higrómetros de Paul y de Richer, a los que también llamaba «de ballena y de cabello»; y sus cuadernos se iban llenando de cuadros de humedad, de electricidad, de magnetismo, que permitieran entender en el mar las secuencias del clima y en suelo firme los niveles y las rutas de la vegetación.

Hasta el final del viaje, Bonpland se dijo sonriendo que Alexander intentaba rastrear los dibujos de la niebla, las migraciones del árbol y la voz de las piedras. Y en la borda del barco, Alexander volvía a ver cada vez más claro en su mente el anillo de aguas girando desde el golfo de México y la Florida, por las Azores hasta las costas celtas y de nuevo hacia el sur, para recomenzar su trayecto y buscar otra vez las Antillas.

Su otra pasión fueron los cielos. Noche a noche iban borrándose del firmamento las estrellas conocidas, y por momentos la enormidad del viaje lo estremecía: «No hay cosa que le recuerde con mayor viveza al viajero la inmensa lejanía de su patria que el aspecto de un cielo nuevo». Ya aparecían sobre el horizonte la inmensa constelación del Navío y la caverna de fósforo de la nebulosa de Magallanes, pero de las estrellas nunca vistas la más esperada era la Cruz del Sur. La vio flotar en una luz de plata y le confesó a su diario: «Si al viajero le fuera permitido hablar de sus emociones personales, añadiré que esta noche he visto cumplirse uno de los sueños de mi temprana juventud».

Tan firmes eran las estrellas, tan preciso su ritmo con las rotaciones del mundo, que en las noches del trópico los viajeros las utilizaban como un reloj inmenso, y Alexander oyó decir más tarde a los jinetes de la sabana: «Es más de medianoche, porque la Cruz empieza a ladearse».

Y hay algo que también a él le pasaba: cuando veía flotar esas estrellas sobre el horizonte, el niño que había sido se convencía por fin de que estaba recorriendo el planeta. Aquellas aguas plegadizas eran la piel del globo. En este mundo hecho de azares, cuatro luces estables en el cielo le ayudaban a confiar en que sería posible el regreso.

El enemigo

Quién iba a imaginar que el enemigo más peligroso de aquella travesía no estaría en los vientos ni en las corrientes marinas, en el abismo del mar ni en los traidores bancos de arena, sino escondido en los cuerpos de los viajeros.

Cada día, entre los funcionarios recelosos, los comerciantes y los aventureros que ocupaban el barco, iba y venía el sabio sin descanso, confirmando las coordenadas de los puntos claves de la navegación, comprobando sin tregua que los mapas estaban llenos de errores. «Con datos tan erráticos es casi un milagro que los barcos lleguen a su destino».

Mientras el barco avanzaba hacia el sur buscando los alisios para después torcer al oeste, estudiaba en los mapas rutas alternas: hay quien había propuesto navegar en diagonal desde Cádiz, un trayecto más corto, pero nadie podía saber qué resistencia opondrían los vientos al final. Y así era Alexander: mientras su cuerpo seguía la ruta escogida, su mente exploraba los caminos que no había tomado.

Un mediodía ocurrió algo temible: vieron en la distancia el perfil peligroso de una escuadra naval, y conjeturaron que eran barcos ingleses acechando como de costumbre a las naves españolas. La corbeta Pizarro viajaba sin escolta; cada quien se dispuso a despedirse de sus posesiones, sobre todo los que habían invertido en mercaderías con la esperanza de hacer un buen negocio en las islas.

Si este barco caía en manos de piratas a duras penas salvarían la vida, pero Alexander solo pensó en sus instrumentos. Cuando ya estaban cerca, llegaron vientos fuertes y de pronto el peligro se deshizo en el mar: la escuadra amenazante no era más que una formación caprichosa de nubes sobre una hilera de peñascos a los que llaman Las Hermanas.

El mar une y separa. El Mediterráneo y el Caribe son el ala septentrional y el ala equinoccial del mismo mar tenebroso de las mitologías. Wilhelm sin duda habría dicho que en la palabra Atlántico se unen los nombres de dos gigantes que fueron padre e hijo antes de ser montañas: Atlas y Anteo.

Al final de aquel viento estaba Cuba: hacia allá se dirigían las preguntas de Alexander, las reflexiones de Bonpland, las velas del capitán Hyacinthe y los sueños de los muchachos asturianos. Porque si México y el Perú cautivaban la imaginación con la leyenda de los antiguos reinos indígenas, Cuba era algo más visible: era el corazón mercantil del Caribe, y si ese mar era joven en la memoria de los europeos, ya parecía tan lleno de aventuras y de mitologías como el Mediterráneo, de cuyos abismos y playas y pueblos habían brotado dioses, por cuyas aguas viajaban las guerras, las empresas y los imperios.

Mientras se iba acercando, Alexander trataba de abarcarlo. Como buen alemán, participaba del debate sobre si este continente era el mundo de Colón o de Vespucci, si su conquista fue una gesta civilizadora o un genocidio, si Balboa había sido un tirano o un mártir, si Bartolomé de Las Casas era un traidor a la Iglesia y a la Corona o el mayor apóstol de una humanidad masacrada. Y a medida que el Caribe se aproximaba, más bullían en su mente los debates y las preguntas, incontables como las estrellas sobre las agitaciones del mar.

Soñó con un cardumen de naciones exterminadas y razas desterradas; se agolpaban en el horizonte los indios, los conquistadores, las carabelas, los galeones; espadas goteando sangre, dioses muertos, dientes feroces remordiendo cuchillos, banderas donde ondeaban huesos blancos, cadáveres de barcos salpicados de oro hundidos en lo profundo de los arrecifes, y oyó que alguien hablaba de paraísos infernales, de viejos amores perdidos; veía pasar el cargamento torturado de los barcos negreros, pero le pareció que había música en ellos; después hubo rastros de sangre, largas recuas de mulas agobiadas de oro, cajas de municiones apiladas bajo cajas de biblias, y despertó todavía oyendo los cañones, viendo las chispas en la noche: entonces recordó que el gran mar que antes olía a pólvora se estaba llenando del olor dulce de los cañaverales.

Insistía el capitán en la conveniencia de protegerse del viento, de las masas de aire húmedo que soplan al anochecer y de los soles demasiado ardientes. Alexander pensaba distinto: «El aire del mar es saludable: puede ser más dañino permanecer encerrados en los camarotes o las bodegas».

Se cumplían tres semanas de travesía. Una mañana, Alexander le estaba diciendo a Bonpland que las ceremonias apacibles de la civilización a menudo delataban como cicatrices viejas heridas, que si los europeos acababan de inventar o de perfeccionar ese ritual, el desayuno, la costumbre de sentarse a la mesa en familia antes de ir al trabajo, esa inofensiva ceremonia no podía ocultar las aventuras colonizadoras de Europa por el mundo: que por eso estaban en la mesa el té de Oriente, el café de Abisinia, el chocolate de las Indias Occidentales, el azúcar de caña de las Antillas, cuando de repente corrió la noticia de que uno de los muchachos asturianos había enfermado y que otros pasajeros mostraban síntomas de un mal contagioso.

A la fatiga de la navegación prolongada se añadieron enseguida el miedo y el recelo, pues si en una ciudad es angustioso el riesgo de una epidemia, mucho peor es vivirla en un espacio cerrado, donde todos pueden empezar a sentir a los otros como una amenaza. Desde ese momento, no había otra pregunta sino qué tan lejos estaban las costas, y nadie como el hombre que miraba las estrellas podía saberlo. Cuando ocurrió esa alarma, los invadía ya una extraña euforia, porque empezaba a inundar los pulmones el olor de agua dulce de los ríos del continente, cada día eran más abundantes las aves, y no solo pelícanos, gaviotas y alcatraces, fantasmas blancos del mar, sino otros bulliciosos pájaros de colores que parecían proceder de las selvas.

A medida que el miedo al encierro y al barco iba en aumento, la expectativa de la aparición de las costas se volvía algo místico, pero la enfermedad, que algunos alarmados ya llamaban «la peste», hizo cada día más difícil la comunicación entre los viajeros y opacaba la alegría del arribo inminente. Todos se preguntaban si el joven asturiano seguía indispuesto, cuando pasó el capitán anunciando que el pobre muchacho había muerto y que su primo también estaba afectado por la enfermedad.

El pánico se apoderó de la cubierta. Alexander sintió lejanos de repente los días de serena navegación por alta mar, irrepetibles sus relatos nocturnos ante aquellos muchachos asombrados, lo inundó una tristeza impotente, y pidió que le permitieran a su compañero examinar al muchacho enfermo. Pero el capitán prefirió dejarlo en manos del médico del barco, y ordenó a los pasajeros confinarse en sus camarotes. La alarma crecía, y cada uno empezó a preguntarse con angustia qué llegaría primero, si la muerte o la costa.

Con el difunto aislado en la cubierta, los tripulantes empezaron los preparativos para arrojar el cadáver al mar. Alexander pensaba todo el tiempo en el enfermo, que había emprendido el viaje bajo la protección de su primo y ahora estaba solo, en esa frontera extraña y maldita en la que uno es tan vulnerable y frágil como los otros ante el peligro, pero a la vez está convertido para todos en el peligro mismo. La muerte sigilosa sabe llegar sin anunciarse. Como era la costumbre de aquel tiempo, el remedio del cirujano gallego, que no traía quina en el barco, eran las sangrías para depurar lo que llamaba la sangre febril, y eso debilitaba todavía más a los enfermos.

El capitán decidió brindar al primo agonizante los oficios piadosos que no alcanzó a ofrecer al difunto. Pero administrar los santos óleos era para los españoles un rito solemne y complicado: había que aplicarlos a la luz de los cirios, en presencia de toda la tripulación. Y dado que resultaba difícil acceder al estrecho camarote para la ceremonia, optaron por llevar al moribundo a un lugar donde el capellán y sus acompañantes pudieran oficiar el ritual, pero bastó que lo trasladaran a un sitio más ventilado para que el paciente comenzara a recuperarse. Bonpland comprendió que lo que los mantenía a ellos sin contagio era la obstinación de Humboldt por estar siempre al aire libre, expuesto más a los vientos del mar que a los miasmas del barco.

Esa noticia trajo algún alivio, y los pasajeros no solo esquivaron desde entonces los espacios cerrados, sino que desde lejos se interesaron más por los trabajos de Humboldt en la cubierta, pero el peligro no había terminado. Era un atardecer de aguas oscuras y cielos plomizos, cuando el cuerpo del muchacho de diecinueve años fue arrojado por la borda a los abismos del mar, y muchos pasajeros sintieron que esa ofrenda a los dioses de las profundidades era una señal de que la muerte los tenía en sus manos. Aunque el otro joven mejoraba físicamente, la noticia de la muerte de su primo lo tenía abatido y desconcertado.

Las ilusiones ópticas son más frecuentes en el mar que en la tierra. Siglos de navegaciones dejaron el océano lleno de islas fantásticas, de reinos imaginarios, y de esos remolinos enormes llamados *maelstroms* que han sido visitados más por los personajes de la fábula que por los navegantes del mundo. Alexander pensaba en su entresueño, después de la ceremonia tristísima, que es a esos fantasmas de barcos y de islas a donde se van a vivir los navegantes muertos, y que son esos torbellinos errantes los que devoran para siempre a los náufragos.

En aquella atmósfera sombría el barco pareció quedar a la deriva, sin que nadie decidiera ni el rumbo ni la velocidad. La noche era de duelo y confusión, pero el descuido fue afortunado. Más tarde supieron que la corbeta acababa de orillar y superar traicioneros bancos de arena, que aquel momentáneo abandono hizo que derivara por aguas más profundas al impulso del viento, y que hallara y siguiera un canal invisible entre los bancos peligrosos. Aquella noche, bajo el temor de un influjo maligno y de estar abandonados a su suerte, los pasajeros llenos de presentimientos entraron sin darse cuenta en una región distinta, y al despertar el mundo parecía una perla resplandeciente.

La luz de la mañana sobre un mar de aguas muy azules, con costas blanquísimas a la distancia, les trajo más alegría que la desaparición unos días atrás de la escuadra engañosa en los peñascos. Era como si el joven hundido en el mar hubiera liberado una puerta secreta. El mundo nuevo se abría ante ellos, estaban frente a las costas de Cumaná, en Venezuela, y pronto la amargura de los días angustiosos se convirtió en deslumbramiento.

Carlos del Pino

«Los guaiqueríes eran la raza humana más hermosa de Tierra Firme. De verlos a lo lejos, inmóviles en su actitud y destacados sobre el horizonte, se los hubiera tomado por estatuas de bronce. Desnudos de la cintura para arriba y de cuerpos esbeltos, su complexión anunciaba una gran fuerza muscular, y el color de la piel era entre moreno y rojo cobrizo. Mientras en otros pueblos nativos se advertía una mezcla siniestra de tristeza y ferocidad, en la mirada de estos había calma y dulzura».

Cerca de la costa luminosa vieron aparecer las piraguas: eran dos, y en cada una de ellas, tallada en el tronco enterizo de un árbol, venían dieciocho hombres. «Habían salido del puerto de Cumaná durante la noche a buscar madera de construcción en los bosques de *Cedrela odorata*. ¡Qué riquezas contenían a nuestros ojos las piraguas de aquellos indios! Sobre enormes hojas de bihao, *Heliconia bihai*, traían toda clase de frutas. Vimos también la coraza escamosa de un armadillo cachicamo. Un disparo de cañón los atemorizó, pero cuando los llamaron en castellano vinieron confiados hasta la corbeta Pizarro. Nos dieron cocos tiernos, nos trajeron pescados de asombrosos colores, nos ofrecieron agua dulce en los cuencos del fruto de la *Crescentia cujete*».

El muchacho indio que gobernaba la piragua más cercana fue la primera persona del Nuevo Mundo en hablarles. Vivía en el entorno de los españoles, hablaba la lengua de Castilla, tenía nombre castellano, era sagaz y observador y lo sabía todo de la vida marina y de las plantas de los litorales. Alexander anotó en su diario su nombre, Carlos del Pino, y casi no volvió a mencionarlo, como no mencionaba casi nunca sus propias emociones. Acaso porque en adelante, y a lo largo de mucho tiempo, aquel hombre fue para Humboldt menos una persona que el espíritu hospitalario de un continente, y parecía estar en todas partes y resolverlo todo. Fue como un clima amistoso y benévolo, un compañero de aventuras, un guía, un protector, y después de ser la primera persona que encontraron al llegar, el que subió al Pizarro para ayudarles como piloto costanero, siguió con Bonpland y Alexander a lo largo de los dieciséis meses que permanecieron en Venezuela, y solo se les desprendió, con gran pesar de todos, cuando se embarcaron el año siguiente rumbo a Cuba.

Años después, en París y en Berlín, escribiendo sus libros, Alexander no podía pensar en las aguas del Caribe, en las costas de Cumaná, las regiones interiores, los ríos salvajes, sin recordar otra vez la presencia cercana de aquel amigo entrañable. «Quiso una feliz casualidad que el primer indio que topamos en el instante de nuestra llegada fuese el hombre cuyo conocimiento resultó ser el más útil para el objeto de nuestras investigaciones, y siguió con nosotros a lo largo de las costas ardientes, por los llanos inmensos y por las selvas del Orinoco».

Un viaje no sería nada si fuera solo el cumplimiento de un plan preconcebido. Ahora veían que un viaje es sobre todo los lances imprevistos, aprendieron a convertir esos accidentes y esas perturbaciones en parte del sentido verdadero de su aventura. De acuerdo con su rumbo inicial, la corbeta Pizarro solo debía orillar las costas venezolanas para descargar el correo, pero el capitán ordenó desembarcar en el puerto de Cumaná, y bastaba ver la impaciencia de los pasajeros por abandonar el barco para medir la tensión que habían vivido en las jornadas previas. ¿Cómo no preferir un continente virgen y fragante a un barco infestado de pestes?

Por lo pronto, Alexander y Bonpland parecían haber perdido toda urgencia por llegar a Cuba, y se trazaron enseguida nuevas tareas. Otra vez el destino estaba decidiendo por ellos, ahora podían adentrarse por la sabana, visitar las selvas fluviales, tal vez les fuera dado interrogar un viejo enigma de la hidrografía, saber si los dos grandes sistemas de aguas de Suramérica, el Orinoco y el Amazonas, están comunicados.

Antes de que pusieran un pie en el continente, la voz de aquel muchacho de bronce guaiquerí les hizo el relato de muchas cosas. Les habló de regiones montañosas cercanas a la costa y del frío que hacía en ellas, les llenó la imaginación de boas y caimanes, de gatos de monte y anguilas eléctricas, de insectos y de muchas variedades de árboles. Creyeron familiarizarse en la primera noche con la realidad a la que llegaban, pero a pesar de todos los esfuerzos de Carlos del Pino por hacerse entender con palabras y sonidos, con saltos y gestos, Alexander sabía que los nombres que brotaban de sus labios: caimanes, babillas, cachicamos, jaguares, sinsontes, toches, guayacanes, cachamas, les traerían sorpresas, porque este reino nuevo no cabía en las lenguas de Europa, y una realidad desconocida casi exige de nosotros órganos nuevos para verla.

«Todo cuanto nuestros sentidos perciben vagamente, todo cuanto los parajes románticos presentan de más horrible, puede llegar a ser para el ser humano manantial de goces. La imaginación en todo encuentra recursos para ejercer libremente su poder creador. En la vaguedad de las sensaciones, las impresiones se funden con los movimientos del alma, y por una ilusión tan dulce como fácil creemos recibir del mundo exterior lo que nosotros mismos sin saberlo hemos depositado en él».

La verbosidad de Alexander, que se exaltaba ante cada nuevo desafío, podía llegar a ser pesada para otros, pero Bonpland no se cansaba de aprender. Aunque estaba en contacto sin cesar con cada laja del peñasco y con cada meandro del río, con los ojos de la mariposa búho y el pelaje rojizo de los carpinchos y el hervidero de las pirañas sobre la presa que cae al agua, tenía la mente llena de poemas y de relatos, de episodios de la mitología, de lienzos y de músicas. Le bastaba ver la Cruz del Sur para que brotaran en su mente los versos de Dante sobre el cielo que parece gozar de sus llamas, o el recuerdo de ese momento en que las estrellas les dicen a Pablo y Virginia que ha llegado la hora de separarse. A las flores de los barrancos superponía las que Brueghel había pintado en los cuadros de Rubens, y viendo flotar el Orizaba sobre las jacarandas de Xalapa o los tepuyes del Mavicure bajo la gran caverna del occidente imaginaba a los pintores que podrían atrapar esos cuadros sublimes. Yo me atrevo a decir que no solo habría sido feliz viendo los cuadros de Church o de Rugendas, del Dr. Atl o de Hildebrandt, sino que desde el comienzo los presentía, intentaba engendrarlos con sus palabras.

Los estaban llamando los llanos, y en ellos la pregunta de si dos de los más grandes ríos de la Tierra habían sido capaces de buscarse y unirse en la tiniebla. Alexander era hermano de su hermano: una palabra nueva empezaba a invadir como un agua su mente, la escondida palabra Casiquiare.

Qué raro que Carlos del Pino fuera buscando la *Cedrela odorata* cuando encontró a los viajeros. Oyéndolo hablar en la oscuridad, ellos sentían que el sueño verdadero los esperaba en los ojos abiertos: «Nada mueve tanto la curiosidad como escuchar en la víspera los relatos de un mundo al que se está a punto de llegar».

Litorales

Al día siguiente, no había cosa en qué poner los ojos que no fuera distinta. Venían buscando selvas húmedas y abigarradas, pero en esas costas solares lo primero que aparecía, aunque no por mucho tiempo, era el desierto, un desierto muy distinto del de las tierras secas de España o de las costas del Mediterráneo.

Ahí estaban en primer lugar los cocoteros de veinte metros de altura, los nopales y los cactus gigantes, que sugieren solo cilindros de pulpa, pero cuya almendra de madera es tan dura que resiste los siglos. «Con ella hacen aquí los remos y los umbrales de las puertas».

En las orillas de las tierras inundadas estaba el mangle prieto, *Avicennia tomentosa*, formando redes impenetrables junto al agua. Mientras Bonpland examinaba los cardos cilíndricos que no dan fruto ni sombra, las palmas, los guamos cargados de flores, los brasiletes, las acacias de muchas variedades, los bananeros, las ceibas corpulentas, *Bombax heptaphyllum*, que parecen pertenecer al reino de fábula de los gigantes, al punto de que de una sola los nativos podían sacar cuatro largas canoas, Alexander oía hablar de pueblos enteros que se sientan a contar cuentos al atardecer a la sombra de un gran tamarindo; oía semillas en unas vainas negras que al caer en las piedras revientan y resuenan como cigarras, y veía con agrado esas mujeres indias que les ofrecían leche en cuencos vegetales lisos y grandes, los frutos del totumo tekiba.

Toda la flora que iba apareciendo era tan singular que fue el asombro y el deleite de Bonpland en esos días primeros de suelo firme y de luz cegadora. «Creo que voy a enloquecer si no terminan pronto las maravillas». Esa fascinación inicial lo perseguiría por el resto de su vida. No le valió al francés volver a Europa, ya las sirenas verdes le habían cantado en la oreja. La mujer del emperador lo retuvo unos años en su Jardín de Plantas, pero el hombre ya estaba cautivo, y en cuanto pudo volvió y recorrió el continente, embrujado por estas mañanas de luz, como le ocurre a todo el que ame la vegetación, al que sepa escuchar la lengua de las flores.

La naturaleza en estos climas le pareció desde el comienzo más activa, más fecunda y se diría que más pródiga de vida. Después de las orillas arenosas que insinuaban un desierto, había llanuras de sensitivas herbáceas, por otro rumbo se veían salares y ciénagas, y la ciudad espaciada en la llanura, Cumaná, tenía más de doce mil habitantes.

Alexander querría contarles a sus geógrafos que a lo lejos se veían cordilleras de una piedra tan rebelde que no permite abrir caminos para acortar las distancias entre los litorales poblados. Querría contarle a su hermano algo fantástico que de seguro lo sorprendería: desde regiones secas donde durante meses no cae una gota de agua, los pueblos podían ver como en un sueño que, en las montañas, donde reventaban rayos, nacían y morían lluvias torrenciales que no los alcanzaban nunca.

Oye, oye lo que dicen: *Todos los días en la aldea nos morimos de sed, al pie de estos litorales ardientes, pero cada tanto podemos ver en las montañas lejanas, al sur, cómo se amontonan los nubarrones y se forman las grandes tormentas; en la noche hasta nos iluminan sus relámpagos, pero llanuras y selvas espesas nos separan, y vemos caer allá a lo lejos los diluvios, las lluvias torrenciales cuyas aguas benditas no llegan nunca a nuestros labios.*

Si el paisaje se iba llenando de las selvas presentes, bajo el suelo saltaba la evidencia de las selvas pasadas. En uno de los cabos del litoral percibieron por primera vez el olor penetrante del petróleo, que brota espeso y amarillo y que mancha la arena. «Hay montañas de esquisto micáceo, de basalto, de yeso, de sal gema, mucho azufre y petróleo que brota con gran fuerza de toda abertura pequeña por la que sale aire aun debajo del agua, lo cual también es causa de los sismos frecuentes. Esa nafta de propiedades combustibles», decía Alexander, «es resultado de la muerte de selvas enteras en edades remotas, y de incontables criaturas perdidas, quizá como consecuencia de grandes cataclismos. Palmeras que quedaron en pie mezcladas con helechos arborescentes, enormes esqueletos de cocodrilos y plesiosaurios. Al fin y al cabo, de nada se habla tanto en esta tierra como de los sismos frecuentes, y todos recuerdan un terremoto que no hace mucho destruyó poblados, enlutó las aldeas y alcanzó a modificar el suelo de algunas regiones».

Pero lo que más atraía su atención era la vida: pequeños cocodrilos llamados babillas abundaban en las ciénagas; veían el litoral blanco de garzas y alcatraces, o rosado de flamencos; había manadas de capibaras rojos y se hablaba de la cercanía inquietante de los jaguares que, a juzgar por las pieles que exhibían, no eran de menor talla que los tigres asiáticos. No se podía desdeñar el peligro, y muy pronto tuvieron la advertencia: iban una tarde por los campos disfrutando de la brisa fresca cuando cayó una noche súbita, o que al menos fue súbita para ellos, porque, acostumbrados a los largos crepúsculos del norte, aquí se sorprendían con la extrema brevedad del atardecer; de modo que, sin saber cuándo, estaban ya en tinieblas, en un lugar cuyos caminos no les eran familiares, y donde basta que anochezca para que se pongan en acción la cascabel y otras víboras. Por suerte, Carlos del Pino ya venía buscándolos.

Al revisar los instrumentos, que llegaron intactos, pudieron ver el estado lastimoso de las personas que padecieron el contagio en el barco. Los cambios podían ser muy riesgosos para organismos acostumbrados a otro régimen de climas; aquí no había estaciones, los cambios de la temperatura y la humedad eran impredecibles, y el cuerpo tenía que ajustarse a ellos. Un negro robustísimo de la costa de Guinea que venía en el barco, y que resistió sin contagio la fiebre maligna, pareció debilitarse en cuanto entró en contacto con los aires del continente, y murió en pocos días a pesar de los esfuerzos de su amo, que lo quería y lo cuidaba como un pariente.

Con frecuencia se afirmaba que los miasmas de la zona tórrida eran peligrosísimos para los habitantes de países septentrionales, y desde los tiempos de la Conquista los cronistas repitieron con cierta exageración que a los viajeros que llegaban mal dispuestos, el nuevo clima o les daba salud o los mataba enseguida. Alexander y Bonpland se felicitaron: «En nuestro caso, podemos decir que nunca nos hemos sentido más saludables y vitales, aunque también habría que atribuirlo al entusiasmo que nos despierta una región tan llena de cosas que ver y aprender».

Alexander habría querido contarle a Wilhelm todas esas cosas de viva voz. Lamentaba que en tiempos recientes la vida no les hubiera permitido encuentros e intercambios como los de su primera juventud. «Él sabría descubrir cosas que yo no alcanzo, sobre todo en las lenguas de estas regiones, en las culturas de los nativos y en sus costumbres».

Tenía la tendencia a observar los fenómenos con ecuanimidad, pero no solo lo asombró el tamaño de las escolopendras de los barrancos sino el hecho de que los niños las capturaran para comérselas. Y al lado de esas cosas bizarras hubo otras fabulosas, como descubrir que, en la isla ya despoblada de Cubagua, donde dos siglos y medio atrás prosperó una ciudad renacentista enriquecida con las perlas, y donde ahora solo quedaba una marisma de arbustos resecos, abundaban sin embargo los venados, hasta el punto de ser un destino para los cazadores del puerto.

Una de sus primeras impresiones fue la imagen bella y fantástica de una isla reseca perdida en el mar muy azul, con ruinas submarinas del Renacimiento, cruzada por venados que nadie sabía de qué se alimentaban ni cómo llegaron y perduraron en ella. Aunque la granjería de perlas se extinguió antes que la ciudad, a la que un huracán destruyó en el siglo XVI, las gentes se envanecían de poseer pequeñas perlas deformes, que regalaban con gusto, pero con las que jamás comerciaban.

Aquellas perlas de Cumaná y de Margarita, grandes, luminosas, perfectas, habían deslumbrado a una Europa educada en el lujo por los sultanes de Granada y en la ostentación por los popes y los príncipes de Constantinopla. «Es posible que los ostiales se hayan recuperado después de la extenuación a que los condenó el tráfico antiguo, pero hoy nadie piensa en explotarlos. Tal vez es el recuerdo de la vieja crueldad que hacía reventar los pulmones de los indios, obligados día y noche a sumergirse para arrancar las ostras de su lecho marino, la sombra del infierno que creció sobre el resplandor de las perlas, lo que hace que hoy resulte inconcebible su tráfico».

Cada día examinaba y comparaba los azules del mar, del cielo y las lagunas; mantenía la costumbre, a la que no faltó un solo día en el barco, de medir las temperaturas del mar y del aire. También investigaba sobre el comercio del añil y el cacao, que había enriquecido a tantos mantuanos. Numerosos barcos podrían atracar en esas radas inmensas, y la hospitalidad de las gentes le parecía una riqueza superior a las de la vegetación y los suelos.

«Ayer estuvimos invitados en una humilde cabaña del litoral, donde colgamos las hamacas y dialogamos con los nativos a la sombra de árboles de hojas enormes. Son muchos los ejemplos que he visto y oído de hospitalidad sin límites, de dulce compasión y de cuidado afectuoso y desinteresado por los desconocidos que lo necesitan. Toda esa cordialidad humana ha ido desapareciendo en otras partes, y temo de verdad que todo lo destierre eso que nos envanecemos en llamar la civilización avanzada».

Los precarios barquitos que cruzaban las ciénagas con una vela grande eran una prueba de la mansedumbre de las aguas y los vientos, y Alexander sintió que resultaba más peligroso navegar en los lagos suizos que en estos mares serenos de la costa de Venezuela. Los guías indios, bien alimentados y de cuerpos vigorosos, se quejaban continuamente del calor y se detenían a menudo a descansar en los trayectos, justo cuando Alexander y Aimé estaban más ansiosos de seguir y sin cansancio alguno. Pero eso no se debía a que fueran flojos u holgazanes, sino a que carecían del entusiasmo que da un propósito, un entusiasmo que en esos días primeros a los viajeros les sobraba; porque en cambio eran capaces de caminar sin fatiga y de remar muchas horas cuando sabían que iban ya de regreso a sus casas.

«También hemos encontrado gentes curiosas de nuestra actividad y que comprenden el valor de estas exploraciones. El gobernador Emparán, ante quien debimos presentarnos al llegar y mostrar nuestros pasaportes y permisos, me preguntó de pronto si creía que el azul de estos mares revela un contenido superior de nitrógeno, si el óxido de hierro responde a los cambios del clima, y si el higrómetro puede ayudarnos a resolver algunos misterios de esta naturaleza. Te juro que lo escuché como si estuviera respirando el aire de la patria. Debo añadir que este hombre tiene una historia triste, pues dos de sus hermanos que capitaneaban barcos frente a la bahía de Cádiz se atacaron por error, creyendo al anochecer que el otro era un barco enemigo, y alcanzaron trágicamente a reconocerse cuando ya los arrastraba la muerte. Es él quien nos ha explicado por qué a los castellanos no les gustan los árboles ni el canto de los pájaros. Y no quisiera terminar sin hablarte de las piedras de los ojos, que están inertes pero cobran vida cuando se las cubre con zumo de limón, y que libran las órbitas de cuerpos extraños…».

Las islas antiguas

Donde otros solo advertían la silla de Caracas, él veía en la cima el granito foliáceo y lo comparaba con el de talco pizarroso de las montañas de Copaya; en las quebradas de Chacaíto examinaba las rocas cargadas de feldespato vidrioso; trataba de aproximarse en vano a las piedras que el clorito de pizarra formaba en el mar; advertía la antigüedad de la roca verde primitiva que traza capas de textura córnea en el granito de La Guaira y se le asemejaba al *paterlestein* que derretían para hacer perlas y botones los traficantes de esclavos; buscaba con obstinación señales de fremolita en la roca calcárea de grano grueso primitiva con mica; advertía que en la América meridional abundaban las masas de azufre, que permiten explicar tantas aguas sulfurosas, asociadas a los sismos frecuentes, que exhalan hidrógeno por las hendiduras de la tierra.

Eran continuos la vivacidad y el asombro con que miraba el mundo. A la sombra de cada piedra sentía el planeta, la roca calcárea primitiva del cerro del Ávila, capas de cuarzo de textura hojosa, las arenas imantadas del golfo de Higuerote, todo el hierro titánico de las costas, las capas de cuarzo con hierro magnético, el *gruenstein* de roca verde cargada de granates que formaba filones de bolas enormes de pizarra micácea por el camino de la alcabala de Caracas, y que le parecía idéntico al que podía verse en el Fichtelberg, en Franconia, y en Galicia, cerca de La Coruña. Todo eso que se había formado antes de los países y de los continentes, las duras letras del primer alfabeto, que ya se disponían miles de milenios atrás para albergar a los primeros vivientes.

Por todas partes veía la riqueza, la complejidad: las piedras de cruces estaurótidas de las montañas nevadas de Trujillo, la sienita de Manicuares, las capas de asperón de grano fino que se alternaban con capas cargadas de conchas y madréporas a la orilla del mar, y que en los llanos tenían vestigios de mercurio. Todo lo que no vemos se desnudaba a sus ojos: el óxido rojo de titanio cristalizado; el cuarzo con grafito de la quebrada de Tócome, al que el óxido de hierro le daba un color rojo escarlata; la tierra de porcelana que absorbe el oxígeno de la atmósfera; la sal en eflorescencia de los filones de las minas de plata, y esas socas de los Morros de San Juan, entre Calabozo y Tiznados, «que se elevan como obeliscos en las llanuras inmensas y que son las islas antiguas del océano primitivo». Entonces repetía: «El hombre ha nacido para el agradecimiento. El físico, al estudiar las leyes de la naturaleza, es el más urgido a obedecerlas».

Y como estaba recién llegado, todavía vivía por momentos la ilusión de que todo, por estar en el mismo continente, estaba al alcance de la mano. En la costa de Paria, cerca de Trinidad, en la desembocadura del Orinoco, se decía que no podía desaprovechar la cercanía de las inmensas cordilleras de Quito, que están a una distancia mucho mayor de la que hay entre París y Estocolmo, y a las que les faltaban dos años para llegar.

Humboldt seguía siendo Humboldt: ebrio del banquete que tenía en las manos, no dejaba de oír la señal de prodigios distantes. Le contaron que junto a las cataratas de Rionegro los indios se alimentaban de una tierra arcillosa mezclada con grasa de caimanes, y no veía la hora de tener las mulas cargadas de instrumentos para emprender el camino hacia el sur. Es el tormento tantálico del que lo quiere todo, para llegar más lejos hay que irse de aquí continuamente, para alcanzar aquello hay que desprenderse de esto, y era bello y emocionante su esfuerzo por irlo atrapando todo en el hilo de su lenguaje; como las ramas en sus herbarios, los insectos en sus cajas de vidrio, los dibujos en sus cofres, y los minerales, las flores, los paisajes, los climas, en su inmensa memoria, esa ilusión creciente de encontrar el esquema en el que cupiera todo, el prisma que todo lo contiene, la síntesis de la que ya no habrá que desprenderse.

Intentaba acercarse con cada aprendizaje: «Y así sabemos, decía, que el jaspe porcelanita se halla al lado de los pórfidos esquistoides; que los basaltos o fuentes de hidrógeno sulfurado están en la inmediación del carbón de piedra; que la sal nativa acompaña al yeso laminoso». Y así como enseguida se sentía en una tierra familiar, le costaba desprenderse de las gentes que iba conociendo. «A cuarenta leguas de la costa, en los cerros de Guanaguana, hemos llegado a ciertas viviendas cuyos dueños ignoraban hasta la existencia de mi patria. ¿Cómo pintaros la conmovedora hospitalidad con que se nos ha tratado? ¡A los cuatro días se despide uno como si toda la vida la hubiese pasado en comunidad!».

Pero allí advertía algo que no dejaba de mortificarlo: que cuanto más lejos se estaba de la civilización, más integridad moral mostraba la gente. «Si las luces se han divulgado poco, aun menos lo ha sido la inmoralidad». A todo se entregaba con un entusiasmo extremo que a veces tenía su grave costo: en octubre vivieron un eclipse de sol, y Alexander estuvo el día entero haciendo toda clase de mediciones solares. Lo cierto es que se quemó tanto que quedó con el rostro tostado, y tuvo que guardar cama dos días, recurriendo a medicamentos y a las hierbas de los indios.

Los ojos sufrieron mucho, sobre todo por la exposición a la excesiva blancura de la luz sobre las tierras calcáreas, pero al final tenía muchas cosas que informar a sus corresponsales. Porque mientras estudiaba asuntos de suelos y piedras, de árboles y flores, de insectos y criaturas del aire y del agua, no dejaba de pensar en sus geólogos, en sus botánicos, en los discípulos de la sociedad Aureliana que esperaban sus observaciones de entomología, con los que comentaba todas sus experiencias, en cartas esforzadas y minuciosas que se sentaba a escribir cada vez que tenía tiempo y luz suficiente.

Pues dependiendo del destinatario cada carta desarrollaba un tema distinto: con este hablaba de rocas, con otro se quejaba de la avería de los sextantes, con otro comentaba la intensidad de la luz de Venus, que a veces le permitía leer con la lente bajo un cielo conmovedor, y siempre a todos les pedía perdón por repetir una información que a lo mejor ya habían recibido, «porque de cuatro cartas que se escriben se pierden tres, y si me muero en estas tierras no quiero que estas cosas se pierdan».

Lo desvelaba saber que sus cartas a menudo tenían que esperar meses en las bodegas de los puertos, y que, con solo oír hablar de la armada inglesa, los capitanes ya querían arrojar por la borda los sacos con la correspondencia. «Uno está aquí aislado del resto del mundo, como si estuviera en la Luna».

El llamado de los ríos

Era típico de Alexander estar del todo concentrado en lo que lo rodeaba, y tener sin embargo una región del alma ya atrapada por alguna estrella, como si su biología necesitara misteriosamente de una astronomía. Pero en este caso la estrella era hidrográfica, y así como lo conmovió que las gentes de Cumaná miraran con sed las tormentas lejanas, así, entre la música de los manglares, los vientos del salitre, el ruido de cigarra de las semillas y el color amarillo y azul de los cangrejos litorales, lo llamaba un rumor de ríos distantes.

Quería quedarse unos meses en Cumaná, pero también en Caracas, «el más divino y rico país», y sin duda en Valencia: «Plantas maravillosas, gimnotos, tigres, armadillos, monos, loros; y cantidad de indígenas semisalvajes, raza humana muy bella e interesante». Cómo no fascinarse con un país donde los cangrejos tenían el color de los cielos y donde todo era tan nuevo para ellos como si en cada día estuviera la creación del mundo. «Desde ayer no hemos encontrado un solo ejemplar vegetal o animal de Europa». Aquella era «una de las partes del mundo más desconocidas todavía». Para el hombre excesivo, por fin el entorno era también demasiado; la *Poinciana pulcherrima* tenía ramilletes de un pie de altura con flores de un rojo vivo magnífico; sin cesar disfrutaba de los colores y de los contrastes sensoriales, como en esa masa de árboles que vio «con hojas monstruosas y flores perfumadas».

Habían cumplido cuatro meses en Cumaná, haciendo expediciones a Paria y a Margarita, cuando ocurrió el terremoto del 4 de noviembre, que los arrancó de repente al sueño idílico de una tierra firme y feliz. Después se afanaron tres meses en Caracas, donde Alexander ascendió al monte Ávila con Andrés Bello y habló largamente con María Antonia Bolívar, sin saber que esas personas cultas y encantadoras eran el entorno del hombre, por ahora lejano y escondido en su duelo, que habría de conmocionar más tarde al continente. Y al fin llegó la hora de apartar los ojos del embrujo cotidiano y escuchar la voz de la estrella: de emprender la travesía por los llanos desde Puerto Cabello y Valencia hacia el suroeste, buscando el Orinoco.

El deleite había sido arduo y laborioso. Después de reconocer miles de plantas nuevas para ellos, de hacer la descripción minuciosa de ochocientos, de recoger y clasificar insectos, caracoles y gusanos marinos, estaban llenos de bocetos de palmeras y musgos, cuadros de anatomía y perfiles de montañas. La mano de Humboldt registraba fenómenos magnéticos y eléctricos, magnitudes térmicas, niveles de humedad y cantidades de oxígeno, y tomaba de las montañas pródigas aquí una piedra, allí una cifra, flores y hojas que secaba y prensaba con más celo que un enamorado, y secuencias de semillas múltiples de formas y colores que cuidaba como piedras preciosas.

Al salir de Caracas, sintió el orgullo de tener ordenadas tres colecciones idénticas de hojas, flores, piedras, insectos y dibujos, que tratarían de salvar, confiándolas a caminos distintos, del azar y de sus abismos. Bien podría haber dicho que, como sus colecciones, hay siempre tres frutos de nuestro trabajo: el que permanece en nosotros, el que logramos compartir con los demás y el que entregamos a las corrosiones del tiempo. Una de sus más bellas y ricas colecciones de piedras cayó por el camino en manos de la armada británica, y por azar mucho tiempo después fue comprada por el propio sir Joseph Banks, el aventurero que no olvidaba al muchacho de veinte años que había conocido en su biblioteca de Londres, y que se dio el gusto de devolverle a su dueño el tesoro que había perdido en los mares.

Fue en el momento de emprender el camino a los llanos cuando dijo, a siete meses de su llegada, «hablamos ya tan corrientemente el español que no tenemos ninguna dificultad para seguir una conversación de varias horas». Cargaron de baúles con instrumentos cuatro mulas desde Puerto Cabello y el 10 de marzo emprendieron el viaje, primero por la gran llanura, y después en una piragua por el río Apure. Al llegar a Pararuma, encontraron a los misioneros y a unos blancos demacrados y pálidos como fantasmas que padecían fiebres tercianas.

Hay forasteros que no se adaptan nunca, que viven en la fiebre y se consumen en ella, y son el mejor ejemplo de lo peligrosa que puede llegar a ser la selva para quienes no la conocen. Los misioneros sabían lo que esperaba a los viajeros en el tramo más tormentoso del Orinoco, un laberinto de raudales que conducen a los rápidos y las cataratas. Años después las emociones de Alexander afloraban en un lenguaje lleno de pasión al evocar esos recuerdos:

«El río Orinoco, al dirigirse de sur a norte, se ve atravesado por una serranía de montes graníticos. Constreñido en dos puntos de su curso, se rompe con estruendo contra unas rocas que forman gradas y diques transversales. Nada tan imponente como el aspecto de estos lugares. Ni el salto del Tequendama, cerca de Santafé de Bogotá, ni las grandes escenas de las cordilleras han podido atenuar en mí la impresión que produjo la vista primitiva de los raudales de Atures y de Maipures. Cuando uno se halla situado de tal modo que pueda abarcar de una ojeada esa serie continua de cataratas, esa alfombra inmensa de espuma y de vapores iluminada por los rayos del sol poniente, uno cree ver el río entero suspendido sobre su lecho».

Pocos sabían manejar las piraguas en esos raudales, pero los que sabían se negaban por prudencia. Alexander advirtió tarde que los misioneros recurrían a medidas violentas para obligar a los nativos, y que en ese intento pusieron a dos de ellos en el cepo con cadenas. Oyó que alguien se quejaba a gritos, y descubrió que a Zerepe, un muchacho nativo que servía de intérprete con varios pueblos indígenas, lo estaban azotando brutalmente con correas de piel de vaca marina, porque se negaba a acompañarlos. Le costó mucho esfuerzo lograr que los santos varones dejaran de torturar al muchacho. Argumentaban que había que actuar con la mayor severidad, porque sin ella nada se obtenía.

Viéndose protegido, el muchacho aceptó conversar con Humboldt. Era hijo de pueblos distintos: el padre procedía de la tribu de los macos y la madre, de los maipures. Como no se sentía pertenecer a ninguno de esos pueblos, Zerepe había huido a la selva, a vivir entre indios libres, lo que debía de significar desprendidos de las comunidades y marcados por la presencia de forasteros. Por eso sabía lenguas, y Humboldt no solo se ganó su confianza para que le contara historias de la selva, sino que gracias a ello tuvo por muchos días otro ayudante fiel y afectuoso, conocedor de los peligros del río.

Hay una monotonía de los llanos con la que solo saben dialogar los jinetes a todo galope, los pilotos diestros que encuentran el rumbo de sus piraguas en un laberinto de cielos reflejados y los indios expertos en advertir lo invisible: la serpiente por las curvas del agua, el caimán por la cresta del lomo, la lluvia por el olor del viento, la tempestad por la temperatura y la prosperidad por la cantidad de tortugas que desovan en las orillas de los caños.

A Alexander le admiró que llamaran «caño» al Pimichín, que tiene el ancho del río Sena frente a las Tullerías, y que la razón por la cual los misioneros no podían utilizar las armas de fuego era por la excesiva humedad del aire.

Todo en esas extensiones infinitas parece que se repitiera sin fin, y se piensa que lo único que va diferenciando los días son los nombres de las aguas y de los sitios, pero en los ojos del viajero todo era una sucesión de grandes acontecimientos, y de azares propicios o aciagos: un jinete rico de Carichana que montaba a caballo con los pies descalzos, las vacas marinas del Apure, la carne fibrosa de los paujiles y de las guacharacas, el calor asfixiante de San Fernando, los raudales donde Alexander estuvo a punto de morir el Domingo de Ramos de 1800, los caimanes de siete metros de Guápiro, un jaguar que los miraba desde la ribera del Pararuma, la noticia de que el Orinoco, que el 5 de abril tenía un ancho de 3.500 metros, en la temporada de lluvias alcanza los 10.700, un vuelco en la piedra de Aricagua el 23 de abril donde perdieron con gran pena el primer volumen del *Genera plantarum* de Schreber, las dos mapanás extremadamente venenosas que los peones mataron el 5 de mayo, y los mosquitos incontables que eran el aire mismo por días y semanas. Pero lo que volaba en las inmensas praderas en alas de los mosquitos era la fiebre: porque había murallas de fiebre antes de enfrentar el Orinoco.

Para Humboldt, la nueva piragua que les vendió un misionero era como una prisión mucho más estrecha que la que los condujo por el Apure. Hicieron una enramada en la popa, con un techo de hojas más ancho que la piragua, pero tan bajo que solo podían ampararse allí encorvados o tendidos, dejando por fuera las piernas, de modo que con cada aguacero quedaban totalmente empapados, y desde donde no podían ver casi nada de la selva o del río. Pieles de buey y de jaguar cubrían el fondo, pero no los protegían de los nudos de la superficie. En la proa se alzaba el canto monótono de los remeros indios del todo desnudos que iban alternando acompasadamente los canaletes.

Recogían aves y monos y colgaban las jaulas del tejado, mientras en la parte central de la piragua, sobre los cofres con los instrumentos, el sextante, la brújula, los termómetros, se amontonaban las plantas secas, los pliegos manchados de los herbarios y los insectos increíbles adheridos con notas presurosas para su clasificación. Cada vez que era preciso sacar un instrumento tenían que arrimar a la orilla, desplazar las colecciones, los folios, las jaulas; el calor era extremo y los mosquitos, que fastidiaban para moverse y para hablar, picaban sin descanso. Bajo el cobertizo aumentaba el calor húmedo, y si quemaban leña verde para ahuyentar un poco la nube de insectos, la irritación de los ojos y el ahogo eran exasperantes.

Al final, renunciaban a todo intento por paliar la adversidad; se dejaban ir, tendidos en la piragua que avanzaba hacia los peligrosos raudales, y Alexander no entendía por qué, en aquella situación extrema, los llenaba sin embargo un sentimiento de exaltación, de cordialidad hacia sus compañeros indios que remaban casi impasibles, hacia los timoneles atentos, hacia el cura Zea que había decidido no abandonarlos, y hacia la orilla llena de rumores de la selva bañada por una luz sublime. Todo eran pequeñeces al lado de aquella realidad inagotable, y él y Bonpland, yaciendo sudorosos y extenuados, solo lamentaban no poder registrar con mayor cuidado y minuciosidad todo lo que les iba dando el Orinoco.

Casiquiare

El gran río parece diseñado por la Tierra para entregar sus aguas al Amazonas. Resbala primero hacia al oeste desde la sierra espesa de Parima, donde no están los montes más altos, pero sí los más viejos del mundo; desciende buscando la selva, pero de pronto parece descubrir un destino más grande, porque se arquea hacia el norte como queriendo volver a su origen, se suelta finalmente por el llano sin límites y se dirige al Atlántico.

Conociendo los trazados del Nilo, del Amazonas, del Mississippi, que a pesar de los meandros siguen un rumbo inequívoco, Alexander sintió extrañeza ante este padre de aguas turbias, sendero de hombres recios y ebrios de voluntad, que tanteando por regiones abiertas, sin grandes alturas que estorben su curso, se desvía buscando algo invisible, atraviesa la vasta pradera, y al final se desgarra en caños para sumirse en el océano.

Pero el río fue joven hace millones de años, alguna vez su destino buscaba ser el Amazonas, y ni siquiera los ríos saben ocultar su pasado. En el punto donde el caudal tuerce hacia el norte, una porción residual de sus aguas se desvía y resbala al occidente. Alexander intentaba imaginar ese pequeño tributo de fango escapando del río, regándose por la planicie milenio tras milenio, y al cabo de incontables repeticiones haciendo más profundo su cauce, hasta encontrarse al final del trayecto con otra corriente salvaje. Así se había formado el río más extraño, el Casiquiare, que nace de un río y desemboca en otro, y que une la cuenca del Orinoco a través del río Negro con la cuenca del mayor de los ríos. «Es un cauce navegable que va de un río a otro, y fluye por un lecho tan llano que parece cambiar de sentido al empuje de las corrientes».

Los pueblos nativos, los hijos de la gran anaconda, lo sabían desde siempre; pero también los conquistadores, los colonos y los misioneros aprendieron siglo tras siglo que un río raro se escondía en la selva. Y allá lejos los geógrafos dudaron, en tiempos en que los mapas eran conjeturales y a menudo fantásticos; y hubo selvas y montañas improvisadas por la creatividad de las academias para afirmar o negar su existencia y para enmarañar su leyenda.

Bajo el bullicio de los pájaros y los gritos de los monos cautivos, que respondían tristemente a los llamados de sus congéneres libres por la selva, Humboldt se preguntaba por qué corren con fuerza unos ríos que resbalan por suelos tan llanos. El secreto estaba en las montañas lejanas: sin un declive que apresure sus aguas, el caudal sigue siendo poderoso por el efecto de émbolo que obran los ríos encajonados de la cordillera.

Hay 300 kilómetros entre Tame Tame y San Carlos, la diferencia de altura es apenas de 32 metros, pero la planicie se inunda en invierno, y esas lagunas estacionales, mucho antes de que llegaran las manadas de capibaras y las garzas lentísimas, fueron aproximando los dos cauces. Ningún relieve contenía las cuencas ni se encargaba de acercarlos, solo era el llano porfiado y solitario, pero allí intervino algo más vasto y cósmico: el giro del planeta. Porque es la rotación de la Tierra lo que hace que las aguas resbalen en sentido contrario, como en el vaso que se vuelca el agua tiende a permanecer donde estaba.

Cuando relataba su viaje de Cumaná al Orinoco, de nada hablaba Alexander con más detalle que del brazo Casiquiare. Era urgente corregir tantas versiones imprecisas y erróneas sobre aquel río: pero era también la ocasión de contrariar a los geógrafos sedentarios que refunden los caminos y enloquecen las brújulas.

Nunca se demoró en confidencias, nos privó tercamente del dibujo de sus emociones, pero sabía detenerse en todas las filigranas del relieve, las mareas del clima y las minucias de la navegación, y sin descanso trataba de entender qué pasó, cómo dibujó la llanura esos ríos caprichosos que parecen correr por la tierra sin leyes claras, cómo logró el Orinoco darle una parte a Dios y otra al césar.

La última clave del Casiquiare la dio Gaspard-Gustave Coriolis 35 años después, al mostrar que la fuerza que se desprende de un sistema en rotación toma una dirección perpendicular contraria al sentido de esta. El efecto Coriolis explicó, todavía en vida de Humboldt, por qué las aguas del Casiquiare se desvían perpendicularmente de la curva del Orinoco y, dóciles a las leyes de su planeta giratorio y herboso, resbalan en sentido contrario, bajan al suroeste y se vierten en el río Negro, para al fin desplomarse a la altura de Manaos en el dios de las aguas.

Allí estaba por fin lo salvaje. Lo sentían adormecidos en las orillas de los ríos o en los bosques espesos donde, a pesar de rodear las hamacas con un cerco de fogatas para mantenerlos alejados, era difícil conciliar el sueño oyendo los bramidos de los jaguares. Una noche, tendido sobre una piel de jaguar y vigilando entre las ramas los cielos nocturnos, Alexander se preguntó si alguna vez lo iba a abandonar esa sensación desesperante, que también tuvo en el Magdalena, de que el repulsivo olor de los caimanes en celo llenaba tanto el aire, que, aunque estuvieran lejos en el río, parecían estar allí, a su lado.

Años después en Berlín, examinando el mito de Eldorado, recordaba con un estremecimiento que esas leyendas forjadas por los cronistas en tiempos de la Conquista se dirigían todas hacia esas selvas que él recorrió en su primera visita al continente. La historia del hombre cubierto de oro nacía en Guatavita, pero se dilataba hasta las llanuras del Atabapo, del Orinoco y del río Negro. Alexander recordaba un árbol prodigioso cerca de la piedra de Kemarumo, una ceiba de 36 metros de altura que tenía 10 metros de diámetro, y que centraba el paisaje como una extraña divinidad. Todas las leyendas aludían a una gran laguna en la que los pueblos arrojaban sus ofrendas de oro, y aunque él había comprobado que no había allí lagunas de esa extensión, recordaba también que en las temporadas de lluvia todos los grandes ríos se desbordaban, y podían formar transitoriamente lagos desmesurados. Sin duda, la codicia de los conquistadores había sembrado de Eldorados todas aquellas tierras, porque a cada riqueza que encontraban correspondía en la imaginación una más grande, y porque los nativos, para perderlos, alimentaban su ilusión de que un poco más allá los estaba esperando la mayor de las ciudades de oro, por la que tantos entregaron la vida.

Ninguno de esos primeros exploradores pudo vivir en un viaje tantas experiencias precisas, porque Alexander sumaba a su saber y a su sensibilidad un sentido de la belleza que aquellos aventureros casi no conocían. Seguir sus pasos es vivir la desesperación de que no sea posible sentirlo todo. Él quería absorber como una esponja toda la realidad que lo rodeaba, tenía más sentidos que cualquier otro para captarla, no había una sola cosa ni un solo fenómeno que no le interesara, y aun así hay en su prisa, en su vivacidad, en sus saltos mentales, algo que nos hace adivinar también su propia desesperación. El ser más capaz de interrogar el mundo, de vivir sus experiencias, no podía dejar de cruzar por la selva como el lector que avanza por una inmensa biblioteca, sabiendo que solo le serán concedidos unos cuantos libros de ese tesoro infinito.

En sus conferencias ante las sociedades de científicos, todavía no sabía explicar por qué en una noche de noviembre, en los llanos, «grandes bolas de fuego recorrieron la atmósfera desde las dos hasta las seis de la mañana». Las imágenes acumuladas a lo largo del viaje volvían con una extraña nitidez, desde «una hermosa sabana llena de piñas al pie del cerro Duida, que era ante él como una muralla imponente», hasta ese país apenas entrevisto de las cabeceras del Orinoco al que hacían inaccesible los incontables flecheros guaicas, todos de muy baja estatura, pero de puntería implacable, escondidos entre los árboles.

Aquí y allá iba dejando esos vívidos cuadros. Cada paso inventaba el siguiente y cada hallazgo era también una promesa nueva. «Cuando uno toca el río Meta, ya siente el deseo de navegar seis días más al oeste hasta encontrar el Casanare, ya empieza a pensar que veinte días más allá está el puerto de Pachequero, ¿y cómo no exaltarse ante la idea de que bastaría un poco más para remontar la sabana de Bogotá, en el corazón de la Nueva Granada?». Entonces se obligaba a recordar que tenía que volver a Cumaná, que Cuba lo estaba esperando.

Con la piel tatuada por los aradores y todo el cuerpo amoratado por formidables picaduras de mosquitos y hormigas, Alexander no dejaba de estudiar y dibujar los caños, los raudales, los ríos, trazando rutas que, según él, permitirían llegar más pronto de una región a otra, y entre el Casiquiare y los caños alternos concebía canales posibles que uniendo pequeños riachuelos permitieran ahorrar hasta tres semanas de viaje.

«Es la humedad del aire lo que hace que se pudran las provisiones, y hemos tenido que vivir solamente de plátanos y arroz, y acompañar los pescados del día con un casabe más duro que una piedra». A Manuel de Guevara, en la capitanía de Caracas, le escribió que, con el cuerpo encendido por el asedio de los insectos, las niguas, las hormigas, que calientan e irritan la sangre, a la orilla de un río fresco y caudaloso, más desesperante que el calor era no poder arrojarse a gozar de esas aguas porque estaban llenas de feroces caimanes, de rayas, de caribes, de tembladores y de esas culebras acuáticas que llaman tragavenados. Pero todas esas penalidades las borraba enseguida el esplendor y la novedad de la tierra que iban recorriendo. Para ellos, este mundo era como la lanza de Aquiles, que podía cerrar con el asta las heridas que abría con el filo.

Selvas

Así alternaba Humboldt la ansiedad y el alivio, la fatiga y el entusiasmo, las tardes postradas de dolor físico con las mañanas llenas de salud y confianza. Y así iba viendo, con las revelaciones del suelo y del paisaje, la complejidad de las poblaciones que ocupaban el reino. «Uno se encuentra un arco iris de pueblos, desde las naciones vagabundas del Meta, que se alimentan de hormigas y de barro con grasa de caimán, hasta los hábiles y civilizados piragas, que hacen tejidos de algodón y los cambian en las misiones por navajas y anzuelos». Los curisanas eran el pueblo más sagaz e industrioso, en cambio los idapaminivis no comían otra cosa que hormigas secadas al humo.

Pero también estaban los colonizadores europeos y los emprendedores mestizos. En las aldeas del alto Orinoco, los escasos hombres tenían tantas esposas con sus respectivas casas como se lo permitía su riqueza. «En estas regiones hubo en otros tiempos hasta diecinueve poblados que fueron obra de un solo fundador legendario, don Tonio Santos, el español que llegó a hablar todas las lenguas indígenas como si fuera nativo, que conoció todas las regiones, y que fue capaz de pasar desnudo pintado de onoto de provincia en provincia, incluso a través de los pueblos más antropófagos, sin que nadie lo descubriera, hasta salir a la región de Angostura y del río Caroní, y caer por desgracia en manos de portugueses que lo llevaron al Amazonas, donde su rastro se perdió finalmente, y con él, la más apreciable información sobre un mundo escondido».

El arte de pasar de un tema a otro sin renunciar a los detalles y a los descubrimientos, esa capacidad que Goethe había admirado en su conversación a los veinticinco años, ahora se desplegaba con incontables temas nuevos. Alexander podía exponer el procedimiento con que los indios transformaban la leche del Pendare en un barniz blanco admirable para cubrir los vasos y totumos, y pasar al relato de cómo los indios poisimanos y paragenes elaboraban con caucho recogido de los árboles sus instrumentos musicales; podía hablar de las terribles y enormes boas de las montañas de Yávita, y pasar al recuerdo de que la ciudad de oro de Manoa que tantos buscaron había sido vista por Felipe de Hutten entre el Meta y el Guaviare.

Pero cada vez más el relato lo llevaba a la acción, y así pasó de su aventura persiguiendo el bejuco mavacure, del que se extrae el curare, «el veneno vegetal más activo que se conoce», a enviarle una muestra a monsieur Fourcroy, en París, con instrucciones precisas de cómo se hace la infusión en frío con la corteza, cómo se exprime, se filtra, se concentra y se espesa, hasta formar la melaza fatídica que pone la muerte en la punta de las flechas, añadiendo el dato inquietante de que puede ser un buen remedio estomacal, porque solo es mortal cuando entra en contacto con la sangre, a la que desoxida.

«Determiné la longitud y latitud de más de 50 localidades, hice muchas observaciones sobre la entrada y salida de los planetas, y publicaré un mapa exacto de este inmenso país, habitado por más de 200 tribus indígenas, que en su mayor parte todavía no han visto ningún blanco, poseyendo lenguas y culturas diferentes».

Algunas de las cosas que iba viendo y reseñando serían muy útiles para los científicos europeos a los que las comunicaba, otras le sirvieron años después en una noche de París para responder a las preguntas de un muchacho viudo de veintiún años, Simón Bolívar, que se aferró a esas noticias para escapar de su duelo y vio en esas palabras la promesa de su destino, pero otras no llegaron nunca a los oídos que han debido escucharlas, porque en Alexander se fundían el espíritu observador de los viajeros deslumbrados con la visión práctica de los constructores de naciones.

Vio la abundancia de los bosques de cacao silvestre en las orillas del Casiquiare, los campos pródigos de añil en Maroa, Tomo y San Carlos; advirtió que allí bastaba sembrar caña, arroz y algodón para que prosperaran; que el café daba sus granos en las orillas del río Negro; que por todas partes podían producirse frutas y verduras. En el Guaviare y el Guainía se daban el tabaco, el maní, las raíces aromáticas; la palma chiquichiqui, cuyas cuerdas se trenzan y son mejores que el cáñamo; resinas y vegetales sanadores; sasafrás perfumado para aceites y jabones, que sirve también como analgésico y antiséptico; el barniz del petare; la corteza del almácigo, que los mayas llamaban *chakáh*, y que es la *Bursera simaruba*, el árbol milagroso que se agarra del suelo más fácil que otro cualquiera y resiste a las tormentas y alivia los resfriados y el estómago y protege los riñones y puede ser purgante y vomitivo y que en emplastos quita el dolor reumático, trata las quemaduras y los males venéreos, ahuyenta a las garrapatas y combate el veneno de las víboras y es la contra natural del zumaque urticante; y estaban también la quina de Caroní, y el hibisco, que es la flor de Jamaica, también llamada rosa de Abisinia o acedera roja de Guinea, que pinta, teje, tiñe, laxa, refresca, alivia y alegra la pupila; y había almendras de la Esmeralda y canela; y la corteza del árbol de marima que se abre en puertas y en ventanas y canta en las marimbas; y la resina elástica dapiche y los palos de tinte y las maderas finas para tallas y muebles.

Pero el hecho de que viera tan claramente lo cercano no impedía que viera lejos en el futuro: «Siglos enteros pasarán antes que el género humano sepa aprovechar con sabiduría los bienes con que la naturaleza ha llenado estas extensiones casi interminables, y ni siquiera sabemos si será para bien cuando llegue por fin al interior profundo del continente la laboriosidad mercantil que ahora está llegando a las costas».

Es muy común que el que recibe mucho no aprenda a agradecer, pero Alexander sometió su cuerpo y su espíritu a un nuevo y riguroso aprendizaje de todo lo elemental. Ese llamado de la selva era el hallazgo verdadero de la riqueza, no de los refinados salones de Tegel ni de la ostentación de Caserta y Versalles, sino del tesoro mayor, el agua en la garganta sedienta, un fruto fresco en los labios del hambre, un lecho honrado y duro para el cansancio, el asombro de la vida intacta después de un gran peligro, y el don infinito de una mano amiga al borde del abismo.

El 6 de abril de 1800 (gracias al padre Zea recordaron que era Domingo de Ramos), una tormenta inesperada los sorprendió por el Orinoco, poco antes de entrar en los grandes raudales. El mejor toldo de hojas no resistía la fuerza de los aguaceros, muy pronto la piragua se fue llenando de agua, estaban lejos de la orilla, pero aunque quisieran acercarse podían ver que aquella selva era tan peligrosa como el agua de la borrasca. Las selvas eran tan espesas y estaban entrelazadas con tantos bejucos que era imposible penetrar en ellas, en la orilla esperaban los caimanes y más allá otras fieras. Alexander escribió después que el hombre más robusto en aquella espesura tardaría veinte días en franquear una milla, y solo si llevaba un hacha entre las manos.

Ya viendo el peligro insalvable, los indios se arrojaron al agua. Alexander miraba con angustia sus instrumentos, Carlos del Pino parecía dispuesto a hundirse con ellos, el agua iba alcanzando los cofres, los papeles, las plantas coleccionadas, las jaulas, todo el trabajo de muchos días, y Bonpland, el gran nadador, le suplicó a Humboldt que confiara en él en caso de mayor peligro. Ya estaban llenos de agua dos tercios de la embarcación y todo se iba a pique, cuando un viento confuso la sacudió liberándola de parte del agua. Llenando con fuerza la vela enderezó bruscamente la piragua y les permitió de un modo increíble dejar atrás el peligro. El río solo se había llevado los víveres y algunos libros, todo lo demás estaba a salvo. Pero ante el cúmulo de adversidades, bajo el soplo del temporal, con la visión de los caimanes en la orilla, con la conciencia de esa selva impenetrable, la certeza del hambre forzosa y la amenaza de las fieras de tierra adentro, hubo un momento en que Humboldt sintió que todo estaba en contra, y comprendió que si morían allí nadie podría saberlo por meses.

Gracias a ese azar afortunado, lo que Wilhelm recibió en Tegel en los últimos días del siglo no fue una carta luctuosa de algún funcionario español contándole el final aciago de su hermano, sino una carta conmovida del propio Alexander fechada en Cumaná el 17 de octubre de 1800, con la noticia de que el trance peligroso había tenido un desenlace afortunado. Y al final, después de la descripción del naufragio inminente, el testimonio de uno de los momentos más felices del viaje:

«¡Qué dichosos nos sentimos en la tarde, después de haber saltado a tierra, sentados juntos en la arena y tomando con gratitud la comida, sin que faltase ninguno de nosotros! La noche estaba oscura, la luna apareció apenas un instante entre las nubes llevadas por el viento. El religioso que nos acompañaba dijo su oración a san Francisco y a la santa Virgen. Todos los demás estaban llenos de graves pensamientos y en todos había inquietud por el porvenir. Aún estábamos al norte de los grandes raudales que habríamos de pasar dos días después, y nos quedaban todavía por recorrer 700 millas en una piragua que, por lo visto, podía zozobrar fácilmente. Pero aquella inquietud solo duró esa noche. Fue bello el día siguiente, la calma y la serenidad que se extendían sobre toda la naturaleza volvieron también a nuestro espíritu. Encontramos en la mañana una familia de caribes que venía de la embocadura del Orinoco en busca de huevos de tortuga, y que había emprendido ese viaje espantable de 200 millas más por placer y amor a la caza que por necesidad. Ese grupo de seres tan valiente y unido consiguió que olvidáramos por completo todas nuestras angustias».

Bajo las lunas de Júpiter

Hay sitios de los que no es posible irse, y La Habana es uno de ellos. «Podría creerse que toda la isla fue en su origen un bosque de palmas, de limoneros y de naranjos silvestres». Las cosas que escribió sobre Cuba no las aprendió solo en su viaje, sino después, estudiando, reconstruyendo y prolongando en la memoria los momentos felices. Le gustaba recordar la deliciosa frescura de las alamedas y del paseo extramuros, cuando después de la puesta del sol concurrían los coches llenos de gentes a sentir la dulzura del anochecer.

Solo tres meses estuvo Alexander en la isla de Cuba la primera vez, y solo mes y medio la segunda, pero es fácil sentir que pasó en ella el resto de su vida. De pocos sitios escribió con más amor este hombre misteriosamente enamorado de todo: de las piedras y las hojas, de los helechos y los líquenes, de los socavones donde se propagan por esporas las plantas criptógamas, de los relatos de la historia y de las cifras de la economía.

«El puerto de Jagua es uno de los más hermosos y menos visitados. Se ven montañas bajas y muy bellas. Cuando por la noche la temperatura del agua descendía a 23 grados y el viento soplaba de tierra, sentíamos ese olor característico de flores y de miel».

Para dibujar la isla en su mente necesitó por años y por décadas suelos, corales, palmas, fuentes de agua, edificios, columnas, fortalezas, sol y viento, relatos de viajeros, la gracia humana y el dolor humano, la memoria de los hombres y sobre todo la ayuda de las estrellas. Porque son las estrellas las que más le ayudaron a precisar los contornos geográficos de la isla, cabo por cabo y bahía por bahía, como se dibuja un rostro precisando el conjunto y deplorando no poder dedicar más tiempo a cada rasgo.

«Mi mapa de la isla de Cuba, aunque sea muy imperfecto respecto del interior, sin embargo es el único donde se hallan las trece ciudades y las siete villas sobre las cuales se fundan las divisiones que he descrito». Le había costado muchos desvelos, hizo un esfuerzo notable por precisar la ubicación de los principales puntos del contorno insular, atendiendo a sus propias observaciones astronómicas, a los informes de los viajeros y a los datos a veces convergentes y a veces discordantes de los mapas franceses y españoles. Para que el mapa se fuera afinando con esa precisión admirable le sirvieron los eclipses de sol de febrero de 1803 y de junio de 1806, y hasta los ocho eclipses de los satélites de Júpiter que pudo ver desde una terraza de La Habana con Dionisio Galiano.

Recordaba la admirable fertilidad del suelo, un clima tan distinto del de las otras Antillas, el hecho de que Cuba a comienzos del siglo XIX no fuera como otras regiones de América una tierra hundida en el embrujo de lo salvaje, sino enclavada en el cruce de todos los caminos, con una ciudad de 140.000 habitantes, tantos como Nueva York, llena ya del encanto y de la confusión de las metrópolis. «La catedral, la casa de gobierno, la del comandante, la de la marina, el arsenal, la casa de correos y la fábrica de tabacos son menos notables por su hermosura que por lo sólido de su construcción».

A diferencia de las selvas que acababa de visitar, aquí se sentía el conflicto entre la naturaleza y la historia. Aunque la traza de las palmas reales «le recordaba el palmero vadgiai que cubría las rocas en las cataratas del Orinoco y hacía vibrar sus largas puntas sobre una niebla de espuma», estas palmeras tenían 25 metros de alto y las veía recortarse sobre fortalezas militares, bahías llenas de embarcaciones y mercados pestilentes.

Otros viajeros necesitan acontecimientos: a Alexander le bastaba sentir que ahí no más, frente a la costa de La Habana, las aguas arremolinadas del golfo de México se precipitaban al canal de Bahamas, formando en su tropel la corriente del Golfo. Que alrededor estaban Haití, Jamaica y el extremo meridional de Estados Unidos, la Florida, honda de cocodrilos y pantanos, y la provincia más oriental de la Nueva España, Yucatán. Alrededor convergían mundos distintos: aquello que comenzaba allí al norte, la península llena de cauchos y palmeras se dilataba hasta los otoños rojos y amarillos del río San Lorenzo; al hormigueante puerto de La Habana llegaba la carga de Tampico, de Veracruz y de Alvarado, el palo de tinte de Campeche y la carne salada de Buenos Aires, con la que se alimentaba a los esclavos. En toda esa región antillana que uno podía navegar en 12 días, malvivían, cargados de cadenas, 2 millones 800 mil africanos.

Hasta el final de su vida recordaría Alexander ese viento salvaje de febrero que soplaba a lo largo de la costa quebrada donde después levantaron los ocho kilómetros del muro de hormigón del Malecón de La Habana. El viento norte que remontaba las pendientes, que arrebataba los sombreros de los paseantes y arreciaba en las crines de los caballos finos que llevan las calesas por los senderos litorales. La brisa impregnada de yodos y sales marinas, llevándose el olor fétido de los charcos, cruzaba la ciudad de palacios, múltiples de columnas y de balcones, azotaba las ceibas fornidas y los cauchos de lianas incontables, y entrechocaba las embarcaciones ancladas frente al faro, donde el agua casi era azul en las manos como en las costas griegas, y las olas se rompían contra las piedras grandes como abanicos de espuma.

Alexander no pudo dejar de expresar su amor por la isla portentosa, por la ciudad en extremo desordenada y viva, donde entre una multitud de carruajes de pasajeros y carros cargados de sacos de azúcar, el olor de la carne salada apestaba en la calle de los mercaderes, y lo hacía anhelar impaciente otra vez las selvas vírgenes, llevado siempre por la urgencia de abandonar lo ya visto y de seguir buscando en lo desconocido.

Recorrieron la ciudad de aspecto imperial en todos los sentidos, las fortalezas, las plazas, los paseos, las arboledas, y más allá los extensos cañaverales, los ingenios, los trapiches, los almacenes. La aristocracia habanera creía halagar a Humboldt hospedándolo en sus palacios y ofreciendo recepciones de etiqueta en casonas de patios con fuentes, escaleras amplísimas y vitrales de colores, pero era precisamente de todo eso de lo que Alexander venía huyendo.

Los primeros meses despertaron en el barón y en su compañero una mezcla indisociable de amor por las costas luminosas, admiración por la arquitectura colonial, respeto por la élite ilustrada, deleite con la gracia popular que se expresaba en músicas cadenciosas y felices, pero también rechazo por el modo como el cultivo monótono de la caña de azúcar simplificaba el paisaje y destruía la selva tropical, y abominación por el modo como el esclavismo inclinaba a los seres humanos a las más detestables conductas.

Pero ni siquiera era la caña de azúcar la que destruía el paisaje, antes ya el algodón había cubierto las praderas, antes también el tabaco había arrasado las selvas, y en todos esos casos la codicia de los esclavistas estaba presente. Ahora para Alexander y Bonpland todo el esplendor y el espanto de las Antillas se podía resumir en esas dos palabras, azúcar y esclavitud.

Lo que hizo que Humboldt no lograra disfrutar plenamente del esplendor de La Habana, la majestad de sus fortalezas y la luz indecible del mar sobre las arenas más luminosas, eran esas barracas infames frente a la bahía, donde los potentados traficaban con el dolor humano, el mercado de esclavos, donde los jóvenes negros eran obligados a brillarse la piel con aceite para atraer a los compradores, donde estos les abrían la boca bestialmente para examinar la mercancía.

Como escribió después: «Algún día nadie querrá creer que antes de 1826 no había en ninguna de las Grandes Antillas una ley que impidiese el vender los niños pequeños y separarlos de sus padres, ni que prohibiese el método infame de marcar a los negros con un hierro candente, solo para reconocer con más facilidad el ganado humano». Aun así no dejó de advertir que la manera como trataban a los esclavos las otras naciones, Francia, Inglaterra, Holanda, la Unión Americana, era mucho peor que la española. El lujo es menos grato cuando está bien a la vista la sangre con la que se ha construido, cuando se puede ver la miseria moral que destila esas joyas y escalona castillos tan finos.

Un mar de langostas rojas

Veían crecer los ingenios: el viento marino perdía su acritud de yodo, de sal y moluscos, y se iba volviendo dulce en los trapiches: Río Blanco, La Holanda, La Amistad, hasta llegar al ingenio más grande del mundo, La Ninfa, la marca de azúcar que a esa misma hora alentaba los diálogos de los potentados, los discursos de los revolucionarios y los debates de los filósofos en todos los cafés de Europa, desde Lisboa hasta San Petersburgo.

Los magnates de Cuba eran príncipes, sus damas eran lujosas e impúdicas, las orquestas cambiaban los valses acartonados en habaneras y sones sensuales, y los negros fantaseaban esas composiciones con travesuras rítmicas y audacias de armonía. Hasta Humboldt había bailado en aquellas terrazas con damas que alimentaban la ilusión de un idilio germánico hasta cuando advertían que el barón se ensimismaba mirando las palmeras, los macizos de flores de los jarrones, y se volvía hacia Bonpland para preguntarle si el nombre científico del algodón antillano era *Gossypium hirsutum*, y quería saber si estaban hechas de fibra de algodón las hamacas blancas del porche o por qué no logró funcionar la máquina de vapor que trajeron de Londres para moler la caña quemada.

No estaban ya los bosques primitivos, abundaban ahora los potreros y las plantaciones, y aunque uno podía imaginar y sobre todo desear que isla adentro hubiera chozas de campesinos entre cafetales y palmas, bosques de hule y flamboyanes encendidos, mucho vino a arrasar la afición de la vieja Europa por los cigarros. Talaron bosques de árboles enormes, bongas y ceibas y palmeras, para plantar tabaco, y los habanos se fueron convirtiendo en la más exquisita artesanía de la isla a lo largo del siglo. Pero allí no terminaba el desastre, porque por los días en que Humboldt y Bonpland pasearon por sus calles, Cuba estaba cambiando de nuevo. Perdidas las cosechas continentales de remolacha con las guerras del fin de siglo, Europa cada vez necesitaba más el azúcar del Caribe. Los lejanos mercados seguían determinándolo todo: los precios del azúcar subieron tanto y tan aprisa, que los terratenientes cubanos decidieron volver humo en un instante sus tabacales, aunque con ello arruinaran a los artesanos y sacrificaran un arte exquisito.

El asalto de los piratas en 1762 hizo crecer las fortalezas, El Morro, La Cabaña, La Punta, La Fuerza. La demanda de azúcar hizo avanzar el mar verde de los cañaverales, el auge del comercio volvió cada vez más espléndidas las mansiones, y hasta las guerras más lejanas ayudaron a arrasar la isla porque de sus astilleros salieron a aumentar la flota española navíos espléndidos hechos con los cedros y los caobos de Cuba. De allí salió a navegar hacía treinta y dos años, la edad que tenía Alexander, el más potente barco conocido hasta entonces: el Santísima Trinidad, la nave mayor de la flota española.

Humboldt habría querido conocer ese bosque convertido en navío, pero ya se encontraba en París cuatro años más tarde, cuando el barco ilustre se hundió entre llamas en Trafalgar, en la mayor batalla naval de su tiempo. Hubo quien dijo que fue de su cubierta de donde salió el balazo que dio muerte a Horatio Nelson en la cubierta del Victory, pero todos en París sabían que fue un francés, desde la jarcia del Redoutable, quien disparó la bala de mosquete que penetró en el hombro del jefe de la flota británica y fue a alojarse en su columna. Además del dolor de las vidas que rompen los cañones, de los pechos que atraviesan las balas, también era un dolor en las batallas navales ver cómo se deshacían esos tesoros del trabajo humano, y alguien dijo entonces que ver arder a los barcos era como ver una furia destrozando violines.

Otra vez está Humboldt en un puerto, buscando un barco que le ayude a continuar su viaje, y otra vez le resulta difícil hallarlo. Quería encontrar un navío disponible para navegar hasta Cartagena en la Nueva Granada, antes de ir a Portobelo en el Caribe panameño, y se decidió a fletar una goleta catalana tan estrecha que solo se podía dormir en la cubierta.

Viajaron primero por tierra de La Habana hacia el sur, por Guanabacoa y Managua de Cuba y San Antonio de las Vegas hasta Batabanó, cumplieron el viaje por los cayos entre el 9 y el 15 de marzo, y atrás quedó La Habana, otra joya impulsada por Carlos III, quien, como todos los reyes españoles de entonces, se quedó sin ver nunca el continente que les dio su poder, su primado sobre los mares, el orgullo de ser el primer imperio de su tiempo. Atrás quedaron los trayectos de bueyes, esos suelos sobre los que Alexander escribía textos científicos como si fueran poemas.

«Esta roca está muy hendida, y es en su exterior pardo-azulada, cubierta de dendritas de manganesa, y en su interior es de verde de puerro y de espárrago, atravesada por pequeñas vetas de asbesto. No contienen granate o anfibolia, sino dialage metalizado diseminado en la masa. La serpentina se quiebra ya en hojas, ya en conchas; y esta fue la primera vez que yo encontré el dialage metalizado bajo los trópicos».

Atrás quedaba el camino que sin duda sería tan bello recorrer entre La Habana y Santiago... Después la goleta se los llevó por costas rocosas sobre un mar transparente sembrado de langostas rojas, y por costas floridas tan vistosas que el sitio era llamado el archipiélago de los Jardines y los Jardinillos.

En medio de miles de cosas espléndidas, tres cosas muy tristes ocupaban su mente, y sobre ellas escribió más tarde con énfasis: la soledad de unas costas que siglos atrás estuvieron pobladas de nativos taínos, porque algo en el aire no permitía olvidar el gran colapso que redujo cien veces la población en los primeros tiempos del choque de los mundos; el horror de la esclavitud, que le repugnaba desde niño, y que ahora pudo advertir plenamente, en el dolor sin esperanza de las víctimas y en la refinada insensibilidad de los verdugos; y el modo lento pero implacable como se iba borrando la naturaleza primitiva. Esa destrucción progresiva de los pequeños bosques, arrasados por una cultura impaciente, algún día sería una catástrofe.

Había disfrutado tres meses de la isla, menos de su naturaleza que de su orden urbano, de su grandeza y su esplendor, pero también padecido su agitación y su espanto; la estudió con amor como nunca antes nadie, y supo cómo corregir con sus observaciones y mediciones los mapas que marcaban las rutas de todos los barcos del Caribe. Allí le ocurrieron cosas de esas que Humboldt no consignaba jamás en sus diarios, pero que no le permitirían sacarse esa isla del corazón.

Al día siguiente emprenderían el viaje hacia el istmo, haciendo una escala en Cartagena de Indias. Era la última noche en la isla de Cuba, y en la bahía de Trinidad, una ciudad apacible sobre el Caribe, algo desconocido vino a despedirlos. Mucho habían encontrado cocuyos y luciérnagas, pero nunca esa abundancia milagrosa de luces que titilaban en la noche de Trinidad, como una malla parpadeante: una gasa luminosa recubría las cosas, volviendo el paisaje casi un sueño. La oscuridad parecía inventarlas, se posaban por miríadas en todas partes, a Alexander a veces su luz se le antojaba azul y a veces roja, «en ninguna otra parte he visto tan innumerable cantidad de insectos fosforescentes, porque las hierbas que cubren el suelo, las ramas y las hojas de los árboles resplandecían con aquellas luces rojizas y móviles…».

No podían saber si ese milagro sería venturoso o aciago. Zarparon rumbo a Cartagena, con la intención de ir después al istmo de Panamá, pero los dos viajeros no llegarían nunca a Portobelo, al puerto amurallado y a la playa apacible donde siglos atrás hacían escala las caravanas de galeones y se alzaba la feria más grande de Occidente, esa fortaleza con cañones en cuya bahía dormía boca abajo, cautivo en un sepulcro de plomo en el fondo del mar, y bajo una bandera negra con tibias cruzadas, Francis Drake, caballero y pirata. Porque a dónde vamos es algo que deciden los hombres, pero a dónde llegamos a menudo depende de las tempestades.

La corriente

«Cuba pudo haberse convertido en una inmensa plantación de algodón».

«Ya has visto que aquí, como en México, en Egipto o en la India, el algodón crece silvestre».

«Recuerda lo que dijo sir John de Mandeville en su libro de maravillas, que en la India había un árbol en cuyas ramas crecían pequeños corderos. Las ramas eran tan flexibles que se inclinaban hasta la tierra, para que los corderitos pudieran pacer en los prados entre los árboles».

«En Alemania decíamos que es un árbol capaz de producir lana, y por eso lo llamamos Baumwolle».

«Es extraño que la palabra que se abrió camino para nombrar esa planta no haya sido latina sino árabe. No solo en castellano sino en inglés, en francés, en italiano, el algodón sigue siendo ese Al-qutn que trajeron los moros a España».

Por el mar más espléndido, por el mar de los muchos colores, la goleta avanzaba hacia el sur siguiendo la línea del paralelo 80, sobre la que están Trinidad en la isla de Cuba y Portobelo en el istmo de Panamá. En Aranjuez, Alexander le había pedido a Mariano de Urquijo que incluyera el virreinato de la Nueva Granada en la lista de los sitios que pensaba visitar, solo porque necesitaba pasar por Panamá, alcanzar a Baudin en algún puerto del Pacífico, sumarse al fin a su expedición alrededor del mundo. Ya en Cuba comprendió que aquella petición era visionaria, porque les permitiría visitar a Cartagena de Indias, pero al embarcarse no podía imaginar que ese virreinato, que no estaba en sus planes, acabaría por ser uno de los trayectos más dilatados y fecundos del viaje.

Después de pasar varios días en Batabanó, salieron de Trinidad el 9 de marzo, y entonces comenzaron los que llamó después «los 21 días detestables». Como si una fuerza nacida de su propia mente se volviera contra él, la corriente equinoccial que había visto en su imaginación cuando se embarcaron en Tenerife apareció de pronto y empezó a desviarlos de la ruta de Cartagena. Al comienzo era solo una calma que se iba volviendo desesperante. Pasados ocho días empezaron a corregir el rumbo cerca de la isla Caimán. Del 20 y el 21 de marzo solo sabemos que Humboldt perdió las coordenadas, pero el 24 ya estaban pasando entre Providencia y el cayo Roncador, y la insidiosa corriente invisible los desviaba, los desviaba.

El capitán, por puro celo de su autoridad, se negó todo el tiempo a aceptar las coordenadas que Humboldt obtenía con sus instrumentos, y persistió tercamente en un rumbo que los alejaba de la ruta de Cartagena. Cuanto más insistía el barón más se fastidiaba el oficial, que reveló ser desastrosamente inepto. Terminaron adentrándose por el golfo del Darién, y cuando intentaron navegar hacia el oeste, un viento huracanado empezó a combatirlos.

Fueron días tensos y peligrosos. El capitán, cuanto menos manejaba las cosas, más torpemente se comportaba con los pasajeros. Bordearon las islas de San Bernardo, entre Salamanquilla y Puerto Boquerón, y el 25 de marzo desembarcaron y acamparon en la desembocadura del río Sinú, en el Zapote. Humboldt y Bonpland, otra vez deslumbrados, y ya sin la compañía de Carlos del Pino, pero con la de su valioso sustituto José de la Cruz, y con Cachi, el perro que los siguió por el resto de América, hasta volver con ellos a Francia, aprovecharon para reconocer la extraordinaria naturaleza que se abrió ante ellos en aquel golfo cálido, donde se alzaban más palmeras distintas de las que Bonpland pudo haber soñado jamás.

Entre un grupo de indígenas y mestizos curiosamente hallaron a un alemán, que mostró una extraña indiferencia ante el hecho de que un paisano suyo apareciera por aquellas playas. Era un hombre inquietante, seco, indiferente; parecía haber olvidado su tierra nativa y parecía esforzarse por olvidar incluso su idioma. Alexander intentó hablar con él; indudablemente, sintió curiosidad por alguien que bien podía ser el hombre más solo de la Tierra y con el pasado más misterioso, pero ante ese mutismo insondable, y ante la insistencia de los mestizos en advertirles los peligros de aquellas selvas, con la exageración que generalmente los nativos muestran ante los recién llegados, prefirió pedirle a Bonpland que se internaran por las playas selváticas a complacerse con una vegetación aún más deslumbrante que la que hallaron en Cumaná en su primer desembarco. Dos días permanecieron en las bocas del Sinú, y el 27 volvieron a embarcarse para intentar una riesgosa navegación de cabotaje. El mal tiempo arreciaba.

La goleta era estrecha, pronto empezó a crecer el oleaje, y para permitir que los tripulantes maniobraran con libertad en la cubierta, los pasajeros tuvieron que bajar a una suerte de pozo desde donde les tocó más imaginar la tormenta que verla: rugía el viento, las olas azotaban con fuerza los costados del barco, pero aunque la tempestad los obligaba a apartarse de la costa, los tripulantes no querían alejarse demasiado. El viento se enconaba sobre el barco. Y para Alexander, en el pozo de aquella goleta, oyendo el rugido de la tempestad, fue como si las sirenas estuvieran cantando. Las sirenas antiguas cantaban las ventajas del agua, la felicidad de yacer en el fondo del mar, pero lo que estas voces angustiosas le decían era todo lo contrario: que había llegado la hora de viajar tierra adentro, de ver lo que guardaba el continente. Los dos viajeros se estaban acostumbrando a que las decisiones más urgentes las tomara el destino, y solo les quedaba tratar de aprovechar, después de cada puerta cerrada, las puertas que se abrían.

La Nueva Granada no estaba en sus planes iniciales, pero Alexander había tenido poco antes un pensamiento curioso acerca de los viajes de exploración y las navegaciones. «Durante una navegación de varios años la tierra no se presenta sino rara vez a la observación del viajero; y cuando la encuentra después de grandes demoras, la halla a menudo despojada de sus más bellas producciones. Algunas veces, más allá de una costa estéril, percibe una cadena de montañas cubiertas de verdor, pero cuya lejanía las sustrae a sus investigaciones, no logrando con este espectáculo más que aumentar su contrariedad».

Era una lástima fatigar las distancias oceánicas y bordear esas comarcas inmensas sin visitarlas de verdad: presenciar apenas los contornos litorales y perderse una naturaleza llena de revelaciones. La tierra que orillaban parecía llamarlos. Y por primera vez Alexander sintió que, aunque el viaje de Baudin alrededor del mundo seguía siendo una gran tentación, ver de tantos países solo las costas lo haría preguntarse el resto de su vida cómo habría sido entrar en esas selvas, cruzar esas llanuras, escalar las montañas. Qué oportunidad, parecía gritarles la tormenta, esta de viajar por el interior, dejando por un tiempo el cautiverio y el peligro de las navegaciones. Claro que muchos conquistadores recorrieron palmo a palmo el territorio, pero tenían los ojos tan llenos de lo que buscaban que eran ciegos a lo que iban encontrando. «Al mundo ciertamente no lo sabe ver la codicia, sino solo la curiosidad».

Era un gran sueño dar la vuelta por el cinturón de los mares, cerrar el círculo de Magallanes, la medición del globo, pero ahora Humboldt volvía a ser el muchacho que fue, ese que diez años atrás le había prometido a su amigo Johann Friedrich Pfaff en una carta «describir una parte hasta ahora desconocida de la historia universal». En esa carta, Alexander le anunciaba con voz de profeta que aquella descripción aparecería veinte años después bajo el título: Ensayo sobre una futura historia y geografía de las plantas, o quizás «Informe histórico de la extensión progresiva de la vegetación sobre la Tierra y de sus condiciones geognósticas».

Es preciso contar todo esto porque aquel viento sobre el barco no estaba hablando solo, algo en Humboldt le estaba ayudando para llevarse a sí mismo a una decisión inesperada: la de proseguir el viaje selva adentro. Estaban asustados, estaban pálidos, también el miedo aportó alguna cosa, pero si el viento con sus sirenas insinuaba que estaba llegando la hora de internarse por el continente, otra voz añadía que eso no solo sería más seguro sino más instructivo. Atravesar llanuras, cruzar bosques, remontar ríos torrenciales era deseable, pero remontar las cordilleras empezaba a ser la mayor tentación. ¿No decían las leyendas que fue de las montañas de donde nos llegaron las leyes? ¿Por qué, después de siglos de descubrimientos, lo que menos miraban los sabios eran precisamente las montañas? ¿Tanto pesaban su poder y su enormidad, tan fuertes eran la fatiga de sus vertientes y la amenaza de sus abismos?

No imaginaban que al borde de la perdición estaban iniciando otra aventura; que sería su destino convertir la Montaña en objeto de conocimiento y en tema apasionado del arte; que lo que estaba germinando en el vórtice, en el fondo del pozo y en la vecindad de la muerte, sacudidos por la corriente equinoccial como ese tronco de *Cedrela odorata* que llevaron las olas a la arena de Tenerife, no era solo la decisión de recorrer la Nueva Granada, que nunca estuvo en sus planes, sino la posibilidad de cumplir aquella promesa hecha a los veinte años: dar con las claves que explican cómo avanza la vegetación interpretando y revelando el planeta.

Esto es lo que pasaba en el fondo del pozo, porque allá arriba, en la cubierta, la tempestad no daba tiempo para pensar; las olas eran cada vez más grandes, el capitán desconcertado no sabía cómo afrontarlas, una ola inmensa se alzó y el piloto en vez de cortarla con audacia permitió que golpeara la nave por el costado, de modo que el barco se inclinó quedando a merced de las olas. El agua que inundaba la cubierta caía a chorros en el pozo donde Humboldt y Bonpland comprendieron que el barco se estaba hundiendo sin remedio. Arriba, el timonel entendió que no había nada que hacer, ningún modo de maniobrar, que el barco estaba fuera de control. Trató de zafar la vela para que al menos el viento no agravara lo que estaban haciendo las olas, pero no era el momento de hacer eso… y entonces uno de los pasajeros, don Mariano, advirtiendo la confusión del piloto y viendo perdida la esperanza, con un empujón le arrebató el timón de las manos, y de un modo instintivo, dando un vuelco brusco, consiguió enderezar el barco, que ya estaba de lado y a medias sumergido.

El agua corría con más fuerza por la cubierta, y Humboldt en el pozo sintió al mismo tiempo que una cascada entraba por la escotilla pero que el barco se estaba enderezando, que recobraba el equilibrio, que de repente un viento poderoso se imponía sobre la discordia de las olas y empujaba la nave desde la popa, haciéndola cada vez más estable.

Fue así como la goleta entró de pronto en la ensenada de la península de Barú: estaban a las puertas de Cartagena de Indias.

Pájaros

«La ciudad tiene una luz que parece irradiar de las cosas. Es una estampa colonial de mansiones espaciosas y frescas que guardan cada una un bosque adentro, con su luna y sus tucanes, *Ramphastos sulfuratus*, con balcones que lo hacen sentir a uno en Cádiz o en Sevilla, y murallas que el rey, desesperado de su larga construcción, dijo que ya debían alcanzar a verse desde España, pero nadie al llegar adivina que lo que vemos es apenas el umbral de una imponente selva equinoccial. A unos cuantos kilómetros empiezan los bosques de Turbaco, que tienen ya otro clima aunque están solo 300 metros más altos, donde avanza la niebla en las mañanas en la vecindad del Caribe y parecen estar todos los árboles enormes, todas las bromelias y las tilancias; donde orquídeas parásitas agobian de belleza los troncos viejos; donde las melenas y el musgo les dan a las ocoteas el aspecto de duendes centenarios, y uno aprende enseguida a diferenciar los cocuyos de brillo intermitente de las luciérnagas que pasan con su luz prolongada por trayectos más largos».

Pero Alexander había escogido a Cartagena porque allí se hallaba desde hacía cinco años el capitán Joaquín Francisco Fidalgo, encargado por la Corona de trazar el contorno de las costas del continente, de dibujar el rostro del Caribe. Fidalgo venía sextante en mano desde México por golfos y bahías, cabos y promontorios, ensenadas y puertos y archipiélagos, situando las orillas con una precisión renovada, porque su expedición oficial traía más instrumentos que la de Humboldt; y de nada estaba más ansioso Alexander que de comparar sus medidas de Cumaná, La Guaira y la nueva Barcelona, de La Habana y Trinidad, del Sinú y el golfo de Morrosquillo, Calamar y Turbaco, con las del geógrafo real.

Se instalaron por urgencia en la más mísera posada imaginable, donde hallaron un grupo de haitianos rebeldes maldiciendo a Toussaint Louverture, pero hasta allí fueron a visitarlos los personajes más notables de Cartagena. Uno de ellos era el español Domingo Esquiaqui, ingeniero cartógrafo y teniente coronel de infantería, un sabio constructor que dejaría huella en la Nueva Granada, en torres y puentes y mapas memorables, y que diez años después sería mariscal de los ejércitos reales en Cartagena. Otro era José Ignacio Cavero, que vino de Yucatán con el arzobispo Caballero y Góngora y fue el guardián de su biblioteca de diez mil volúmenes cuando el arzobispo fue nombrado virrey. Desde entonces todo pasaba por sus manos, como oficial real, administrador de tabacos y director de la Aduana.

Pero el principal visitante fue Ignacio de Pombo, de Popayán, ocho años mayor que Humboldt, quien se había hecho rico con el comercio de quina y de ganado después de gobernar fragatas por medio mundo. Tenía tratos con Cádiz, conocía como pocos su país, y se pasaba los días emprendiendo aventuras de esas que les dan forma a las naciones. Parecía increíble que hubiera en aquel tiempo criollos capaces de explorar con tanta pasión el territorio; vigilaba las rutas centenarias del contrabando, y acababa de lograr la apertura de la navegación por el Atrato, que corre hacia el norte entre las densas y lluviosas selvas del Chocó, donde se descubrieron minas de platino.

(Desconocedores todavía de su valor, los españoles usaban ese metal para hacer rendir el oro de las monedas; pero Francia, a consecuencia de la revolución igualitaria, vivía una búsqueda frenética del patrón de todas las medidas. Fijaron la dimensión del metro, pusieron metros de mármol con sus divisiones en decímetros y centímetros en las fachadas de los edificios, investigaron el metal en que pudieran acuñarlo con la mayor exactitud. Y sería un discípulo de Humboldt, Boussingault, que repitió su aventura por las selvas granadinas, quien más tarde reveló que el patrón del metro universal, forjado en París, y que siguió siendo el patrón a lo largo del siglo, había sido acuñado con platino del Chocó, el metal más seguro para garantizar la precisión de ese objeto arquetípico).

Su conversación exquisita, su considerable biblioteca, su cercanía con el mundo europeo, su conocimiento de las regiones más secretas de la geografía del país, pronto convirtieron a Ignacio de Pombo en el gran anfitrión de los viajeros en Cartagena. Los sacó de la posada infecta y los instaló en la mansión que le había comprado al anterior virrey en las colinas de Turbaco, un pueblo de cien casas entre los bosques con un clima más amable, porque a trescientos metros de altura en aquel litoral ya llegan otras brisas, y este era el sitio donde llevaban a aclimatarse a los viajeros que creían morir bajo el sol despiadado del litoral.

Allí vivieron una de las temporadas más serenas y jubilosas de sus vidas, con un paraíso de salvaje vegetación a su alcance y todas las comodidades de una casona colonial de ventanas en arco y techo de palma, sofisticada y espaciosa.

«En ningún sitio de Suramérica oí cantar las aves tan tiernamente, con gorjeos tan hondos, como en los alrededores de Cartagena. En Europa se afirma y se vuelve a afirmar que hacia el ecuador la raza humana degenera, aunque los caribes son un gallardo y excelente pueblo de gigantes, semejantes a Júpiter Olímpico en fuerza y conformación. Pero es que allá también se afirma que en los trópicos todas las aves graznan».

Caminar por La Habana, el corazón de la nueva civilización comercial, era algo muy distinto de navegar por el Orinoco, en lo más hondo de las tierras salvajes. Pero llegar a Cartagena de Indias era participar de ambos mundos: la vieja ciudad amurallada con su castillo militar se parecía un poco a La Habana, pero atrás comenzaba una selva que bien podía ser el continente entero. Y el entusiasmo que les despertaron estos litorales fue casi mayor de lo que había sido la epifanía de Cumaná.

«¡Qué felices han transcurrido hasta ahora los días de Turbaco! El clima es fresco, el aire de la montaña es celestialmente puro y refrescante, el pueblo está sobre una loma, en medio de valles boscosos donde manan pequeños arroyos. ¡Qué panorama ofrece nuestro jardín! Una terraza escarpada se inclina hacia un abismo. Se ve un profundo valle rocoso, encerrado desde el oriente hasta el sur por cercanas y lejanas cadenas montañosas. El valle y las montañas, todo está cubierto de una espesa vegetación, con majestuosos árboles de los Andes. Plantaciones de plátano guineo y grandes cantidades de bambúes sonríen desde el desierto con amistoso verdor. Poco después de la salida del sol reposa la niebla en el valle. Las copas de la alta ceiba, la ocotea, el *Anacardium caracolí*, que atrae el agua, y sobre todo la increíble *Cavanillesia platanifolia*, a la que llaman macondo, descuellan como un archipiélago sobre este mar brumoso. A cada hora se transforma la escena, pero siempre está animada con los trinos de las aves silvestres».

Vivió la singular felicidad de comprobar que sus mediciones eran idénticas a las de Fidalgo, el capitán de fragatas, cartógrafo oficial del imperio. Advirtió una vez más que los hombres más sabios son los más sencillos: Fidalgo, además de modesto, era amable y tranquilo, hacía todas las mediciones por su propia mano, y tuvo el talento de sostener con firmeza una expedición por costas insalubres, donde muchos pilotos murieron y donde siempre faltaban asistentes, pues la Corona, con el pretexto de que les pagaba muy bien a los expedicionarios, no respondía jamás a sus mensajes.

Turbaco

Habrían querido no irse nunca, pero el demonio fáustico pronto empieza a picar como un tábano, la espuela del avance incesante se hunde con dolor en el alma, los dos viajeros abrumados de muestras y herbarios, de dibujos y mapas, no ignoraban que para poder regresar algún día a Europa tenían que alejarse todavía más, alcanzar los confines de su aventura, apurar el licor hasta el fondo. Y fue Ignacio de Pombo quien les habló de Mutis.

Les dijo que el botánico de Santafé de Bogotá no era apenas, como muchos pensaban, un anciano aficionado a la vegetación, que disecaba plantas y coleccionaba herbarios, sino un sabio increíble que llevaba treinta años estudiando la flora equinoccial, desde cuando Carlos III lo nombró director de la Real Expedición Botánica de la Nueva Granada. Más tarde, Humboldt comprobó con asombro en Santafé que aquel viejo había reunido una biblioteca de botánica solo comparable a la de Banks en Londres, y que se carteaba con Linneo, describiéndole las especies desconocidas, para que el sabio sueco le ayudara a fijar la taxonomía.

Cuanto más entraba en América más le llegaba en avalancha la memoria de Europa, porque al parecer solo vemos por contraste. Cada fracción de este mundo salvaje, cada flor nueva, cada planta sorprendente, cada manglar, cada contorsión del gimnoto descargando electricidad en los pantanos, lo hacía pensar en el mundo del que procedía, le revelaba las dimensiones y el tono singular de su tierra de origen.

Cada día traía nuevas razones para querer cruzar paso a paso este país que no había imaginado. Recordó que ya en Madrid le hablaron de José Celestino Mutis, quien viajó como médico del virrey Pedro Messía de la Cerda, y era conocido por físicos y botánicos como una de las mentes más lúcidas de la España ilustrada. Humboldt se explicó mejor por qué la historia de la casa real lo obsesionaba, y pensando en Mutis y en su aventura, mientras exploraban las mañanas de Turbaco y veían ya de lejos las costas luminosas de Barú y Cartagena, siguió contándole a Bonpland lo que sabía de Carlos III.

«Quién diría que ese hijo de un rey loco fue el mejor rey que tuvo España, y que en menos de treinta años logró tantas cosas. Limitar el poder de la nobleza, lo que no dejó de sembrar odios; repoblar las regiones deshabitadas (es increíble el modo como a esos pueblos hermosos y a esos castillos en ruinas ya solo los poblaban fantasmas), y repartir una porción de los caudales del clero (lo que hizo que muchos prelados empezaran a sentirle como un olor de azufre), mientras emprendía sus reformas en favor de la gente humilde. Por suerte, abandonó sus delirios versallescos: impulsaba la industria, fortalecía el comercio, protegía las artes. Hay que ver ese lienzo que le hizo Goya hace quince años, poco antes de su muerte: un retrato admirable no de realeza sino de realidad; no parece un rey sino apenas un hombre afable y ya mayor, de ojos inteligentes, de nariz larga y cómica, de sonrisa tranquila y sabia, con un perro durmiendo a sus pies. El retrato ni siquiera le hace honor a su fama de buen cazador, pero da información detallada y profunda sobre ese ser humano que gobernaba España hasta hace poco, el anciano feliz en que se convirtió aquel niño que miraba las flores. Tuvo dos virtudes que pueden salvar a un gobernante: era infatigable y era pertinente. Impulsaba los mármoles, las porcelanas, los tapices, las mayólicas, los mosaicos; con él, la platería se volvió ese arte mayor que la historia de España prometía… y hasta fundó la real fábrica de relojes; lo cierto es que por todas partes se sienten sus luces. Tenía que ser un hombre muy singular, si España prefiere recordarlo no como un rey sino como el mejor alcalde imaginable. Y es solo por su influjo que, a nosotros, dos extranjeros, o sea, dos sospechosos, se nos han abierto las puertas de este continente, pues Mariano de Urquijo era su protegido. Si es tan grato recorrer Madrid, visitar sus plazas y sus monumentos, sus jardines, su tejido urbano, créeme que es por las huellas de este hombre, al que se le deben desde los hospitales públicos hasta el uso de adoquines, las avenidas, las fuentes. Por él existen la Puerta de Alcalá y el edificio del Prado, que quería convertir en un Museo de Historia Natural. Parece que los mejores gobernantes a menudo lo son contra su voluntad. Y si quedó en deuda con las Indias, eso les pasó a todos, aunque algo intentó; pero es que el estallido de la Revolución en Francia, meses después de su muerte, despertó un pavor pánico en los poderes que este rey había contrariado, y la España que agradecía la luz de razón y la promesa de futuro que trajeron sus obras, corre el riesgo de hundirse otra vez por caminos de furia…».

Habían vuelto a las playas de Barú, hablaban otra vez del momento en que estuvieron a punto de naufragar. Después, en las arboledas de Turbaco, admiraron los volcanes de lodo que ocupaban una gran extensión, y ante ellos el joven Louis de Rieux trazó el boceto que más tarde se convertiría en una de las láminas más representativas del viaje. Visitaron emocionados un ojo de agua, un estanque circular en el que manaba sin tregua un líquido de una limpidez casi sobrenatural. Grandes columnas de palmeras producían la sensación de templos luminosos, árboles inmensos se copiaban en los lagos, y el aire era tan transparente que Alexander afirmó haber visto en una mañana despejada los lejanos picos nevados de la sierra de Santa Marta. Se oían tantos sonidos de animales en la noche, el croar diverso de muchos sapos y ranas diferentes, el trillar de los grillos, silbos, crujidos, roces, que solo al amanecer se alzaban nítidos, más poderosos que todo, los gritos en mil lenguas de todos los pájaros.

Bastaron pocos días para que Humboldt definiera la ruta que seguirían tierra adentro, sintiendo de verdad las selvas y los montes, para felicidad de Bonpland. Ya tenían muy claro que los descubrimientos apenas comenzaban, que un continente virgen se abría ante ellos. A las playas de vegetación abrumadora se añadirían los ríos salvajes, a las ciudades coloniales los volcanes activos, y a los bosques de árboles corpulentos la vegetación abigarrada de todos los pisos térmicos. En aquel laberinto de valles fluviales y montañas brumosas, miles de fenómenos naturales solo estaban esperando a quien fuera capaz de verlos.

Y así salieron finalmente de Turbaco como quien deja a su pesar el paraíso, casi expulsados por su propia impaciencia. Abandonaron la mansión de Ignacio de Pombo, que añorarían hasta la vejez. Dejaron atrás los experimentos con el barro y con las luciérnagas, los volcanes de lodo, las ceibas y las bongas, las palmeras y las mimosas, y avanzaron por un aire trenzado de ramas cubiertas de orquídeas moradas y lilas, bajo un bullicio de loros y de pájaros que por lo pronto eran imposibles de clasificar, tantas eran las variedades, los colores, las formas.

Apenas alcanzaban a reconocer con su bello antifaz negro alguna tángara de rayas azules diademada de amarillo, *Tangara xanthocephala*; o la preciosa golondrina azul y blanca, *Pygochelidon cyanoleuca*, que parece una joya de metal y casi nunca se posa en parte alguna; o en el tronco de un árbol un sonido atraía la mirada, el picoteo del carpintero buchipecoso, *Colaptes punctigula*, con su cabeza escarlata, su plumaje marrón y su poderoso pico de espina; o veían esas gemas vivientes, las incontables variedades de colibríes suspendidos en el aire en torno a los macizos de flores; o veían arder de pronto la brasa de la tángara pico de plata, *Ramphocelus dimidiatus*; o la esbelta flecha del chamón parásito, *Molothrus bonariensis*, de un azul acerado y profundo.

Río arriba

Lejos, al sur, hay un punto donde la cordillera de los Andes, que viene maciza y enorme desde los glaciares australes, que cruza erizada de volcanes la frontera entre Argentina y Chile, que después atraviesa el viejo mundo de los incas con todos los bellos colores de la aridez: rosado de arcillas y blanco de areniscas de cuarzo y rojo de hierro y verde de filitas de magnesio y pardo de las rocas terrosas cuaternarias y amarillo mostaza de las areniscas sulfúricas; esa mole de montañas que abruma al mundo con sus cumbres blancas sobre la línea ecuatorial, se llena de repente de vegetación y se abre al fin en tres ramales distintos antes de descender hacia el Caribe.

En ese punto en que la cordillera se trifurca hay una rosa de aguas, el nudo de los Pastos, donde surten enormes manantiales. La luz equinoccial rompe la fuente, y de allí brotan ríos en todas las direcciones: hacia el sur el Caquetá, a desplomarse en el Amazonas; hacia el oeste el Patía, que rompe las paredes de basalto de la cordillera para desembocar en el océano Pacífico; hacia el norte el Cauca y el Magdalena, que cruzan largos valles antes de unirse para descender hacia el mar.

Son esos los caudales que bañan y alimentan el país de jaguares por el que los viajeros avanzaban. Si cada lengua es única, pero todas las lenguas son la misma, todos los ríos son el mismo, pero cada uno es inconfundible. Y fue por el Magdalena, que era más verde entonces, por donde

Humboldt y Bonpland decidieron emprender el viaje entre las selvas granadinas, hacia el corazón del virreinato.

El 19 de abril de 1801 salieron a las once de la noche de la casa de Pombo en Turbaco, para aprovechar la frescura de la noche de luna, y avanzaron por bosques iluminados de cocuyos, *Pyrophorus electricus*, siguiendo con sus baquianos un camino estrecho e irregular que serpenteaba entre la espesa selva. «Las altas copas de los árboles estaban adornadas con mil luces azuladas». Al romper el día se encontraron en Arjona, junto a un extenso bosque de bambúes.

Hay un lugar en que el río Magdalena está más cerca de Cartagena que de su desembocadura, en el sitio que llaman Bocas de Ceniza. Solo lo separa de la ciudad una sucesión de ciénagas, y alguien concibió en el siglo XVII la idea de abrir un canal que comunicara a Cartagena con el río, uniendo esas ciénagas para abreviar el ritmo del comercio y conectar a Santafé con el puerto principal del Caribe.

Recogieron mil indios en las encomiendas de la región y mil esclavos en las haciendas entre Cartagena y Tolú, pusieron en esas cuatro mil manos palas y picas, y abrieron en seis meses el canal del Dique, sin que sepamos cuántos de esos pobres esclavos del dilatado campamento nómada de chozas de palma, que iba avanzando junto a las ciénagas, lograron sobrevivir al esfuerzo terrible.

Buscando el canal del Dique, ese brazo navegable que une a Cartagena con el río Magdalena, caminaron aquella noche, y la canoa que los recogió en Mahates tuvo que atravesar después el canal doce veces para llevar el equipaje. El canal había sido construido a la diabla, sin esclusas, así que cuando el río estaba bajo podía permanecer seco por meses, pero al llegar el invierno lo inundaban las aguas salvajes, que llenaban de arena las ciénagas.

Alexander creyó al comienzo que aquel canal era obra de la naturaleza, un brazo de agua que se desvía hacia el oeste mientras la gran corriente avanza rumbo al norte hasta Bocas de Ceniza, el delta fangoso que se pierde en el mar. Pero más tarde se enteró de que el cauce tremendo fue taladrado a golpes de pica y de pala, siglo y medio antes, por esas legiones de esclavos negros e indios que prácticamente se deshicieron en el barro para abrir el paso entre Cartagena y Santafé, esquivando el delta arenoso que era la perdición de los barcos.

El país era una selva desde Cartagena hasta Honda, y al comienzo vieron un bosque de mimosas de flores moradas y amarillas, cavanillesias altísimas que se imponían sobre el paisaje, palmas amargas, pothos de hojas enormes y de flor escarlata. En Calamar, a orillas del río, los esperaba el champán que Humboldt había hecho traer desde Mompox.

Esto no era el Orinoco: aquí el agua fluía torrencial sobre un lecho profundo, y remontar el río exigía en aquel tiempo luchar de tal manera contra la corriente, que no servía cualquier embarcación. El champán tenía casi veinticinco metros de largo y solo dos de ancho, una suerte de lanza para enfilar contra la corriente, impulsada por la fuerza asombrosa de diez bogas que no remaban, porque contra la corriente no vale remar, sino que empujaban la embarcación con palancas de casi cinco metros de largo, que se bifurcaban en el extremo.

Solo en el descenso aquellas embarcaciones podían abandonarse a la corriente por el centro del río, que tiene entre quinientos y mil metros de ancho, pero subiendo tenían que avanzar junto a la orilla, impulsando la nave con fuerza tremenda y con total regularidad, para no correr el riesgo de que el río les tomara ventaja. Desde el comienzo todo era tormentoso, la prisa del agua y los gritos de los bogas, casi todos zambos, hijos de esclavos del Chocó que compraban su libertad contrabandeando con oro, y de indias de la llanura que no pertenecían ya a comunidades cerradas.

Los amores de negros y mujeres nativas eran fruto de la vida en libertad, y engendraban a estos zambos indómitos, libres, bulliciosos, salvajes, que por algún motivo escogían este trabajo extremo. Tenían cuerpos enormes, y con el paso de los años, de tanto luchar con el río, tenían también la fuerza del río; pero aunque conocían muchas de sus corrientes secretas, cada cierto tiempo un golpe súbito de los caudales arrojaba un boga al agua, y este tenía que nadar de prisa antes de que le dieran alcance los caimanes.

Iban cubiertos apenas por un guayuco, cuando no completamente desnudos, y mientras unos empujaban la orilla los otros corrían a ocupar su lugar para empujar de nuevo, en una sucesión incesante, para no perder el avance, y mientras se turnaban no dejaban de lanzar sus gritos, que al comienzo aturdían a los viajeros y enloquecían a Cachi, que ladraba sin fin. Humboldt fue comprendiendo que los gritos, alternados con aullidos y maldiciones, terminaban teniendo un ritmo musical; eran sobre todo un componente inevitable del esfuerzo, un modo natural de acompasar el aire en los pulmones.

Como quien camina por el lomo de un animal gigantesco, no abandonaba ni un instante la tarea de medir las temperaturas y el magnetismo de las orillas, de estudiar los caimanes, de aprovechar los descansos para hacer anotaciones cuando se lo permitían los enjambres feroces, de tomar muestras de plantas y de insectos. Hoy experimentaba arrojando maderos para adivinar las contracorrientes y mañana diseccionaba el cerebro de un papagayo, pero todo el tiempo espiaba los movimientos de los bogas. La forma como se les hinchaba por el esfuerzo la vena yugular, la abundancia de su sudor en ese clima asfixiante que nunca tenía el alivio de una brisa fresca, y en su eterna y misteriosa alegría, el modo como la fuerza del río iba deformando o diseñando sus cuerpos de bronce, todo ello «bajo este cielo tan supremamente indio y bello».

Contó que cuando ya iban a embarcarse en Mompox, los zambos comprendieron de pronto que todavía no se habían bebido todo el salario, y se perdieron por dos días hasta acabarlo, pero sintió también que esas licencias y esa aparente arbitrariedad de sus conductas en tierra eran el correlato de la tremenda disciplina y el rigor casi sobrehumano que exigía su trabajo, porque cuando asumían la lucha titánica con el río, ya no volvían a tener libertad.

Tal vez lo más difícil era entender cómo podían el capitán y sus bogas hacer avanzar ese champán cargado con ochenta fardos de diez arrobas cada uno, cómo lograban deslizarse corriente arriba al empuje de los titanes siempre activos en la proa y que daban zancadas ruidosas sobre la cubierta de madera y de palma, remontar el río con esas diez toneladas de carga, de la que formaban parte los instrumentos que Humboldt y Bonpland consideraron indispensables para situar en el mapa las aguas, los meandros, los climas y los poblados precisos, porque los otros instrumentos se los dejaron a Ignacio de Pombo, para que los hiciera llegar por barco a Guayaquil. Las orillas del río estaban llenas de árboles que inclinaban sus ramajes sobre el agua, y con frecuencia las varas que se hundían en las raíces provocaban el ataque de las serpientes.

Trece horas cada día luchaban los bogas contra la corriente, gritando y gimiendo en una algarabía que tenía algo de liturgia y de canto; al anochecer, colgaban las hamacas de las ramas y dormían desnudos, indiferentes a la voracidad de los mosquitos y al clima siempre ardiente de las orillas del río. Entonces se oían el grito de las criaturas desconocidas de la selva, la queja de alguna paloma torcaz, el aullido de un mono, y algún silencio raro en la noche, más inquietante de pronto que todos los sonidos del día.

La selva y sus guardianes

Todavía traía los ojos llenos del esplendor y de la enormidad del Orinoco, que se explaya por la llanura como un espejo, y tuvo que pedirle perdón al Magdalena por no sentir al comienzo el mismo pasmo que le había producido aquel padre infinito desbordándose por las praderas. El Orinoco seguía pareciéndole tan espléndido que un día dijo casi en tono de queja:

«Uno debería dejar siempre lo más grandioso para el final».

Pero después aprendió a ver la diferencia que hay entre un agua quieta copiando todo el cielo y un agua torrencial y profunda, que fue cavando por millones de años su cauce entre cadenas de montañas, que arrastraba los lodos y las maceraciones de un mundo y llevaba afanoso hacia el mar el tributo de las selvas secretas.

Pronto captó la diferencia entre los dos ríos, en el caudal, en la anchura, en el color y la velocidad, en sus frecuencias luminosas y en los hábitos de su entorno. Si en el Orinoco el día era mortificante, el Magdalena era invivible en la noche: todo el día las nubes de mosquitos oscurecían las llanuras venezolanas, pero en la noche podías ver en paz las constelaciones; aquí era posible ver en el día las montañas, las aves ostentando sus colores, pero desde el atardecer los enjambres de insectos eran una sola criatura que llenaba el aire, zumbando y torturando. Y si al comienzo, como en Cuba, una malla de luz de cocuyos envolvía en la noche la selva, después la nube de mosquitos escondió la Vía Láctea.

Alexander se dijo que un rey no protege sus reinos con tanto celo y con tanta severidad si no tiene tesoros muy importantes que preservar. La comarca que bañan estos ríos tenía que ser un tesoro incalculable, si así lo protegían esas nubes vivientes, las serpientes mortales, las ranas venenosas, los caimanes más grandes del mundo. Pero también se dijo que los humanos no entendemos las cosas así: que todo lo que estorba nuestro avance nos parece un error y una ofensa.

Al comenzar Alexander su viaje, poco sabía la ciencia de Occidente del río Magdalena; al concluirlo, 45 días después, la ciencia de Occidente lo sabía casi todo del río y de las tierras que recorre entre Turbaco y el puerto de Honda. Con la misma curiosidad y precisión con que abría el vientre de los caimanes para estudiar su anatomía y sus procesos físicos, Humboldt iba explorando las aguas, recorriendo la orilla, midiendo las temperaturas, estudiando la humedad del aire entre el río y las ciénagas, reconociendo los meandros, dibujando las contorsiones de la poderosa corriente, situando los afluentes desde el Cesar y el Guatapurí, el Morrocojo y el caño del Lobo, hasta el Nare y el río La Miel, el Guarinó y finalmente el Gualí, que en Honda desemboca verde y helado, bajando del Nevado del Ruiz, a las aguas verdosas y cálidas del río de caimanes.

Ahora conocemos un poco a Alexander y entendemos mejor la opresiva felicidad que lo inundaba al verse avanzando de nuevo hacia el corazón de las selvas. «Aquí todo tarda en ser nombrado, los viejísimos nombres indígenas se rechazan, y ya que la lengua triunfadora casi no sabe nombrar lo que encuentra, se entiende que las gentes opten por no advertir lo que no consiguen nombrar».

Vivía la experiencia de verlo todo en alemán, de pensarlo en francés, de tratar de sentirlo en castellano, de balbucirlo apenas en taíno o en chibcha, y de forzosamente bautizarlo en latín, como ordena la ciencia: sobre todo esas formas vegetales que al ritmo de los climas y de la altura van apareciendo como notas de una música extraña, con todas las texturas y los ritmos.

Ni conociendo todo el mundo natural europeo podía uno presentir estas flores con forma de pájaros, estos incendios vegetales, estas lluvias de lianas desde los troncos inmensos, estos tejidos de orugas en las cortezas cubiertas de musgos, estas criaturas de picos más grandes que sus cuerpos. Alexander se dijo que en Europa llamaban barroco a todo lo que no es natural, a todo lo que es exageración y abigarramiento. «Pero aquí lo natural es eso: lo aparentemente excesivo y superlativo». Y su cerebro parecía hervir un poco ante esa persistente violación de los cánones.

«Todo es bello de un modo que desborda el sentido de la belleza como lo heredamos de Grecia y de Roma... aunque, pensándolo bien, antes de aquellos tiempos clásicos lo bello también era abigarrado y excesivo: el mundo y la mente estaban llenos de quimeras y cíclopes, de hidras y centauros, de jardines monstruosos, de esas bestias que todavía nos dejan ver sus espinazos fósiles en los esqueletos descomunales que encuentran los geólogos y que nadie consigue explicar con certeza.

»Es la vida que brota y asciende, que ondula y estalla, que abraza y tritura, que oprime, succiona y extenúa, que muere y revive sin fin, ocultando mejor que en otras partes sus claves y sus repeticiones; porque la luz, la humedad y las temperaturas hacen de este mundo un infatigable laboratorio de formas y procesos, y el principal trabajo de la vida es agotar todos los modos posibles de perpetuarse y de prevalecer».

Así se iba formando en su mente el bosquejo de un orden posible: las palmeras que ascienden rectas y estallan en lo alto en follajes; los bananeros y las heliconias con sus hojas inmensas que el viento rasga, y sus flores de incendio; los cactus que abundaban en los litorales y florecían en la arena; las ceibas y las bongas que parecen mansos animales corpulentos; las mimosas, sonoras en las altas acacias o silenciosas en las adormideras que reaccionan al roce de una yema humana; las siempre inventivas orquídeas; los corazones manchados y enormes de los pothos, erguidos o plegados en cartuchos y anturios; los aloes que parecen reventar en pencas dentadas y flores agresivas; los helechos que dan la impresión de fraccionarse sin fin; las casuarinas brumosas; las hojas laminadas de las liliáceas abriendo sus lirios y sus gladiolos; las gramíneas que se despliegan desde las hierbas menudas hasta los inmensos guaduales, y que para los pueblos indígenas alcanzan su plenitud en la divinidad del maíz.

Esa copiosa realidad que se nutría del río y a veces se copiaba en él no venía de la imaginación, pero adentraba en el alma sus llanuras salvajes, porque el reino era una sola selva, y sobre el horizonte que al comienzo no tenía límite, empezaron después a insinuarse a un lado y al otro, lejanas y azules, las crestas sucesivas de las cordilleras.

Las chispas

Cada empuje del champán hacia arriba era un grito de los bogas. Desde el agua empezaba la lucha con la cordillera, y también el estado anímico de Humboldt no dejó de ascender desde el aire ardiente e inmóvil de Mompox hasta los vientos helados del Chimborazo.

¿Creía que era posible escapar de la historia? Ni en Europa ni en América lo iba a lograr. A medida que remontaban la corriente, entre el remolino de los caimanes y el vuelo silencioso de las garzas, en el bullicio casi bestial de los bogas que por su regularidad se iba haciendo cada vez menos mortificante, entre los bandazos de la corriente, bajo la profusión de los pájaros, y persistiendo en las mediciones de la temperatura y del magnetismo de las orillas, cada vez se hablaba más de política, porque en estas tierras era la sociedad la que estaba a punto de hacer erupción.

Aunque un criollo ilustrado que después huyó de la revolución, Pedro de Urquinaona, le habló a Humboldt en una carta de 1817 de «la chispa que desde el año de 1809 salió de Caracas y voló a incendiar el continente», atribuyéndole a Bolívar la causa de la insurrección, Humboldt estaba recorriendo un mundo lleno de chispas, y en los diálogos del champán, como después en Mariquita y en la Sabana y en Popayán y en Quito, se las veía brillar como cocuyos.

Cualquier circunstancia era un pretexto para hablar de los excesos y las negligencias de la administración colonial.

Se mencionaba continuamente a Nariño, el hombre que había traducido y divulgado por el reino la *Declaración de los derechos del hombre*, que por causa de ellos fue arrojado al exilio, y que ahora estaba preso en Santafé. En el champán viajaban Mariano Montenegro, su cuñado, y el propio hijo del desterrado, Gregorio Nariño, de diecisiete años, que por las desventuras de su familia afrontaba aquel viaje mortificante, y que con el tiempo terminó siendo el único realista de la familia.

Otro de los pasajeros era el médico francés De Rieux, que le ayudó a Nariño a divulgar su traducción, y que viajaba con su hijo Louis, el joven pintor al que Humboldt había invitado en Turbaco para que hiciera un boceto de los volcanes de lodo.

Algún día sabremos qué pensaba y qué sentía la única mujer que iba a bordo de aquella embarcación, la amante del médico De Rieux, doña Manuela de Castro, entre bogas que eran como fuerzas de la naturaleza, políticos exaltados, científicos hiperactivos y adolescentes conflictivos; donde era preciso manejar el exiguo espacio que dejaba la carga, los accidentes con golpes y culebras, las fiebres recurrentes de Bonpland que finalmente lo postraron en Honda por varios días, las angustias de Gregorio, las tercianas de los bogas que les producían llagas pestilentes, entre los asuntos de la pesca y la alimentación, los debates políticos, la profusión de insectos desconocidos, el remolineo de los caimanes y una intimidad casi imposible.

Se hablaba continuamente de la situación del virreinato, se mencionaba tanto al perseguido Nariño y al estudioso Caldas, que Humboldt llegó a sentir que ya los conocía sin haberlos visto, y que ambos lo acompañaban en su entrada a las selvas equinocciales. Pero la revolución inminente ya arrastraba sus pesadas contradicciones. Para De Rieux era más fácil profesar el culto de la *liberté* que comportarse humanamente con la servidumbre, y más adelante Humboldt sintió indignación al comprender que muchos criollos que utilizaban el discurso de los derechos humanos para sacudirse de la dominación española nunca estarían dispuestos a fraternizar con los indios ni con los esclavos.

El mercado de esclavos de La Habana, vivido como algo natural por esos criollos cultivados y ricos, volvía a su mente como uno de los espectáculos más atroces e indignantes que había visto en su vida; pero aquí también, por las orillas del Magdalena, por todas partes, se hallaban esas muestras de crueldad señorial:

«Vimos en El Peñón un ejemplo terrible de la tiranía del corregidor, cargo semejante al de un escribano del Palatinado. Esta ralea es igual en todas partes. Una muchacha india había sido sometida al cepo y con los pies tan altos que solo tenía la espalda contra el suelo, de modo que el cepo (con los huecos del madero muy estrechos) le hinchaba los pies. Todo su crimen consistió en que, yendo a recoger agua, le dijo a una amiga que el corregidor cohabitaba con su cocinera, un hecho que, por lo demás, era sabido por el pueblo entero. El corregidor se había ido de viaje por la mañana sin comentar cuándo regresaría, y antes de su regreso no se podía pensar en la liberación de la joven. Hay que considerar la situación de esa muchacha, asediada por los mosquitos, desnuda en este clima ardiente y sin poder defenderse. Una india vieja, la esposa del capitán indígena, apenas si acertó por compasión a quemar estiércol seco cerca de la muchacha, para espantar un poco los mosquitos. Nuestro acompañante se ganó con dinero a la anciana, y por la noche dejaban en libertad a la muchacha abriendo el cepo. La vieja nos prometió hacer lo mismo todas las noches hasta cuando llegara el corregidor».

Al lado del esplendor paradisíaco de la naturaleza, nada era más visible que la estratificación de la sociedad y su rastro de arbitrariedades. Humboldt sintió otra vez que el orden colonial estaba dejando un rastro tan hondo de exclusiones y estratificaciones, que faltarían siglos para que los hijos de América aprendieran a verse alguna vez como conciudadanos. Era peor que en Europa, y Europa ardía en el fuego de una revolución gigantesca, porque allí, bajo el esplendor de las cortes y un reducto de palacios campestres, lo más visible por pueblos y caminos era la miseria humana, el abismo entre la opulencia de los príncipes y la indigencia de las multitudes.

Humboldt estaba conmovido con los saberes de los indios, con el admirable conocimiento del territorio, todo lo que Carlos del Pino entendía de la geografía, de los animales, de la vegetación. Cuánto sabían de los ríos esos indios que los llevaron por el Apure y por el Orinoco, qué conocimiento de las virtudes medicinales de las plantas, qué copioso saber despreciado y proscrito por una casta de invasores que solo buscaban el oro y las riquezas, y por unos criollos acomodados, capaces de sentir la discriminación que padecían, pero no la grandeza de su mundo y de la humanidad que lo poblaba.

Cada vez sentía más indignación por los abusos y más repugnancia ante las costumbres de los amos, y crecía su veneración por esas culturas a medias sepultadas o por completo profanadas, que estaban llenas de memorias sutiles y de revelaciones profundas. «La lengua caribe es a la vez rica, bella, enérgica y educada. No le faltan expresiones para las ideas abstractas, se habla de posteridad, de eternidad, de existencia; y los signos numéricos alcanzan para designar todas las combinaciones posibles de cifras».

Y más tarde, en el Perú: «Me dedico sobre todo a la lengua inca, se la habla comúnmente aquí en la sociedad, y es tan rica en flexiones finas y variadas, que los jóvenes, para decirles ternezas a las mujeres, comienzan a hablar en inca cuando han agotado los recursos del castellano». De esos pueblos no amaba solo el conocimiento sino la dulzura, la ternura, cosas que se regalan en el trato, en el cuidado, en la hospitalidad, una enorme capacidad de ayuda y de compasión, todo lo que no advierten jamás los que hablan solo desde la propiedad y desde el mando.

El saber de esos pueblos era elevado y refinado. Y todavía faltaba lo que Humboldt iba a aprender en la Sabana, y que lo hizo decir años después: «No solamente en México y en el Perú, sino también en la corte del zipa de Bogotá (país cuya historia se ignora absolutamente en Europa, pese a que su mitología y sus fabulosas tradiciones son cautivantes), los sacerdotes sabían trazar un meridiano y observar el momento del solsticio; reducían el año lunar a un año solar mediante intercalaciones, y yo llevo conmigo una piedra heptagonal encontrada cerca de Santafé, que les servía para calcular sus días intermedios».

Después de su regreso pudo comprobar que muchos de los nombres que iban asomando en la historia a la luz del fogonazo de las insurrecciones, y que parecían brotar de la tiniebla americana, no le eran desconocidos: él los había visto, habló con ellos, o los oyó nombrar en Cumaná y en Caracas, en Cartagena y en Mompox, encontró el rastro de sus aventuras en el ascenso por el Magdalena, en el activo puerto de Honda que poco después fue destruido por un terremoto, en el entorno científico de Mutis en Bogotá, y hasta los oyó conspirar en Popayán, en Quito y en Lima, en los círculos ilustrados de México y en los salones de Veracruz.

Sabía oír el rumor de la lava en lo profundo de los volcanes y el vuelo del polen en las selvas cruzadas de raudales, sabía ver el sudor a chorros de los remeros contra la corriente y el tamaño de la yugular de los bogas en su esfuerzo titánico contra el río, sintió el dolor de los esclavos tratados como bestias, ¿cómo no iba a percibir por todas partes el fermento, la ebullición de las aguas profundas, el ruido sordo y creciente de una rebelión?

Pero las revoluciones se ganan y los hombres se pierden. Dos de los seres que estuvieron más cerca de él en su viaje, uno por la pasión intelectual, Francisco José de Caldas, el sabio intuitivo que a pesar de las limitaciones de su origen siempre estuvo a su altura en la mirada sobre el mundo, y otro por el amor y la amistad, Carlos Montúfar, cayeron al final, casi juntos, bajo la misma ráfaga de las balas de la Reconquista.

Un día Humboldt tuvo que escoger entre Caldas y Montúfar quién sería el único americano en tener el privilegio de acompañarlo en la culminación de su viaje por el continente. Era un dilema entre el corazón y el cerebro, y el corazón lo hizo escoger a Montúfar, quien permaneció cuatro años a su lado.

Caldas tal vez se habría salvado de morir en los hornos de la revolución de la Independencia si Humboldt lo hubiera llevado consigo, pero el destino es más fuerte que todos los azares. Porque Carlos Montúfar, a quien Humboldt llevó consigo, para quien se abrió entonces el horizonte de su época, diez años después estaba allí, en su tierra, casi al lado de Caldas, recibiendo las balas que les tenía reservadas el destino.

«Desde cuando nos embarcamos hace 45 días por el canal del Dique, hasta hoy, cuando nos detuvimos en Honda, muchas voces han venido a contarnos lo que es este país misterioso, en el que todavía resuenan las catástrofes de hace milenios y donde ya se escucha el rumor de las tempestades que apenas se están gestando. Cada mañana, la niebla se disipa sobre un espectáculo de montañas majestuosas, algunas con nieve en la cumbre, de palmeras espléndidas, y yo he ido dibujando con tanto detalle los meandros del río y la desembocadura de sus afluentes que ya tengo la mitad del curso plenamente trazado.

»Ahora sé, porque Ignacio de Pombo me lo había insinuado, y porque De Rieux me lo confirma, que la otra mitad del trabajo ya está hecha, porque hay un joven sabio criollo, Caldas, al que espero conocer pronto, que casi sin recursos y lejos de la comunidad científica, pero con enorme talento, ha estudiado el Magdalena desde Honda hacia el sur, hasta su nacimiento, y ha hecho buena cantidad de experimentos que ansío comparar con los míos.

»Los cofres con buena parte de los instrumentos navegan con nosotros. No puedes hacerte una idea de cómo hemos viajado, entre debates políticos, conversaciones científicas, noticias de los pájaros y de la abundante vegetación de las orillas; y los informes que traen los viajeros que encontramos por el río, el zumbido voraz de los cielos nocturnos y el estruendo cargado de silencio de los bogas que hunden las largas varas entre las raíces y las piedras de la orilla, remontando hacia el sur.

»La tierra inventa sus divinidades, y estos hombres que luchan todas las horas del día y todos los días de la vida con la corriente adversa terminan teniendo la fuerza del río. En los días de descanso se abandonan, pero saben vivir resistiéndose a todo, porque no aceptan otra ley que la que llevan dentro. Los caimanes son enormes, las iguanas irisadas tienen largas colas como látigos, los peces, los bagres y los capaces del río parecen seres mitológicos: colgados de grandes varas frente a la corriente, son más altos que cualquiera de los bogas.

»Este atardecer el calor es inmenso en el puerto, donde permaneceremos una semana, para explorar el valle grande de Mariquita, para visitar las viejas minas de oro de Santa Ana y de Bocaneme, y para recuperar energía antes de remontar la cordillera, antes de escalar por primera vez los Andes para ir a conocer al viejo Mutis y a sus jóvenes y entusiastas botánicos.

»Además de Bonpland, un hombre de verdad irremplazable, porque es sabio, alegre, valiente, generoso, siempre listo a ayudar y siempre capaz de estar solo y de dejarte libre; que sabe todo de las plantas y todo de la fisiología; que no les teme al jaguar ni a la víbora ni a la tempestad ni al remolino, y que tal vez por ser médico ha sido atacado con más ferocidad que yo por las plagas del camino, viajan en este champán un grupo de personas llenas de interés.

»Uno de ellos, ya te lo mencioné, es el médico Louis de Rieux, de Carcassonne, que viaja con su hijo. De Rieux es inspector de quinas y ahora vive en Turbaco, donde pasamos con Bonpland días inolvidables, pero ha vivido también en Santafé, la capital a la que ahora nos dirigimos.

Allí conoció a ese hombre extraordinario, Antonio Nariño, totalmente marcado por el espíritu de la Revolución francesa y lleno de sueños de libertad, que tradujo hace poco la *Declaración de los derechos del hombre y del ciudadano*, y ha hecho lo posible por difundirla, trabajo para el que el diligente médico francés le ha ayudado mucho. Por supuesto que Nariño ha sido perseguido de un modo implacable.

»Si gobernara todavía el talento ilustrado de Carlos III, quizá las conmociones que van a ocurrir aquí seguirían otro rumbo, serían parte del ingreso de España misma en un horizonte de libertad, pero el reino es ahora otra cosa, y a Nariño no solo lo han perseguido, sino que acaba de estar preso en Cádiz. En este mismo champán con nosotros viaja el hijo de Nariño, bajo la tutela de su pariente Mariano Montenegro.

»Si es cierto lo que oímos, algunos de los males que aquí se han vivido en varios siglos tal vez están a punto de desaparecer: hablo de la subordinación de un continente lleno de tesoros a otro que lo explota con indiferencia, sin intentar conocerlo ni amarlo. Hablo de la odiosa esclavitud de los negros y de la todavía más odiosa esclavitud de muchos de los indios que sobrevivieron a la conquista, porque son esclavos que ni siquiera tienen precio. Hablo también de seres desprendidos a la vez del orden ritual de los indios y del orden mental europeo, en los que se improvisa un diálogo desamparado de rituales entre la naturaleza fecunda y las antiguas herencias de la condición humana.

»Me pregunto si estas cosas ocurrirán solo para que surjan males nuevos, como ocurre a menudo en todas partes, o si alguna respuesta sorprendente para el mundo puede salir de estos desamparos extremos. Lo que se siente en el aire es que los vientos de la Ilustración, unidos al mensaje de selvas y criaturas, están despertando en las generaciones nuevas un orgullo inusitado por la región a la que pertenecen. Es una tierra en la que yo sería capaz de vivir sin que se me agotara el asombro, si no fuera porque mi propio suelo nativo me llama con la misma intensidad, con esa pasión que solo nace de las raíces del alma.

»Cada día me hablan más del viejo Mutis, que estudia el territorio hace treinta años, y ha formado a una legión de herboristas y artistas que empiezan a llenarse de ideas políticas. Ahora un mismo espíritu irá creciendo en todas partes, una nueva conciencia de pertenecer a la tierra, de ser sus ojos y sus manos, pero la evidencia de todo lo que aquí han hecho la inhumanidad y la codicia hace que me pregunte si alguna vez se atenuará el conflicto entre lo mejor y lo peor que hay en nuestra especie, o si este es el comienzo de una rivalidad más vigorosa y desproporcionada. Es mucha la riqueza que hay en los reinos, pero es menor que la codicia. Y la verdad de que solo posee el mundo quien lo ama es de esas que solo muy pocos pueden entender.

»Este país es un bosque interminable, lleno de seres voladores, rastreros, con alas y con élitros que parecen metales, escarabajos, mariposas, de reptiles palmípedos que corren sobre el agua, ramajes animados que resultan ser monos y una colorida fecundidad que canta y que grita. La única vía franca que encuentran los viajeros para adentrarse por el reino es este río Magdalena que baja palpitante de vida desde el sur entre dos cordilleras.

»Poblaban esta selva millones de indios de más de un centenar de naciones, pero se diría que los pies de estos indios no construyen caminos, en eso se parecen a las iguanas y a los pájaros; o para decirlo mejor, no construyen caminos visibles, como las hormigas, sino caminos secretos, que los orientan a ellos y en los que los otros se pierden. Nuestros alemanes nunca supieron adaptarse a estos reinos, y no me extraña que los españoles, para no perderse, y muy a su pesar, hayan tenido que aprender tanto de los indios, aunque mucho lo niegan, empezando por la costumbre de mezclarse con ellos, y en cierto modo se diría que fueron ellos los conquistados.

»Hay poblados a todo lo largo del río por las orillas de la selva virgen. El Banco, Tamalameque, Guamal, Cascajal, Chimichagua, Chiriguaná, Menchiquejo, San Fernando de Oriente, San Zenón, Pinto, Pijiño, Sitio Nuevo, El Plato, Salamina, Guáimaro, Remolino, El Peñón. Antes que fundar pueblos, los españoles se asentaron dondequiera que los indios tenían sus aldeas; negaban el saber de los nativos, los maltrataban y los oprimían, satanizando sus costumbres, pero aprendieron a cultivar solo lo que los indios cultivaban, olvidaron las artes de la navegación oceánica, las más diestras de Europa, y prefieren navegar en canoas o chalupas, o en estos champanes largos y asombrosos que más que navegar perforan la selva. Comen lo que los indios comían, dejaron atrás buena parte de su gastronomía europea y se entregaron al maíz y a los hábitos cazadores. De los grandes saberes de los reinos indígenas, de su arquitectura y su estatuaria, de su orfebrería, y de su vieja paz llena de fronteras rituales, es más lo que han perdido que lo que aprendieron. Han olvidado la ciencia hidráulica que les permitió a los zenúes controlar las inundaciones con un tejido de canales tan sabio que ordenaba las aguas de los inviernos y permitía cultivar las planicies, y tan bello, que era como un vasto y fino espinazo de cardúmenes tatuado en la piel de la tierra.

»En estas orillas del Magdalena, la mezcla que más he visto es entre indios y negros. Como la dictadura clerical es severa, se ve muy mal el matrimonio entre blancos e indios, o entre blancos y negros; los hijos de las uniones por fuera del matrimonio católico son vistos como seres de condición inferior; de modo que la gente se las arregla para amar al margen de esas convenciones, y nada es más natural que la unión en las selvas de los que son rechazados por el orden legal. Estos zambos que acaban por ser tan fuertes como el río son hijos de ese amor y de esa libertad, pero viven por fuera de todo, en las azarosas orillas del mundo, y en ellos se conjuntan los saberes desconocidos.

»Tres siglos han hecho de este un país mestizo, es decir, algo nuevo, que no cabe del todo ni en los mitos de las viejas naciones ni en los relatos que cruzaron el mar y vinieron a imponerse a golpes de cruz y de espada. Más bien se diría que aquí es la naturaleza lo que se impone, pero si a nosotros las estaciones nos hicieron previsivos, aquí el clima es tan inconstante y tan benévolo que el peligro no está nunca en el futuro previsible sino en lo más inmediato; y todo cambia a cada instante, y la naturaleza no enseña la previsión sino apenas la desconfianza, en un suelo que siempre está mojado por el diluvio.

»Estas húmedas cordilleras apenas amasadas no son el Macizo Guayanés tan viejo como el mundo, no tienen la firmeza de esos tepuyes que vimos Bonpland y yo en el Orinoco; los organismos fósiles de las cumbres tienen reminiscencias marinas, y ahí están esas cumbres, como un mar detenido cubierto de selvas y de valles secretos, donde todo es sorpresa, donde la tierra surte agua sin fin, y alterna sus hábitos de destrucción y de creación de un modo imprevisible.

»Aquí el saber no basta pero se necesita, más que en ninguna otra parte, en una región donde abundan de un modo casi insano la adversidad y la prodigalidad. Y si esta gente es feliz no será por falta de desgracias, sino porque todo le llega con exceso. El reino mismo parece hecho para demostrar la afirmación del poeta de que a los humanos nos ha sido dada más dicha que sabiduría».

Mutis

Llegando a Facatativá, en el verde radiante de la Sabana, que los sorprendió por su inmensidad, a 2.600 metros de altura, los esperaba una cabalgata de notables, y Alexander sintió que a su pequeño cortejo se lo disputaban distintas facciones sociales. Los adversarios de Mutis, que antes hicieron llegar hasta Honda el rumor de que el sabio había muerto, trataron de salir adelante y agasajar a los viajeros primero, pero Mutis se enteró y les envió el mensaje de solo aceptar la bienvenida de su comitiva. Querían que Humboldt se pusiera uniforme, que viajara en coche desde el comienzo, pero este prefirió cabalgar discretamente y dejar el coche a su amigo convaleciente. Dos coches ingleses de seis caballos fueron a recogerlos, uno de Mutis y otro del arzobispo, y Humboldt y Bonpland finalmente se instalaron en ellos con los acompañantes enviados por Mutis.

Todos sabían que estos eran sus huéspedes y también sus pares en asuntos científicos. A la cabalgata de cincuenta jinetes se iban sumando más y más por la fría sabana. Humboldt comprobó después que el termómetro, que a lo largo de la jornada estaba detenido entre seis y ocho grados Celsius, y que nunca subió de dieciocho en los días de más calor, fácilmente en las noches llegaba a cero grados. La lluvia era frecuente, y también un cielo siniestro y aborrascado, pero esto solo le anunciaba un paraíso de humedad para la vegetación y una bodega de agua para el mundo.

Ya en Santafé los esperaba Mutis, en sotana de eclesiástico, lleno de cordialidad y dueño de la situación. Habían intercambiado correspondencia; Mutis estuvo desvelado por las fiebres de Bonpland, que los demoraron en Honda y Guaduas; les envió quina naranjada para que lo trataran en caso de malignidad, y hasta habló de viajar él personalmente hasta Guaduas a curarlo, en caso de que se hiciera necesario. Aunque se proponían permanecer allí dos semanas, el efecto poderoso de los mosquitos de Orinoco sobre el organismo de Bonpland, y después los del Magdalena, tuvo otra vez al botánico postrado por la fiebre, como en Honda, y prolongó por mes y medio la presencia de los viajeros en Santafé de Bogotá.

Humboldt temía convertirse en un huésped incómodo para Mutis con esa permanencia, pero nadie estaba más feliz que el viejo prelado. Estos visitantes comprendían plenamente los treinta años que había dedicado a la vegetación; la presencia de viajeros tan ilustres era para él una novedad excitante, una fuente copiosa de información científica y una luz adicional de prestigio frente a la comunidad y frente al virrey.

No abundan las gentes con las que se pueda compartir una pasión tan rigurosa, una labor tan perseverante y un asombro tan inagotable como el que tenía aquel viejo de Cádiz, que estaba más cerca que nadie de ser la conciencia del mundo equinoccial. Era un hombre rico y los atendió lujosamente, si se piensa en las arrobas de carne adicionales del mercado de aquellos días, las frutas, las legumbres, los vinos y la sucesión de banquetes que al comienzo alarmaron a Alexander, porque lo único que de verdad le interesaba era hablar de la vegetación, herborizar, comparar sus colecciones con las de

Mutis, aprovechar la inmensa y sorprendente biblioteca botánica del sabio, recorrer la sabana midiendo sus montañas y explorando sus tesoros.

Pronto entendió la estrategia de Mutis, quien quería dedicar los primeros días a banquetes y eventos sociales, atenderlos y hacerles sentir la hospitalidad de esas tierras, para que más tarde los dejaran tranquilos, después de satisfacer la excitación de la sociedad y de alimentar la admiración de un pueblo conmocionado por esta visita. Humboldt se dijo que en Caracas estaban acostumbrados a ver extranjeros, pero que este era un acontecimiento memorable para una población de 30.000 habitantes, casi inaccesible y a medias suspendida en las nubes.

Mutis trasladó a su cuñada y destinó una casa solo para ellos: para Humboldt, sus cuadernos, sus cofres y sus colecciones; para Bonpland, con asistentes y médicos y atenciones especiales, y para el acompañante José de la Cruz, que fielmente venía con ellos desde 1799, es decir, desde Cumaná, y se había convertido en la única otra persona, fuera de Bonpland, a quien Humboldt le confiaba sus instrumentos. Por unos días, los viajeros fueron el espectáculo: la gente se habituó a ver que nunca iba Humboldt a hacer sus mediciones sin que el eficiente y celoso mulato fuera a su lado con el barómetro, cuando no con una mula cargada de sus cofres; se acercaban para asombrarse de que hablaran español, se sorprendían con su acento, les preguntaban si para ver las estrellas descendían a los pozos, les bastaba ver a Bonpland enfundado en un saco negro y con su cabello recortado para pensar que era un prelado, no salían de su asombro mirando los instrumentos con los que Humboldt hacía sus mediciones de los cerros y sus cálculos de la humedad, y se susurraban cosas indescifrables señalando a la única mujer que venía con aquel cortejo. Gregorito Nariño tuvo que quedarse en Guaduas porque también a él le contagiaron la fiebre los zancudos del Magdalena.

Mutis tenía tanto interés como ellos en que, después de los ajetreos sociales, tuvieran holgadamente tiempo para tareas más importantes. Finalmente, Alexander perdió la angustia de que el breve tiempo se les fuera en banquetes, agradeció a la suerte poder cuidar en buenas condiciones la salud de su compañero, y tuvo el pretexto de las fiebres de Bonpland para prolongar su permanencia cerca del sabio continuamente afectuoso y de sus libros.

Mutis esquivaba al comienzo las conversaciones eruditas que Humboldt quería proponerle, y desviaba con gracia sus observaciones sobre electricidad y magnetismo, para hablar de cosas que los contertulios entendieran mejor, pues tenía previsto que después, con los días, pudieran hablar a sus anchas. A Humboldt lo conmovió que designara como su anfitrión personal a Salvador Rizo, del que tenía noticias desde España, porque Cavanilles, el director del Real Jardín Botánico de Madrid, había bautizado una especie con su nombre, y que era, además de artista oficial, el tesorero de la Expedición.

Rizo era un pintor notable, un teórico del color en la imitación de la naturaleza, que escribió un tratado sobre el tema, y Mutis le asignó esa tarea no solo para agradar al barón, sino para darle al pintor el privilegio de compartir las jornadas y los diálogos casuales con ese torrente de información y de pensamiento que era Humboldt. Los visitantes permanecieron un mes más de lo previsto, en la casa fría pero bien tapizada, e iluminada por bujías de cera cuando desde la media tarde la luz de la sabana se iba haciendo más oscura y más triste.

Mutis sabía lo que podía obtener de unas conversaciones académicas, pero a veces se privaba de ello: no ignoraba que los expedicionarios, sacrificándose por la ciencia, padecían muchas mortificaciones a lo largo del viaje; los entendía muy bien cuando hacían el relato del ascenso por el Magdalena entre el bullicio de los bogas, el hedor de los caimanes, el veneno de los mosquitos y el calor mortal día y noche, y no ignoraba que en adelante seguirían muchas jornadas de sufrimiento y de intemperie, así que prefirió que por unos días tuvieran lo más parecido a una vida confortable y feliz.

Organizando alguna cena con buen menú y buena música, con la asistencia del marqués Lozano, que también tenía coche de seis caballos; con Carbonell, el apasionado demócrata que era secretario de la Expedición; con De Rieux, que se conocía con todos ellos; con las autoridades virreinales y los pintores, Mutis se sentía tan responsable de que todo saliera bien en aquella visita afortunada, que lo atormentaba el temor de que el virrey anunciara de pronto un banquete y arruinara sus planes. Pero solo una vez, porque estaba lejos de la ciudad, en su residencia campestre, el virrey, que desconfiaba de ellos, invitó a almorzar a los visitantes.

Humboldt, lleno de gratitud, halagado por los homenajes, contrariado por la excesiva vida social, solo encontraba una manera de demostrarle a Mutis su reconocimiento y era procurando aprovechar al máximo el tiempo, abarcando en esas breves semanas todo lo que pudiera estudiar de Santafé, de la interminable sabana vecina, y de los espesos y borrosos páramos, cuya oscuridad, cuando se la mira bien, es una profusión de miniaturas vegetales y de intensos colores. Visitó los cerros solemnes de Monserrate y de Guadalupe, y exploró tres lugares ineludibles por su importancia geográfica y por el lugar que ocupaban en la mitología de los nativos de la nación muisca: la laguna de Guatavita, el salto del Tequendama y las minas de sal de Zipaquirá.

De Guatavita procedía la leyenda del rey bañado de oro que entraba en la laguna mientras su pueblo arrojaba tesoros a las profundidades, el mito de Eldorado que ahora había echado a andar en una novela de Voltaire. Del salto del Tequendama el propio Kant sostenía, erradamente, que era la caída de agua más alta del mundo. Y de las minas de sal Alexander esperaba hacer un contraste con las de Prusia y de Polonia, que tan bien conocía. La superficie de América le había deparado ya muchas sorpresas, pero él siempre esperaba nuevas revelaciones de los caminos subterráneos.

Cuando al fin pudieron conversar largamente, Mutis le reveló que la Expedición Botánica que dirigía llevaba años pintando las más curiosas plantas equinocciales, y le mostró una colección que era ya de dos mil láminas, entre ellas cuarenta y tres especies de pasifloras y ciento veinte especies de orquídeas. Y eso era lo que le hacía falta a Humboldt para ver por fin con plenitud la montaña.

La sangre de los árboles

En sus tiempos tempranos también Mutis había sido otro Humboldt. Ya era bachiller de gramática a los veintiún años, de medicina a los veintitrés, catedrático de anatomía a los veinticinco, y entretanto se aplicó a la vez al estudio de las plantas, a las matemáticas, la física y la astronomía. De Cádiz a Madrid sabían que era el sabio más prometedor de su tiempo, pero cuando el rey le ofreció perfeccionar sus estudios en París, Leyden y Bolonia, por los tiempos en que apenas nacía Humboldt, José Celestino Mutis prefirió buscar las regiones distantes, aceptó viajar como médico personal del marqués de la Vega de Armijo, don Pedro Messía de la Cerda, que acababa de ser nombrado virrey de la Nueva Granada.

Hasta el viaje parecía el mismo: llegó a Cartagena de Indias el 29 de octubre de 1760 y a Santafé 117 días después, el 24 de febrero de 1761, pero iba viendo deslumbrado por el camino la vegetación, las tormentas, la actividad eléctrica, los animales, las cordilleras, y comprendió que nunca se iría de ese reino porque cuanto le interesaba estaba allí. Al comienzo miraba las cosas desde su principal vocación, que era la medicina: venía a curar al virrey, pero encontró un mundo que necesitaba ser curado, y no tardó en darse cuenta de que, aunque tenía mucho que enseñar, era más lo que se podía aprender.

En Santafé, los granadinos oyeron hablar del gran médico recién llegado y acudieron a buscar su consejo, pero el sabio encontró la primera gran dificultad: la medicina que conocía no podía ejercerse en regiones tan distantes. Si la farmacia de Europa estaba lejos, alrededor abundaba una farmacia mucho más sorprendente y copiosa, porque la flora de los trópicos y del ecuador tenía reservas mayores y una extrema riqueza, pero estaba casi toda por descubrir.

No es que él fuera a inventarla, aunque podía ayudar. Es que además de estar todas las plantas, las raíces, las hojas, las cortezas, los bejucos, los frutos, las flores, estaba cerca esa humanidad invisible que había poblado el territorio por siglos, y que por su honda experiencia de cada día con el dolor y con la muerte sabía de febrífugos y de cicatrizantes, de digestivos y de analgésicos, de relajantes y de contravenenos, y eran muchas las plantas a las que los herbolarios indios llamaban «sanalotodo».

Recorrer ese reino, hablar con esos sabios sin nombre, fue la primera labor del médico astrónomo, y muy pronto entendió la necesidad de una expedición botánica que permitiera reconocer en detalle las plantas, sus nichos geográficos, los suelos y los climas, organizar el conocimiento de sus usos en la agricultura, en la alimentación, en la medicina, en la ornamentación y en los oficios. Árboles que podían ser casas o herramientas, canoas o marimbas, tósigos o perfumes; soluciones para la economía, la salud, la vivienda, la educación, la gastronomía; un surtidor de respuestas prácticas, un vasto horizonte de trabajo y de investigación. Así empezó a escribir sus cartas razonadas al rey en las que suplicaba la autorización y los recursos para la empresa más urgente del reino.

Pero la Nueva Granada era apenas una provincia invisible de un imperio vastísimo. Llegado al trono apenas el año anterior, Carlos III ya tuvo que afrontar ese conflicto mundial que llamaron entonces «la guerra de los Siete Años», en la que se batieron por varios continentes las armadas de Gran Bretaña, Austria, Prusia, España, Portugal, Rusia, Suecia, Finlandia, Sajonia y las colonias americanas.

Hasta los árboles tenían su lugar en esa guerra. Los británicos invadieron Honduras para explotar sus cultivos del palo de Campeche, del que se aprovechaba todo: el tronco daba leña, las hojas forraje, las flores miel y las vetas de sangre de su madera el más codiciado colorante de aquel tiempo; aunque lo mejor era su hermoso aspecto, el esplendor de ese *Haematoxylum campechianum*, con sus hojas en forma de corazón, sus capullos de color rosa y largas varas que se llenan de flores amarillas con forma de estrellas.

Para los ingleses era solo el comienzo, porque el mismo año de 1762 se apoderaron de La Habana y de Manila, obligando a España a aliarse con Francia para responder a sus ataques. Uno hasta entiende que Carlos III no tuviera tiempo ni ojos ni oídos para atender las súplicas eruditas de un joven médico de la Nueva Granada: mientras desplazaba por el Atlántico sus tropas y sus barcos intentaba retener la Florida, luchaba por Luisiana, luchaba por conservar las Filipinas, quería recuperar a Cuba, establecía el virreinato del Río de la Plata, y echaba a andar las mil reformas con las que soñaba modernizar la península.

Si recibió las cartas, ya las habría olvidado. Y Mutis al cabo se cansó de escribirlas. Dedicó cuatro años a supervisar las minas de Pamplona, en 1772 se ordenó sacerdote, después dedicó años al estudio de la quina, que resultó ser el remedio milagroso contra las fiebres palúdicas, hasta conseguir que en Europa se generalizara su uso, y luego, con igual vocación y con la misma pasión desvelada de Humboldt en Friburgo, trabajó cinco años en las minas del Sapo en el Valle de San Juan, cerca de Ibagué.

Recorriendo el Tolima llegó a la convicción de que Mariquita era el sitio ideal para su viejo sueño de una expedición botánica; porque estaba tan cerca de Honda, en el corazón del valle ardiente del Magdalena, y porque allí mismo, junto al río Gualí, empezaba a empinarse la cordillera central que ascendía hacia los grandes nevados, y que permitía en poco tiempo alcanzar las plantas de todos los pisos térmicos del mundo equinoccial, desde los peñascos helados y oscuros de Cerro Bravo hasta el páramo de Letras, y desde la extensa llanura inclinada que debía ser una huella de erupciones antiguas hasta las nieves de Cumanday, el volcán de Herveo, a 5000 metros de altura.

Conoció en Ibagué al nuevo Virrey, el arzobispo Caballero y Góngora, lo llevó a los bosques de Mariquita, consiguió que insistiera ante el rey en su vieja súplica. Y cuando ya no esperaba nada, recibió de repente la respuesta afirmativa que había aguardado durante veinte años. Ya acumulaba muchos conocimientos a cambio de haber perdido mucha salud, pero en 1783 por fin tenía nombramiento y recursos, muchísimo trabajo avanzado en la recolección y la clasificación de la flora, y seguía siendo el mismo investigador febril de mariposas e insectos, de escarabajos y caracoles, de peces y reptiles.

Pero es que bastaba encender una lámpara en la noche para que las paredes se tapizaran de criaturas espléndidas de todas las formas posibles. Las noches eran un concierto de voces y graznidos, de gritos de pájaros y del rumor de seres innumerables. Por los bosques sobre el río Gualí saltaban las tropas de monos tití, los erizos y los perezosos, volaban tucanes de pico rojo, cotorreaban los loros grandes y pasaban bandadas verdes de loros diminutos y estridentes. Entre los árboles se deslizaban los zorros y las ardillas, y la profusión de la vida sería casi opresiva si no hubiera allí alguien como Mutis escuchando la orquesta, estableciendo el orden, escribiendo sin cesar a Linneo que, en Upsala, al otro lado del mar, esperaba impaciente sus informes y sus descripciones de especies e individuos.

Por el camino de Honda encontró un día a un niño de nueve años que estaba dibujando una planta. Cuando se acercó quedó conmovido por el talento del pequeño, y buscó enseguida a sus padres para pedirles que le permitieran llevarlo a San Sebastián de Mariquita, formarlo en el estudio de la botánica. Era Francisco Javier Matís, quien pronto se convirtió no solo en el más refinado dibujante de plantas y el más experto miniaturista de las anatomías vegetales, sino en uno de los sabios del continente. Aquel muchacho fue el corazón de una expedición que atrajo artistas de todas las regiones, con los que emprendió Mutis la tarea de convertir en láminas bellas y precisas sus herbarios de décadas.

Ocho años se afanaron en Mariquita, escudriñando las montañas para recoger sus plantas, herborizando, pintando y describiendo, hasta cuando la intemperie y los viajes, las tempestades y los insectos minaron la salud del maestro, que tenía que tomar baños de agua fría durante tres horas cada día, y finalmente tuvo que atender la orden de sus médicos de trasladar la Expedición a Santafé.

A diferencia de otras esta no era solo una aventura científica: inauguraba cátedras, creaba periódicos, fundó el Observatorio Astronómico, alentó a los artistas, y mientras Mutis impartía sus cursos de matemáticas y filosofía newtoniana, estimulaba los debates públicos y cada vez se interesaba más por la historia natural, educó en la filosofía, en el arte y en la política a una generación, y se fue haciendo sospechoso ante los poderes porque estaba trayendo la renovación cultural del reino. Y eso fue lo que encontraron Humboldt y Bonpland en el momento de entrar en la Sabana.

Matís había empezado dibujando, luego aprendió a sombrear, más tarde procedió a iluminar sus dibujos. Después entró en alianza con Salvador Rizo, de Mompox, el otro dibujante extraordinario, que desarrolló un método para extraer las tinturas y los colores exactos de las plantas mismas. Pocas láminas como estas, se dijo Humboldt, conseguían acercarse con tanta naturalidad a la forma y el colorido de las especies que iluminaban. No sé si alcanzó a examinar el tratado sobre los colores que más tarde se perdió, pero sin duda pudo escuchar de los labios de Matís el relato de cómo descubrieron, gracias a un esclavo y a un águila, las propiedades de la hoja de guaco contra el veneno de la mapaná:

Guacó Guacó

En la ciudad de Mariquita, en el año de 1788, se hizo el descubrimiento del guaco por Francisco Javier Matís, por haber hallado al negro Pío, esclavo de don José Armero, con una culebra viva en las manos, y haberle preguntado dónde la había cogido.

Dijo que a la venida de la hacienda de su amo.

—A que te adivino —le dije— las contras que usas.

—A que quizá —contestó— sabrá su merced.

Le dije que usaría del bejuco curare. Contestó que sí.

—¿De la necha?

Que sí.

—¿De la fruta del burro?

Que sí.

—¿Y fuera de esas usaría otras?

A lo que me contestó:

—Hace poco descubrí otra que me parece es mejor que las nombradas.

Y sacando del bolsillo una hoja me la mostró, y refiriéndome cómo había sido el descubrimiento, dijo que estando desherbando unas yucas en la hacienda de su amo, vino un águila que nombran guaco, y se paró en un árbol. Que estuvo cantando guacó, guacó… y que luego se dejó caer entre el bosque. Y oyéndole dar aletazos, le causó curiosidad de ir a ver qué eran dichos aletazos, y vio al águila en acción de coger la culebra, la cual se le prendió, y en el instante levantó el vuelo, y se fue.

El negro la siguió para ver dónde iría a caer, y vio que a la ceja del bosque se sentó, y comió de las hojas del bejuco guaco, y retrocedió en busca de la culebra, y la halló en el mismo sitio, y la cogió y se la llevó a comérsela a otra parte. Que fue el negro y reconoció de las hojas que había comido, y reflexionó: «Cuando este animal ha comido de este bejuco, buena contra será».

—Ya he aplicado a seis —añadió— el zumo puro bebido y frotado en las picadas, y ninguno ha muerto.

Le dije:

—Buen descubrimiento has hecho.

Le comuniqué al señor doctor Mutis dicha noticia, a lo que me preguntó:

—¿Usted vio si esa culebra tenía colmillos?

—No, señor, pero era coral, y esas tienen colmillos.

Me dijo:

—A otra que usted vea, haga que le muestre los colmillos.

Yo creí que pensaba el doctor Mutis que el negro les sacaba los colmillos, y después ya podía jugar con ellas. Pues si él pensó así, yo también.

Al cabo de quince días apareció el negro con otra culebra Taya. Le pregunté dónde la había cogido.

—En la orilla de la quebrada tal.

Le digo:

—¿Y esa tendrá colmillos?

—Sí, mi amo.

—¿Qué haremos para verle los colmillos?

La tomó con la mano izquierda por cerca de la cabeza, y con unas tijeritas cerradas que le metió entre la boca y las abrió, pude verle los colmillitos.

Le comuniqué al doctor Mutis dicha observación, y me dijo:

—Usted vio los colmillos?

—Sí, señor.

—Usted los vio?

—Sí, señor.

Me dijo:

—Vaya usted y tráigame al negro.

Fui en busca de él, y lo traje.

Le dijo el doctor Mutis:

—El señor Matís me ha dicho que tú juegas con las culebras y que estás curado.

—Sí, mi amo.

—¿Te atreves a curar al señor Matís?

—Sí, mi amo.

—Yo te avisaré cuándo. No dejes de pasar acá siempre que vengas de la hacienda, y tráeme de cuantas cosas hallares por esos bosques, sean culebras, cucarrones u otros animalillos, que yo te regalaré.

Al otro día fui al campo y bosques, y traje tres matas chicas de guaco, y las sembré en la huerta.

Al cabo de cinco meses algo más, aparecieron los señores doctor Ugalde, canónigo, el padre Álvarez, jesuita, y el doctor don Pedro Fermín de Vargas, y al tiempo de comer, el doctor Mutis les refirió la noticia del guaco, diciéndoles:

—Tengo una empresa entre manos, que si llego a verificarla será cosa que asombre a todo el mundo.

Le dijo el doctor Vargas:

—Señor, una cosa como esa no se debe dejar al tiempo, y sí se debe poner por obra.

Dijo el doctor Mutis:

—Si quieren mandaré donde don José Armero por el negro.

—Sí, señor, dijo el doctor Vargas.

Mandó el doctor Mutis recado a dicho señor Armero. Contestó no estar el negro en la ciudad, que al otro día vendría. En efecto, al otro día apareció como a las tres de la tarde.

Le dijo el doctor Mutis:

—Estos señores quieren que los cures; ve si te atreves.

Respondió que sí.

Le dijo el doctor Vargas:

—Vamos a la obra.

Le dijo el negro:

—No, mi amo, ahora no; eso ha de ser por la mañana.

—Bien —dijo el señor Vargas— prevén lo que sea necesario, y ven acá por la mañana.

Llevé el negro a la huerta, y cogimos hartas hojas de las dichas matas que había sembrado hacía más de cinco meses, que estaban muy viciosas. Vinimos a la oficina, machacamos bien las hojas, las envolvimos en un trapo, exprimimos el zumo y lo guardamos en un vaso.

Al otro día nos inoculó el zumo a quince. Matís fue el primero, luego el doctor Pedro Fermín de Vargas, y después los demás dependientes de la Botánica. La inoculación fue en las manos, pechos y pies, tajándome con una navaja de barba, tres tajos en el cutis, y untarme el zumo puro, y una cucharada del zumo puro que tomé. Diez y ocho incisiones me hizo, y lo mismo ejecutó con los demás.

El doctor Vargas le dijo:

—¿Y ahora podemos coger una culebra?

—Sí, señor.

—¿Y si nos pica?

—No tenga cuidado, mi amo.

—Pues anda y tráenos una.

Fue el negro y nos trajo una Taya-equis, como una vara algo más de larga; la puso en el suelo.

El dicho señor Vargas le dijo:

—¿La cojo?

—Sí, mi amo, ¿no ve su merced cómo la cojo yo?

Y la alzó y se la envolvió en el brazo izquierdo, la sobó por encima, y la culebra no hizo acción de picarlo; la puso en el suelo.

Y Matís le metió ambas manos por debajo y la levantó; volvió la culebra y le olió las manos: la puso en el suelo.

Siguió el doctor Vargas y la alzó; hizo la misma acción de oler las manos: la puso en el suelo.

Y por más y por más que les insté a los demás curados que la alzaran, no hubo otro que se atreviera a alzarla.

La cogí por segunda vez; hizo la misma acción de olerme las manos. Les digo a los demás:

—Ven ustedes? ¡Y están con miedo!

No fue posible.

Yo, Matís, me quedé pensando: «Si la culebra no pica a alguno, no quedo satisfecho de la curación». Me resolví a irritarla haciendo reflexión: «¿Qué puede ser? Aunque me pique, aquí está el curandero a quien le tengo fe».

En efecto, me agaché y le fui rascando por encima: algo se encogía; y ya que me acerqué a la cabeza como a una cuarta poco más o menos, revolvió con ligereza y se me prendió, clavándome dos colmillos en los dos dedos centrales de la mano derecha. En el instante me apreté con la mano izquierda para exprimir el veneno. El negro, que tenía en la boca hoja mascada del dicho guaco, me tomó la mano y chupó donde le mostré me había picado, y escupió, y me dijo:

—No tenga su merced cuidado.

El doctor Mutis, que estaba acompañado de los sacerdotes que estaban observando, le dijo al negro:

—Toma tu culebra y llévatela, y no te vayas de la ciudad, no sea que vayamos a tener alguna novedad con Matís.

—No, mi amo, no me iré.

Todos se quedaron en expectación como es natural, y yo me fui a mi asiento a seguir en la pintura.

El doctor Mutis se entró en la antesala y tomó un libro, y de rato en rato me preguntaba:

—Querido, ¿siente usted algo?

—No, señor.

—Cuidado. Al punto que sienta alguna novedad, avise usted.

Hasta el otro día me preguntó el doctor Vargas si había sentido alguna novedad. Le dije que no.

Le dijo al doctor Mutis:

—Señor, el arresto de Matís nos ha hecho ver la certidumbre de la contra.

—Así es —dijo el doctor Mutis— ese fue mucho arresto por quedar satisfecho de la contra.

El doctor Pedro Fermín de Vargas hizo la descripción de este descubrimiento, y lo remitió a esta capital en dicho año, y aquí la estamparon en el periódico que entonces se publicaba.

Se propagó en Mariquita dicho descubrimiento, y fue tal el abuso, que se convidaban los muchachos a ir a buscar culebras a los bosques y quebradas, y solía yo encontrarlos por las calles jugando con culebras; hasta que un día picó una taya a uno de ellos en una vena que lo hizo verter el chorro de sangre, y le pusieron cataplasmas de hojas de guaco machacadas, y le envolvieron un trapo, y siguieron jugando con ella. Llegaron a la orilla del rio Gualí, y se les antojó bañarse. Y en el instante en que entró el picado en el agua, le causó escalofrío con temblor, y tuvieron los compañeros que llevarlo alzado a su casa, y la madre anduvo en carreras para conseguir al negro Pío para que lo curase. Y hasta lo administraron, porque se vio en riesgo de expirar. Y de aquí tomaron miedo, y se dejaron de buscar culebras.

En el año de 1795, en la Mesa Grande, anduve cogiendo plantas para la Botánica. Ocurrió llamarme arriba de Tena para que viese unas mujeres a quienes había mordido un perro rabioso que bajó mordiendo a cuantos encontraba, racionales y no racionales. Yo las vi, y medité:

—El guaco destruye el veneno de las víboras que es más pronto en causar la muerte: a este le hará más bien.

En efecto, mandé al herbolario que iba conmigo, diciéndole:

—Anda y búscame por aquí el guaco, y tráeme hartas hojas.

De pronto lo halló por ahí. Digo a las mujeres:

—Machaquen bien de estas hojas y pónganse en las mordeduras con trapos que las contengan, y por nueve días tomarán del cocimiento de estas hojas, un vaso por la mañana, otro a las once, y como a las cuatro de la tarde, otro. Esto cura a los envenenados por culebras; mejor hará a este veneno. Yo cada quince días paso por aquí; me avisarán si ocurriere alguna novedad.

Y seguí en mi expedición. Y después cada vez que pasaba preguntaba si había alguna novedad.

—Que no.

Pasados más de cincuenta días, volví a preguntar.

Me contestaron que no habían tenido novedad alguna.

Les dije que no tuvieran cuidado, que yo había oído decir que hasta los cuarenta días solía resultar el mal, y que ya habían pasado más de cincuenta.

Comuniqué dicha aplicación al señor Mutis, y le mandé un tercio de guaco. Al tercer día de haberlo recibido, se le apareció uno de los señores Rivas, diciéndole:

—Señor, ¿qué hago que los mejores caballos de Chamicera se me están muriendo del mal de rabia, y a cuantos están mordiendo les están pegando dicha enfermedad?

Le mostró el señor Mutis mi carta, y le dijo:

—Vea usted la noticia que me ha comunicado Matís; lleve usted el guaco y deles a beber.

Lo hicieron así y se curaron los caballos. Con lo que se ratificó dicha aplicación. Y desde esa fecha se ha estado aplicando contra la hidrofobia a los animales y a los racionales.

En Guatavita, en el año de 1821, el doctor José de Vargas y Alzate me refirió haberse visto desahuciado por junta de médicos el año de 99, en términos que ya tenía tratado el entierro. Que apareció el doctor Peñuela, cura de San Benito, quien le aplicó el guaco, y se le contuvieron los accesos de sangre. Y don Nicolas Cárdenas al otro día a las cinco de la mañana se fue a la Mesa Grande a traer dicho guaco, porque aquí no se halló, y volvió a las cinco de la tarde trayendo dicho guaco, y en el acto se lo dieron, con lo que cesaron dichos vómitos. Y quedó curado, y hasta el año de 1848 murió. Y dicho sujeto Nicolás vive en Hatoviejo.

Los colores de la tierra

Llegado pues como médico personal del virrey, muy pronto Mutis pudo ver que le había sido deparada otra naturaleza, otra vegetación, una compleja red de climas y un sistema de pisos térmicos llenos de revelaciones, y empezó a estudiar con tal pasión y dedicación, que cada día tenía más tareas. Entonces empezó a escribir en vano cartas y cartas, hasta que el rey aceptó por fin que se estudiara con detalle la flora más espléndida de su reino planetario.

Y es así como se van enlazando las cosas. No habrían llegado a Cartagena Humboldt y Bonpland a interesarse en los trabajos de Mutis si Mariano de Urquijo no les hubiera conseguido los pasaportes para su expedición a las Indias, y si la corriente que presintieron desde Tenerife no se hubiera atravesado en su camino casi hasta hacerlos naufragar. No habrían visto en su diálogo con los botánicos americanos el modo como las especies vegetales se disponen sobre los territorios dependiendo de la altura y del clima, de no haber viajado al interior de la Nueva Granada a conocer a Mutis, y a hablar después con Caldas, que interrogaba todo aquello desde hacía mucho tiempo. Y esos descubrimientos no habrían sido posibles si una legión de pintores y de botánicos no hubiera pintado por décadas una de las más reveladoras colecciones de plantas del mundo.

Esas láminas les dieron ojos nuevos para apreciar después la flora en el viaje increíble entre Ibagué y Quito.

Pero las láminas no habrían nacido si Mutis no hubiera estudiado tan aplicadamente durante treinta años la flora equinoccial, y no se obsesionara por ella de tal manera que necesitó reunir artistas y crear toda una teoría de los colores para poder vivir esa aventura. Y cuántas de esas cosas quizá no habrían ocurrido si aquel muchacho amante de las flores, ya convertido en rey, no aprueba una mañana de 1783 la Expedición Botánica, ni firma con su mano el nombramiento del médico herborista como su director, dando vida a esa aventura que Mutis le había propuesto tantas veces.

Solo en aquel momento Humboldt comprendió que los herbarios son bellos el primer día, pero solo el primer día son verdaderos. Después no son testigos ya de la realidad de las cosas vivas, sino de cómo la muerte se va apoderando paulatinamente de ellas. Y entonces pudo entender que lo que le inspiró a Mutis la elaboración de sus láminas no fue apenas un propósito ornamental ni una teoría estética, sino la experiencia de un estudioso que después de viajar por años recogiendo y reconociendo miles de muestras, inaccesibles para el resto, ve toda esa materia, llena de información irremplazable, secarse y alterarse por el paso de los días. Sobre esto tuvo mucho de qué hablar con Bonpland en su lenta convalecencia.

«Bien puedes ver que para ciertos fines el arte es más real que la realidad, porque resiste más el desgaste del tiempo. Mucho hemos vivido esa experiencia: las hojas pierden su lozanía, su flexibilidad y su brillo; las flores pierden su color, su delicadeza, su gracia. Los estambres se secan, los pistilos se doblan, los pétalos se arrugan y se consumen con los años. Y hay que ver de qué modo las láminas no solo conservan su esplendor, sino algo más poderoso, igual para los profanos que para los sabios, la información cercana de las texturas y los matices, del trazo y la estructura; se diría que mantienen viva por milagro la materia que las horas combaten y que los días destruyen. Es así como una expedición científica se convierte a la vez en una aventura artística. Y no es la mera búsqueda de la belleza, aunque ella está presente: es la convicción de que esa belleza guarda una verdad, que las formas vivientes reproducidas por el talento humano encierran un secreto que sobrevive a la muerte y que roza la eternidad».

Así les fue llegando la conciencia creciente de que solo las cordilleras equinocciales de América ofrecen toda la variedad de especies vegetales. Aquello que en el resto del globo solo está parcialmente: zarzas y brezos de los desiertos cálidos, musgos y hongos de las grutas húmedas, hierbas que se suceden desde las gramas menudas hasta los tallos gigantes de la bambusa guadua, frutos duros o blandos, secos o viscosos, coloridos depósitos de agua protegiendo la vida futura, árboles enormes que se vuelven una sola flor: cámbulos, guayacanes, gualandayes, que en México llamaban jacarandas, espinosos cactus y nopales que parecen no olvidar antiguos ambientes profundamente hostiles, y corpulentos samanes y ceibas, la inmensa profusión de hojas medicinales, raíces nutritivas, cortezas curativas, follajes perfumados, tallos almizclados, allí se desplegaban ordenándose al ritmo de los pisos térmicos, de la composición de los suelos y de los rumbos del viento.

«Las incontables formas vegetales que aquí solo pueden tener nombres indios no se muestran completas ni en el Himalaya ni en las pendientes de los Alpes ni en la cumbre africana sino en los equinoccios andinos, en Cundinamarca, en el Quindío, en Quito, y no por un capricho, sino porque solo aquí se da la sucesión de los climas en el espacio. La humedad abundante, los suelos volcánicos, la luz cenital de estos cielos hacen que aquí prolifere toda la vegetación planetaria».

Mutis agradecía que el rey finalmente hubiera sabido entenderlo, porque no era fácil para un rey preso del delirio de los palacios de Nápoles y de las guerras de Europa vislumbrar toda la complejidad de los dominios que le había tocado gobernar. Mutis mientras tanto estaba inmerso en su sinfonía de formas y colores, temas y variaciones, sintiendo que los sabios distantes no podrían descifrar los secretos de este planeta vegetal si no entraban en contacto con él. Pero pocos estaban en condiciones de emprender el viaje hasta las montañas nubladas, a las remotas selvas tropicales, sus laderas lluviosas y sus páramos donde la humedad hace visible lo invisible.

Todos sus herboristas, empezando por Caldas, se sentían sin fin a punto de descifrar el alfabeto que forman los dibujos, los troncos, el trazo de las ramas, las simetrías del follaje, la forma y el color de las flores, la estructura y el sabor de los frutos. Por qué la naturaleza se manifiesta de tantas maneras distintas, cuál es el significado de su variedad y su profusión, qué secreto se insinúa en el torbellino infatigable de las formas, en el laboratorio de las sustancias, en la multiplicación de las semillas; y en la paradójica actividad incesante de los vegetales, que fingen ser los vivientes más quietos e inactivos.

Los hechos posteriores alumbran los caminos ya andados. Alexander volvió a mirar sus pasos de Guaduas a Villeta, de Sasaima a Facatativá, resurgiendo en su memoria bajo las palabras de Mutis o ante sus trabajos de investigación.

No hay una montaña igual a otra, pero en realidad cada montaña en estas tierras ni siquiera es igual a sí misma, porque la luz, la humedad y los avances de la niebla la cambian sin fin, descubren el perfil de las serranías, cambian la masa homogénea de hace media hora en planos superpuestos con distintos tonos de grises que se van alterando y se resuelven al final en un sueño de hondas cordilleras azules. A cada instante el paisaje es distinto y es también irrepetible.

«Conoces como yo esos trabajos, la pupila contraída en las texturas de los tallos, las nervaduras de las hojas, el color de los cálices, el polen sobre los estambres que vibran; y el modo como el pintor intenta sintetizar esos colores con jugos y con tintes, tierras, mieles y aceites, para que en el dibujo pongan el tono exacto, que no se altere con las horas, que no pierda su verdad bajo el rigor del sol, ni bajo el desgaste de los años. Al coger una de estas láminas parece que cogemos un ramo vivo, pues la naturaleza, con todos sus colores, matices y gracias, se ve sobre el papel. El pincel hace innecesarias las descripciones y si se perdiesen los manuscritos, un buen botánico podría hacerlas como si tuviera viva en las manos la planta allí representada. Entonces oye esto que me escribió Mutis sobre la flor y su pintura, explicando cómo ha sido la búsqueda de los colores, más ardua y atónita que la búsqueda de las plantas mismas:

Esta mañana me trajo el herbolario una pequeña rama de una uvilla que crece en los barrancos de niebla. Advertí que el tinte violeta que deja en la mano se vuelve colorado, casi color de rosa, con zumo de limón, como sucede con la uvilla del tinto, las de palo espinoso, y con la uvilla «cacho de venado», que igualmente se deja emplear como tinta. Me falta examinar el jugo de las frutillas que vi a la entrada de Honda y que me mancharon el guante de cuero. De yerba jiliquito es posible obtener una tintura del género de añil, y sus especies difieren en calidad: la ínfima se llama Tintarrón, la que le sigue Corte, la tercera y más fina Corte y color, la cuarta Sobresaliente, la quinta Flor y la sexta Tisate o Flor de la espumilla, que es la calidad superior, y tan marcada que se confunde con el azul de Prusia. Matís ha dispuesto reducir o concentrar el molo que guardaba en una luna llena. Toda la que obtuvimos se ha espesado y reducido a lo hondo de un pozuelo. El amarillo es tímido, pero mezclado con el azul de Prusia engendra un verde fastidioso. Mezclado en cambio con el azul vitriólico de Grita, da un verde muy hermoso, pero que se resiste a ser aplicado. También se hizo tritura del árbol de las hachas, pero no da esperanzas de un color adecuado para el tinte. Mezclé con la tintura un poco de caparrosa y se mudó de un color amarillo a un negro verdoso con aspecto maligno. Los colores que más se utilizaron aparte de los tonos diferentes de verde fueron el amarillo, el rojo vivo, el rojo oscuro, e igual el rosa suave. También se han requerido lilas profundos, otras tonalidades de violeta azulado y morado rojizo. En algunos momentos hubo que recurrir al azul claro. Después de contemplar largamente las flores, yo tengo la certeza de que dos de los pigmentos verdes son malaquitas y el otro es tierra verde. Uno de los lilas superiores está compuesto por azul de Prusia más una laca orgánica escarlata. El rojo ha utilizado laca carmín, y el rojo oscuro, laca orgánica roja. Hubo que usar también una laca roja, más granza café y una granza café pulverizada. Pero como ya lo hemos dicho en otras ocasiones, se requiere un estudio más profundo con la ayuda de expertos, para poder rastrear el origen preciso y las transformaciones de todos los pigmentos.

Esto es lo que pudieron ver de pronto al llegar a Santafé, gozando de la hospitalidad de Mutis. Que estos ardientes americanos habían hecho un gran trabajo para avanzar en la aventura del desciframiento. Y esa muchedumbre, estudiada en herbarios y en láminas, ejercitó sus pupilas para el paso siguiente: lo que iban a ver en el ascenso más allá del valle del Magdalena, cuando tuvieron que enfrentarse por fin, con ojos nuevos, a la revelación de la Montaña.

La respiración de la piedra

Ni Humboldt ni Bonpland tuvieron descanso en la ruta de la Sabana a Ibagué, buscando la región de Pandi y visitando el fantástico puente natural de piedra de Icononzo, que más tarde se volvió otro emblema de su expedición, gracias al boceto que hizo Alexander. Aquella hondura difícil de medir, donde se arriesgó a descender por cornisas estrechísimas para poder ver el puente y los incontables pájaros que anidaban en las paredes del precipicio, fue una buena muestra de los accidentes del viaje por una topografía abrumadora de pendientes, mesas, paredes y abismos. A medida que descendían de nuevo hacia el calor y el valle del río Magdalena iba cambiando el manto vegetal abigarrado y riquísimo, entre el ardor de los soles, la noche blanca de la niebla y el rugido mortal de las tempestades.

En el descenso a Fusagasugá, el hombre que llevaba el barómetro sintió tanto miedo de avanzar a oscuras en la lluvia por el camino liso y pedregoso, ante el riesgo de que se le dañara, que prefirió pasar la noche solo en el bosque, en el frío, sentado, sin comer. Mientras lo protegía así de una caída no pudo impedir que le entrara el agua, y el instrumento llegó al día siguiente intacto pero inservible. El barón quedó desconsolado, pero cuando intentaba reparar ese objeto con el que había hecho todas sus mediciones desde Mompox, por el río, por la Sabana, el barómetro se le rompió en las manos. Esos eran los únicos accidentes que de verdad lograban alterarlo.

Descendieron de los roquedales y se metieron por los estrechos de la sierra, junto al río pedregoso de aguas azules que baja de los páramos del Sumapaz, bajo una vegetación que imponía sus dibujos en las paredes mismas del cañón, donde abundaban bosques de palmeras casi borrados por la luz, y llegaron a una aldea que consistía en cuatro casas grandes perdidas entre árboles espesos, a la orilla del bosque. Por una vez, Alexander sintió que ya había vivido todo aquello. Vacas mansas y entredormidas, doradas por el atardecer, bajaban junto al río. Los viajeros bebieron un poco de fermento de caña en la única posada del mundo, y cantaron junto al agua hasta que se apagaron a lo lejos las cascadas. Después llegaron a una casa de techo de palma, que les hizo recordar la casona del arzobispo virrey en Turbaco, y durmieron en hamacas, cerca del tambo, donde horas después los despertaron los rayos anaranjados del primer sol, un bullicio de pájaros, y el cono del Nevado del Tolima nítido en la distancia.

Hay una experiencia que solo puede vivirse en la mente, y es el contraste entre la imagen de las cumbres azules vistas desde la llanura extensa y soleada, y la enormidad de esos riscos más tarde, ya en la vecindad de las nubes. Arriba, días después, sintiendo tan distinta la textura del aire, húmedo y oscuro, avanzando entre hojas dentelladas inmensas que podrían servir de paraguas bajo la lluvia eterna, creían sentir la respiración de la piedra, el meditar de la montaña, la ancianidad del peñasco en cuyas hondonadas el silencio es más denso que en las catedrales, un sabor de eternidad, cuando el mundo ya no es algo que se quiera conocer sino algo que se impone, una mole que pesa y no pesa, que acoge y no acoge, que es a la vez inexpresiva e inexpresable, y más allá solo cavernas verdes, ríos de rocas titánicas, el musgo luminoso adherido a la pared del abismo, la niebla que al abrirse deja ver muy abajo el vuelo de los buitres en círculo, cuando los viajeros, sus mulas y sus bueyes cargados de instrumentos son apenas briznas temblorosas de una construcción formidable, vieja como la Luna y tan llena de secretos como ella.

¿Qué veían los nativos cuando miraban estos mismos paisajes? ¿Cuánto influye la lógica de cada lengua, su gramática y su ritmo en la percepción que tenemos del mundo? Era en esos momentos cuando más cerca se sentía de su hermano Wilhelm, quien por aquellos días estaba emprendiendo su viaje al País Vasco, para poner a prueba su tesis de que, si todas las lenguas son la misma, la más antigua y la más aparentemente distinta será la que mejores claves brinde sobre los secretos de todas las otras.

Alexander, que ya había rajado caimanes y dibujado medio río, sentía la alegría extrema de poder aportarle a su hermano, tan obsesionado por las lenguas como él por las piedras o las flores, datos para su particular aventura. Le envió noticias de lo que pudieron acopiar en estos reinos unos exploradores que Mutis encargó, respondiendo al llamado de Carlos III y a la iniciativa de Catalina la Grande de Rusia, a quien se le había ocurrido la idea fascinante de recoger ejemplos de todas las lenguas del mundo.

Mutis consiguió reunir en su gabinete gramáticas del chibcha, el mosca y el sáliba, vocabularios de las lenguas otomaca, taparita y yarura, voces del idioma de los huaques a los que algunos llamaban murciélagos, y vocabularios del andaquí, del ceona, del guama, del pariagoto y de la lengua de los motilones, lo mismo que un curioso catecismo en guaraní, y palabras recogidas de un ciertamente quimérico «arte de confesar guaraunos». Tiempo después

Alexander podía comparar el vascuence que estudiaba su hermano con las lenguas del Orinoco, no para postular una identidad de origen sino para advertir sus procedimientos comunes, que son en su origen los de todas las lenguas. La misma vocación por las metáforas humanizantes estaba en el tamanaco —para el que la avispa, *uane-mu*, es el padre de la miel; los dedos, *amña-mukuru*, son los hijos de la mano; las venas son las raíces, y las hojas son el cabello de los árboles— que en el vasco, donde el trueno, *odotsa*, es la voz de la nube, y el eco, *arribicia*, es la vida de la piedra. También él, como los primeros pueblos, era capaz de sentir en su cuerpo las raíces que beben y los follajes que respiran, la dulzura de los frutos y la sal de los mares.

Así como primero presintieron la corriente antillana y más tarde tuvieron que padecerla convertida en un torrente que hacía zozobrar su barco ante las costas de América, así lo que pudieron ver ilustrado en la Sabana se iba volviendo realidad viva en la enorme montaña. Porque allí estaba la fuente de todas esas láminas, la letra originaria, la abigarrada vegetación dispuesta en las pendientes de la cordillera, desde los 300 metros de altura en las orillas sofocantes del río, donde vieron aparecer entre las plantas la *Capraria biflora* con sus ramas vellosas de hojas dentelladas alternas, sus flores rosadas y sus rojos estambres, que tanto los atrajo en las láminas de Mutis, y que desde Flandes, junto al río Magdalena, hasta el Ecuador llaman «sanalotodo» los campesinos. Subiendo por bosques floridos hasta los 1.200 metros de la mesa de Ibagué, justo en aquel barranco donde trazaron el mapa de su itinerario, y donde entraron en la caravana los pesados bueyes que llevarían los cofres, vieron alzarse, recta, fina, con hojas erguidas y tallo terminado en una vara de flores rosa mora, esa *Buchnera ternifolia* que Mutis llamaba con dulzura «la moradita». Subiendo y descendiendo entre los carboneros que parecen volar, y los ocobos que se vuelven una sola flor, allá donde el camino desaparecía como si lo hubiesen borrado y había que encontrarlo otra vez entre las rocas, a 400 metros de altura en las orillas del río Coello, donde hallaron extensos tejidos de orugas en la corteza de musgo de los árboles, reconocieron la *Sibthorpia repens*, que repta con hilos sinuosos de hojas de lunas almenadas y flores como gotas de vino en la punta del pistilo: esa «oreja de ratón» de los matorrales del sotobosque andino. Y fue allí donde, bajo lluvias oblicuas, Humboldt se negó a ser llevado a la espalda por los cargadores, indios recios y poderosos que soportando el peso de los viajeros mantienen el equilibrio a orillas del abismo. Entendió que no hubiera otro medio de ayudar a pasar la cordillera a las mujeres grávidas, los ancianos e incluso los obesos eclesiásticos, pero no que también quisieran ser cargados los que podían caminar. No solo se negó obstinadamente a ser llevado, sino que hizo el experimento de ajustarse a la cintura, los hombros y la espalda la silla, y llevar él por un tramo a uno de los cargadores, solo por ver qué se sentía en ese trabajo abrumador.

Después de noches blancas de niebla en pleno día, de lluvias largas y derrumbes aterradores, llegaron a los 1.800 metros de Machín, donde un puente de lianas abigarradas permitía asomarse al abismo, y vieron por laderas sucesivas blancas caídas de agua silenciadas por la distancia. Y allí, entre miles de plantas diversas y magníficas, estaba la misma *Castilleja fissifolia* que los herboristas de Mutis habían encontrado en el camino entre Mariquita y el páramo de Herveo: la bellísima planta encendida de flores que las gentes llamaban «la brasa»; y un poco más arriba el *Leucocarpus perfoliatus* que los nativos llaman «arquiquenjí», con sus ásperas hojas simétricas, rugosas como piel de lagarto, en las que resulta sorpresiva la explosión dorada de las flores.

Después se desataron poderosas tormentas, que no solo significaban agua copiosa cayendo en muchas direcciones, sino la irrupción inmediata de torrentes de barro que mueven las piedras y hacen cada vez más impracticable el camino, pero al amainar cada aguacero formidable era un prodigio místico el renacer de los cantos y los vuelos sobre las cañadas, la luz del sol filtrándose entre macizos de árboles, las cumbres asomando entre la niebla y las montañas sucesivas sin gente pero llenas de vida, donde cada color es más intenso cuando termina el azote del agua. Y así ascendieron a los 3.200 metros vertiginosos, sembrados de palmas de cera en las nieblas del Toche, vieron la milagrosa selva de los penachos que parece flotar sobre el bosque apretado, y a los 4.000 metros el gran páramo, donde abunda la *Calceolaria perfoliata* con sus hojas de corazones agrietados y sus flores como botines amarillos, que los viajeros llaman «ilusión».

Vino luego el descenso entre relámpagos y tempestades hacia los guaduales interminables del Quindío, y hasta los 900 metros al llegar a Cartago, donde fueron los primeros huéspedes de la recién construida casa del virrey, que el virrey no habitaría nunca. Y cruzaron el portal de las selvas anegadas del Valle del Cauca, por el que pudieron avanzar vadeando el piedemonte hasta la vegetación abrumadora de Buga, donde iban a encontrar la profusa floración fucsia a la que Humboldt, hablando con los nativos, clasificó con el nombre de *Cavendishia quereme*, la flor de la que extraen su aceite afrodisíaco los pobladores del Queremal.

Humboldt sabía muy bien que en su paso por las montañas no podría hallar sino una mínima parte de lo que ya habían visto los ojos de Mutis y los herbolarios de su expedición, por eso le fue tan útil aquel encuentro, pero sabía muy bien que aquella labor de reconocimiento duraría mucho tiempo y dejaba abierto el camino para generaciones de amantes del saber y de la aventura.

«En estas regiones bañadas por lluvias continuas, la tierra está cubierta por una multitud de especies desconocidas, y para fijar sus nombres y caracteres no bastarán los trabajos de varios siglos».

La lengua de las flores

Carlos III no alcanzó a enterarse de los desvelos de la Expedición. Luchando por impedir la desintegración de su imperio, no supo que cada una de esas láminas era también una espléndida lucha contra la disolución, y resulta paradójico algo que Humboldt solo supo años más tarde, cuando lo visitó el enviado de Bolívar en Berlín. La noticia de que, a la llegada de los ejércitos de la Reconquista, cuando Pablo Morillo entró en la Sabana y se encontró con esas 6.000 láminas admirables, teniendo plena conciencia de su valor, las hizo embalar una por una con el esmero de quien está empacando un tesoro, las guardó en sus cajones de madera, las puso al amparo de la conflagración que él mismo venía a avivar, enviándolas a toda prisa rumbo a España, y después tomó la decisión, que solo se entiende por la eterna malignidad de las guerras, de ejecutar a los hombres que las habían hecho.

En ese momento, lograda apenas la causa de la Independencia, Humboldt no podía dejar de pensar en su amigo del alma Carlos Montúfar y en su admirado Caldas, el sabio, que terminaron luchando juntos en las trincheras de la rebelión, y fueron sacrificados en el mismo año de 1816 bajo el avance de Morillo por las montañas de la Nueva Granada. Y esto lo llevó a hondas meditaciones, porque a esas láminas él mismo les debía muchas de las cosas que obtuvo en su viaje.

Claro que había sido Carlos III quien aprobó la Expedición, eso lo honraba, pero fueron aquellos sabios y artistas quienes la hicieron. Era España la que lo permitía, pero era la vida de la región equinoccial lo que allí se estudiaba. Eran las plantas de la América del Sur, eran los artistas suramericanos, las tintas mismas habían sido destiladas de un modo extenuante de la propia vegetación que estaban estudiando. Y aunque era la sed universal de conocimiento lo que allí se abría camino, cómo ignorar que para esos muchachos los árboles contaban historias, los musgos hablaban y las flores gritaban verdades que tenían que ver con el lugar, con los mapas del clima, con las sangres mezcladas que corrían por sus venas, con la urgencia de convertir esa tierra en una morada y con la humana necesidad de tejer una patria.

En España dijeron que ese trabajo solo pudo hacerse porque la Corona les dio los recursos: pero ello equivalía a olvidar que era más bien el suelo americano el que le daba los recursos a la Corona; que el hecho de que el rey autorizara las partidas no significaba que una sola moneda hubiera viajado de la península hacia las colonias, porque eso no ocurrió jamás: cuanto se pagaba en América se pagaba con el oro de América, y el resto eran delirios de la arrogancia, que sirven para argumentar formalidades, pero no para justificar los atropellos ni las injusticias.

Entonces Humboldt le dijo al enviado que sin duda la Corona guardaba con esmero esas láminas, arrebatadas por el hombre que había fusilado a sus autores, pero que de ese modo exhibía uno de los costados más tristes de la mentalidad colonial. Era indigno de la tradición de honradez, de orgullo y de valentía del alma española no entender que fue una hazaña ruin fusilar a esos artistas, y que esas obras, que para España eran apenas una curiosidad de tierras distantes, o un halago a la vieja vanidad de conquista, para la Gran Colombia eran una parte vital de su memoria, un episodio único en su exploración de sí misma, un paso en la reconciliación con su propio suelo, y una de esas tareas que ayudan a borrar las cicatrices de un pasado sombrío. «Y no es tanto porque representen a la flora equinoccial, pues todos tenemos derecho a estudiarla, sino porque como obras de arte constituyen parte preciosa de la historia y la cultura de la Nueva Granada».

Esas láminas laboriosas, que España podía ver como algo pintoresco y en cierto modo ajeno, esas estampas que para España apenas tenían interés, para los pueblos de América tendrían un sentido más hondo a medida que pasaran los siglos, cada vez serían más importantes y significativas. Humboldt recordó que Mutis había muerto pidiendo que su trabajo fuera conservado en el país al que le dedicó su vida. A lo mejor un día la grandeza española le devolvería esas láminas al mundo que las hizo, no porque nadie la obligara, sino porque hay un sentido en el arte, y a una nación tan opulenta en sus obras artísticas, tan orgullosa de su honor y de su hidalguía, podía acabar ardiéndole en las manos retener algo que no era suyo y que otro necesitaba.

Igual son admirables las ilustraciones que se hicieron a partir de los bocetos de Humboldt. Esas estampas que mostraban a los sabios viajeros en el Tolima, en Ecuador, en Perú, tenían el toque mágico de lo remoto y de lo exótico; la pequeñez de las figuras ante la enormidad de las praderas y los volcanes contagiaba extrañeza; una luz caprichosa y fantástica lo hacía todo sublime, y no era solo América lo que allí se mostraba, era como el brotar de realidades sumergidas, paisajes que ya eran algo más que paisajes, mundos reales que parecen sueños. En todo se anunciaba el espíritu de esa época nueva, que ya algunos llamaban romántica.

Byron dijo una vez ante los Alpes que hasta las montañas eran sentimiento, y no habría podido decirlo, justo en 1816, allá en Villa Diodati, a la orilla del lago donde se reflejaba el Monte Blanco, si años atrás a su regreso de Grecia y de Albania no hubiera leído, como tantos ingleses, el *Viaje a las regiones equinocciales* que Humboldt hizo imprimir en Londres en el verano de 1808. Lo leyó con la misma fiebre con que Londres había recibido en 1812 su poema *Childe Harold's Pilgrimage*, la crónica en verso de su viaje por el Mediterráneo, nutrido de la sed de aventuras que Humboldt le estaba contagiando a su tiempo.

Porque si Humboldt trajo a América su curiosidad y la lucidez de su espíritu, llevó de regreso el embrujo de los reinos distantes y la reverberación de sus selvas. Todos los soñadores lo leyeron entonces, y fue más contagioso que una epidemia. Wordsworth, que había comenzado a escribir su *Preludio*, se nutrió de una mística del paisaje que lo iluminó para siempre, y su vecino Coleridge, que conversó con Humboldt en Roma en 1806, podía reconocer en esos relatos las visiones del viejo marinero y los paisajes fantásticos del *Kubla Khan*. Tocado por la fiebre lo leyó Keats, que deliraba con los viajes de los conquistadores; leyéndolo sorteó sus tardes sombrías Mary Shelley, quien habla en su novela del sueño de visitar la América del Sur; y lo leyó a su lado Percy Shelley, por los días en que la conoció, en 1813, en las veladas de Skinner Street, antes de apasionarse fatalmente por las navegaciones. ¿Y quién sabrá decirnos si en la visión sublime del

Mont Blanc que Shelley cantó después en Ginebra, lo que nos estremece y nos deja sin aliento no es ya la aparición de esa Montaña que Humboldt había encontrado por fin en las soledades andinas?

Un niño de doce años, que lo leyó tres décadas más tarde, llenó después el siglo con las fantasías que surgieron de esas lecturas tempranas. Y fue quizás ese lector, que publicó en 1870 *Veinte mil leguas de viaje submarino*, quien le hizo conocer a Rimbaud, que bostezaba de tedio en las calles de Charleville, el relato del barco cargado de trigo flamenco y de algodón inglés, que en un descuido de los tripulantes se llevaron los ríos del mar a ver cielos reventados de rayos, y el despertar amarillo y azul de fósforos que cantan.

> *La suerte de grumetes, de ingleses algodones*
> *Y de trigos flamencos, me dejó indiferente,*
> *Terminado el estruendo con mis tripulaciones,*
> *Los ríos me dejaron descender libremente.*

Mientras en Jena los jóvenes y ardientes filósofos se seguían preguntando cómo hacerlo, aquel libro de hojas en blanco que Alexander llevó en su viaje a las Indias Occidentales y que trajo de regreso constelado de notas y mapas y dibujos y mediciones y detalladas revelaciones, unió para siempre esas cosas que no podían separarse: el conocimiento y la aventura, la belleza y la verdad, la cultura y la naturaleza. Si las láminas habían afinado su mirada para ver la selva equinoccial, su lenguaje educó a los poetas y los artistas en el arte de reinventar el paisaje y sentir el planeta como un todo viviente. Porque no llamamos paisaje a la naturaleza, sino a la naturaleza destilada en sentimiento, transmutada en emociones humanas; al arte de traducir en lenguajes, aprisionar en límites, condensar en relatos y en ritmos la letra inalterable.

Pero hubo más, por cierto. El despertar de un mundo, pueblos que se escaparon de su sueño sumiso oyendo la voz de unas flores, leyes que descendieron de las montañas, seres que descubrieron la embriaguez de ser distintos viendo su propia tierra, y que se vieron lanzados a la tarea de modelar sus propias repúblicas. No podemos decir que Carlos III habría aprobado esas cosas. Pero ningún espíritu ilustrado podía negar que el sueño de la libertad fue el principal alimento de aquellos tiempos. Y aquellos hombres fueron libres. Un rey tan singular pudo haber permitido que fuera más sereno, menos dramático, el parto de las nuevas naciones, pues eran el fruto inevitable de esa edad, buscaban el fin de un orden cuya injusticia era evidente. Y si otro espíritu, si una actitud distinta, habrían podido conjurar de otro modo la tempestad, eso ya no podemos saberlo.

La época que se abría camino, el diálogo inmenso del espíritu europeo con el abigarrado mundo americano, la nueva visión del paisaje, la nueva idea de la montaña, la conciencia de la tierra como una sola cosa o como un solo ser, esa savia de regiones indómitas que les dio nueva vida a las artes, la pasión que se apoderó de los reinos, mucho le debieron al espíritu ilustrado que por unos pocos años se encarnó en aquel niño que miraba las flores ante los ojos atentos de Jean Ranc, pintor involuntario de tapices que vuelan y que se agazapan bajo los pianos como pesados animales fantásticos.

Los mapas del futuro

En su casa de Caracas María Antonia Bolívar alcanzó a hablarle a Humboldt de un maestro desconcertante para el que Rousseau no era menos importante que el saber de los indios, y que parecía unir con su aguja mestiza cosas incompatibles. En la silla de Caracas, un joven de diecinueve años que lo acompañó en la escalada, Andrés Bello, le habló con seriedad del modo como las musas se estaban embarcando para las Indias occidentales. En Cartagena, Ignacio de Pombo interrumpía sus relatos en varias lenguas sobre la navegación por la selva lluviosa del Atrato para hablar del reciente armisticio entre alemanes y franceses, y para mencionar la legación rusa que acababa de llegar a París en busca de una alianza contra los ingleses. También en Bogotá los jóvenes del entorno de Mutis lo sorprendieron.

«En Caracas, Santafé, Cartagena, en todas partes se oye hablar de la nueva Física, Mecánica, Astronomía. La juventud americana está en un estado de efervescencia espiritual que no se conoce en España. Todos quieren sacudir las cadenas que los monjes imponen a la razón. Aun entre los monjes hay modernos... Mutis, quien ha tenido una influencia tan grande en la ilustración de esta región, fue el primero que se atrevió, en Santafé, en 1763, a demostrar en un programa las ventajas de la filosofía newtoniana sobre los peripatéticos y enseñó la primera públicamente como catedrático de matemáticas del Colegio del Rosario. Los dominicos, que juran sobre los escritos de santo Tomás, quisieron acusarlo de hereje y denunciarlo a la Inquisición, pero sin éxito. Entonces, se preguntaban en Santafé quién sería ese Newton y hoy, 1801, yo mismo he visto en el convento de San Francisco una edición completa de las obras de Newton».

Y aun así, no sabía qué admirar más, si las luces de estos discípulos de Europa, arrebatados por la Ilustración y por la Revolución, o el saber de los indios de las Sabanas, de los remeros por el Apure, de los bogas por el Magdalena, de los botánicos que aprendían de las águilas a combatir con hojas de guaco el veneno de las serpientes y a destilar de las flores mismas las tintas de su bosque perenne. Es verdad que venía buscando lo salvaje y lo desconocido, y que sin duda lo estaba encontrando, pero por todas partes encontraba también el salto de liebre de unas sociedades que tenían siempre algo distinto que mostrar, y que rompían toda expectativa; donde a la profusión natural se añadía la historia turbulenta, pueblos vigorosos y desgarrados, saberes antiguos guardados en cestos pacientes, el futuro golpeando tambores, y ciencias nuevas germinando en las confluencias de la memoria. Estos jóvenes ardían de impaciencia, y eran mestizos ávidos por heredar la tradición de todas sus raíces.

Entre las incontables cosas que Humboldt llevó a Europa a su regreso, ninguna iba a despertar tanto interés y debates tan apasionados como el *Natürgemalde*, el cuadro que hizo en Guayaquil condensando su geografía de las plantas, donde en vez de ordenar las especies siguiendo un esquema académico convencional, dispuso sus nombres sobre las faldas del Chimborazo para dar una idea del modo como se escalonaban de acuerdo con las alturas y las temperaturas. Fue una sorpresa para los botánicos que no recurriera a un mapa sino a una ilustración, que prefiriera utilizar un lenguaje artístico: la vieja idea del mapa ya revelaba sus limitaciones, porque creaba la ilusión de un mundo uniforme.

No bastaba mirar la superficie, era preciso tener en cuenta los niveles del suelo, los pisos térmicos, y a ello se añadía su certeza de que para entender la vegetación tenían que considerar el influjo de la humedad, de los vientos, de las fuerzas magnéticas. Y si esta nueva geografía estaba ilustrada sobre la gran montaña es porque también había que contar con el modo como extensas provincias gravitan en torno al poder térmico y químico y fecundante de los volcanes.

Esa proposición de realidades superpuestas, de espacios y de tiempos entrelazados, era consecuencia de su fuga kantiana, de esa creciente vocación de ver la vida como un todo orgánico, y se había ido aclarando en su diálogo con tantos seres ilustrados e iletrados que encontró en su camino y que eran parte irrenunciable del tejido de un mundo. Una carta de Caldas a Mutis, por los mismos días en que Humboldt hizo su dibujo, nos revela muy bien de qué modo esas ideas a las que Humboldt les iba dando forma con su actividad incansable y su capacidad de asociación, ya estaban en el polen del continente.

«Yo siempre he visto con fastidio un mapa en que no se leen sino nombres de míseros pueblos. Más vale ver en ellos el lugar, la patria de una planta, de un mineral, de una especie de animales, de una fuente termal, que ese montón de nombres bárbaros que apenas podemos pronunciar. En este momento, qué bello, qué interesante sería poner al frente de la flora de Bogotá una carta botánica del reino, que así quiero llamar una carta en que, suprimiendo tanto pueblo oscuro, tantos arroyos de ninguna consideración, se sustituyeran en su lugar las plantas útiles a las artes, al comercio, a la salud. ¡Qué placer ver de una ojeada la patria del cacao, del té, de la nuez moscada, del almendrón, de la quina! ¡Qué bella fachada para el templo de Flora! En este género he trabajado mucho, y el fruto más precioso que he sacado es cierto hábito de ver, de medir y de diseñar los países con facilidad. Nada he manifestado al Sr. Barón de estos materiales, a excepción de la carta de Timaná, que es uno de mis primeros ensayos».

También a Humboldt le parecía necesario no dar tanta importancia a las convenciones sociales y políticas, ver la presencia de las especies naturales como parte fundamental del mundo, no como meros complementos de la existencia humana. Hay propósitos que desde el momento en que aparecen ya no nos dejan descansar hasta que los hemos alcanzado. «En realidad uno no les hace promesas a los demás sino solo a sí mismo. Yo le prometí en mi juventud a mi amigo Hans que desarrollaría una teoría de las plantas. Él lo olvidó, pero yo nunca pude olvidarlo».

Era por esto que había que viajar, no se podía conocer el mundo desde un gabinete ilustrado. Toda la información de la planta no está en la planta misma, algo le debe al suelo propicio donde se siembra, al clima en que crece, al modo como recibe la luz, como la afecta la temperatura, al ritmo de los vientos y las lluvias, a la electricidad de la atmósfera y al magnetismo de las tierras. Por eso hay plantas venidas de muy lejos que se aclimatan enseguida, plantas que encuentran adecuados los suelos pero inconvenientes los climas, plantas que se diseminan por el planeta entero y otras que nunca salen de un entorno preciso, del que son el resumen y el símbolo. La planta, a un tiempo fija y móvil, tienta con su flor a los polinizadores, atrae con su fruto a los diseminadores, echa a volar sus semillas en la gasa del fruto, en el vientre de los pájaros, en las manos del mono y de la ardilla. Todos los seres somos expresiones visibles de un organismo más vasto que nos engendra y al final nos devora.

Un día advirtió que se producían anomalías magnéticas, alteraciones que no parecían obedecer a ninguna causa observable. ¿Había corrientes subterráneas? ¿Había factores ocultos dictando esas anomalías? Ni en sus incontables mediciones en suelo americano, ni después en Europa, ni en su viaje a los sesenta años a Rusia en 1828, para visitar las minas de oro y de platino de los Urales (ese viaje que le hizo sentir nostalgia de la extraordinaria libertad con que pudo recorrer el continente americano, porque allí en cambio tenía que soportar la compañía permanente de un guardia oficial, con el argumento de que era un huésped del zar), en ninguna parte encontró una explicación para esas alteraciones magnéticas, aunque nunca dejó de interrogarlas.

Finalmente, logró sensibilizar a sus amigos ingleses, y estos consiguieron que el gobierno instalara puntos de investigación del fenómeno en su vasto sistema colonial, desde Australia y Nueva Zelanda hasta África y el Caribe, y así pudieron descubrir que esas alteraciones, que se presentaban en el planeta entero, no tenían un origen terrestre: eran fruto de las radiaciones solares. No solo éramos organismos determinados por la interacción de las fuerzas del mundo, también los cuerpos celestes entraban en el diseño de nuestros ritmos vitales.

El testigo

Si hoy es tan conmovedor verlo correr de un río a otro, de una selva a otra, de esta bromelia a aquella orquídea, verlo interrogar con tanto desvelo las lavas del Teide y los desfiladeros del Chimborazo, y estremecerse con los ojos de agua de Turbaco, y sufrir con el hedor de los caimanes, y estudiarlo todo con una atención que nadie más tuvo, ni Leonardo da Vinci ni Aristóteles, es porque hoy sabemos que este Alexander a quien tratamos de acompañar desde nuestra quietud y nuestra curiosidad, fue el último hombre que vio al planeta intacto, y tal vez el primero en advertir no solo lo que estábamos haciendo con él, sino lo que podríamos hacer: las montañas que íbamos a borrar, los mares que íbamos a secar, las especies que pronto empezarían a figurar en el catálogo de las extinciones masivas.

Estaba comenzando una gigantesca transformación. Las fuerzas desatadas por la inteligencia muy pronto podrían roturar los continentes, rediseñar los bosques, someter las selvas, cambiar el trazado de los ríos y hacer avanzar y retroceder los océanos. Él lo sabía ya, e incluso formaba parte de esa inteligencia ciclónica que parecía convertir a la humanidad en un solo ser gigante, un coloso movedor de montañas, socavador de abismos y transfigurador de la faz de la Tierra, pero él tenía, a diferencia de tantos otros, una interrogación y un escrúpulo: no acababa de sentirse distinto, no estaba convencido de que fuéramos un sujeto superior, iluminado y elegido, enfrentado a un objeto útil e inerte puesto allí para nuestro placer, a un universo de cosas sin conciencia y sin voluntad de las que habíamos venido a servirnos.

Para entender la aventura en que nos hemos embarcado, acompañando el viaje de Alexander por los reinos distantes, no nos bastan su historia personal, su padre augusto, su madre ausente, sus maestros solitarios, su impulso errante, su fortuna. Este hombre de mente tan racional se parecía sin embargo a Francisco de Asís; empezaba a advertir su consanguinidad con todo lo que existe, parecía sentir como Empédocles esas vidas anteriores que persistían en la suya:

Yo he sido mancebo, doncella, arbusto, pájaro
y mudo pez que surge del mar,

y podía decir como Taliesin en el siglo V:

Yo he sido la hoja de una espada,
Yo he sido una gota en el aire,
Yo he sido una estrella luciente,
Yo he sido una palabra en un libro,
Yo he sido un libro en el principio,
Yo he sido una luz en una linterna,
Yo he sido un puente que atraviesa sesenta ríos,
Yo he viajado como un águila,
Yo he sido una barca en el mar,
Yo he sido un capitán en la batalla,
Yo he sido una espada en una mano,
Yo he sido un escudo en la guerra,
Yo he sido una cuerda en el arpa,
Durante un año estuve hechizado en la espuma del agua.

Parecía sentir el pez, el reptil, la mariposa y el león que pudo ser en otros tiempos, y que se demoraban en un recodo de su sangre, en una fibra de sus músculos, en una reacción de sus nervios; pero no solo los seres vivos, también la piedra, el meteoro y las estrellas que habitaban sus sueños. En nuestra época podría ser invitado a un debate sobre las fronteras entre el uno y el todo, o entre la naturaleza y la cultura, porque entendía bien que no podemos saber si nuestros sueños nocturnos, hechos de lenguaje y de química, son cultura o son naturaleza.

Estaba siempre en la frontera entre los grandes humanistas que situaban al hombre en el primer lugar de la creación y los que siguen buscando cuál es el verdadero lugar de lo humano en el orden del mundo. Esto le dio ese puesto inquietante que ocupa, no apenas de científico, de historiador o de artista, sino de apasionado testigo de la vida y del cosmos; un Fausto que no sucumbió a la vanidad del conocimiento, que alcanzó su redención por un genuino deseo de saber, no para triunfar sobre la vida, sino más bien para encontrar el modo de hacerla posible, casi a las puertas de la aniquilación.

Él vivió siempre como si la muerte existiera, y parecía dispuesto cada día al sacrificio. Tal vez nunca sabremos qué era lo que de ese modo lo afanaba, de Mompox a Honda, de Guayaquil a Acapulco, qué fuerza secreta llevaba a este hombre, recortándose solo en el paisaje, a mirar una flor como se mira un cielo, a estudiar las burbujas de lodo de un pequeño volcán para saber si contienen oxígeno o solo azoe, el nitrógeno más puro, y a comparar el color del cerebro de la guacamaya de plumas azules con el color de las nubes después de la tormenta.

«Parecía capaz de coronarse a sí mismo de espinas, de traspasar con una lanza su propio costado, de someterse a los latigazos del rayo, a las laceraciones del tiempo, a la descarga de los gimnotos y a la triple caída por los raudales del Orinoco, no para probar su propia divinidad sino más bien la divinidad del mundo, lejos de toda tutela sobrenatural. Lo veíamos interrogar de todos los modos posibles el terco enigma de lo evidente, el alambique de las formas, sintiendo que a este misterio tal vez no lo podremos proteger sin conocerlo, pero que importa menos conocerlo que protegerlo, porque la fragilidad inquietante de este entramado de causas y efectos, del todo y las partes, hace que sea preciso salvar las abejas para que se salven las galaxias. Una elemental y prodigiosa experiencia nos dice que las galaxias no estarán allí si no estamos nosotros para verlas, y que a lo mejor proteger a la hormiga puede ser el tamaño de nuestra responsabilidad cósmica».

Un ingeniero que siguió devotamente sus pasos, como Boussingault, o un pintor tan espléndido como Church, que repitió su camino por la Nueva Granada y por Ecuador, sintieron que lo que había que aprender de Humboldt no era la suma de sus mediciones y de sus hallazgos, y ni siquiera esa admirable síntesis que son las páginas de *Cosmos,* sino más bien su actitud; que si algo nos dejó este caminante fue una pasión llena de lucidez, un hábito de precisas preguntas, una continua necesidad de experiencias, y el afán de destilar su aventura en el torrente de un lenguaje comprensivo y sereno. Acaso no buscaba lectores sino imitadores: que una legión de viajeros que aún no habían llegado se atreviera de nuevo a recorrer el mundo no como un pasatiempo sino como un milagro, comprobando la lealtad de sus leyes y apreciando con infinita curiosidad su tejido infinito.

Quizás sintió que ese hastío que era el mal de su época estaba a punto de convertirse en una enfermedad más dañina y extensa: que podía pasar de ser el hartazgo de los príncipes a ser el tedio de las muchedumbres, la antesala de un letargo funesto. Solo la naturaleza y las artes que nacen de ella sabían brindar un placer que no hastía, y perdido ese asombro, la clave penumbrosa de todo canto, el tiempo humano podría convertirse apenas en una ciega necesidad de estímulos, una vacía y trágica avidez de espectáculos.

Alguna vez sintió, sin poder ni siquiera decirlo, que estábamos construyendo un mundo viteliano que se devoraría a sí mismo, y que había llegado la hora de los grandes prófugos y de los grandes desertores. De él brotaría aquel joven que exclamó enardecido: «Yo me armé contra la justicia», y aquel otro que sigue diciéndole al mar desde la tumba: «Ebria de carne azul, hidra absoluta, que te muerdes la cola refulgente en un tumulto análogo al silencio».

Parecía estar viviendo una aventura personal, pero era la aventura de un mundo; y su afanosa interrogación de las flores de piedra y de las flores de fuego era también el trabajo de la serpiente que entra en el jardín a modificarlo todo. *Je suis celui qui modifie.*

El que todo lo altera

No podía saber Bonpland, cuando se encontró por primera vez con aquel hombre incansable y locuaz, de qué modo su destino iba a ser conmocionado por ese encuentro. Podía poseer la botánica, pero de pronto se abrió ante él la oportunidad de descubrir no solo un continente de vegetación desconocida, el más abigarrado y florido, sino las claves del orden vegetal que les permitirían fundar una nueva geografía.

La aventura fue espléndida: las colecciones que prepararon navegando y sufriendo, y que embalaron y enviaron con esmero a los jardines de plantas de Madrid y Berlín, habían sido una hazaña. También podían envanecerse de la inmensa muestra de piedras, otra selva de colores y formas que puede deslumbrarnos casi tanto como el universo vegetal, y las mariposas, los escarabajos, los grillos de alas múltiples, los caracoles, los peces y los monos que abundaban en sus gabinetes.

A Bonpland le costó a su regreso responder a las expectativas de Humboldt, a sus reclamos cotidianos, a su exigente compromiso de rigor y de celeridad en la elaboración de los informes y la clasificación de las muestras. Todo aquello era urgente, pero el ritmo de Bonpland era otro, respondía a su propia pasión y a su propia curiosidad, más que a los propósitos pedagógicos y divulgativos de Humboldt. Hubo algún desencuentro entre ellos, pero el barón reconoció que el contenido botánico de su obra se debía fundamentalmente a Bonpland. En 1805, cuando Napoleón aceptó las colecciones llevadas por los viajeros, le asignó al botánico por decreto imperial una pensión anual de tres mil francos, y la emperatriz Josefina, ansiosa de aprovechar su celebridad tras la aventura americana, lo nombró intendente de su Jardín de Plantas. Pero cuando ella murió, creció en él el deseo de regresar a América. Allí estaba el futuro, y quedaba todo por descubrir.

En 1816 ya volaba en un barco otra vez, ya estaba recorriendo de nuevo los países, ahora solo, preguntándose dónde podía desplegar una actividad más provechosa. Conoció en Buenos Aires la hierba mate, y quiso refundar el Museo de Historia Natural, pero eran los tiempos de la guerra de Independencia, y no encontró la ayuda necesaria. En 1821 viajó al Alto Paraná, a la región de las misiones jesuíticas, y plantó su hacienda experimental en la frontera con el Paraguay. Una medianoche 500 soldados paraguayos cruzaron el río, quemaron las plantaciones, mataron a 19 personas y se llevaron presas a 63. Una de ellas fue Bonpland, con una herida de sable en la cabeza.

Eran las tropas del indescifrable doctor Francia, que combinaba de un modo extravagante la curiosidad ilustrada con despotismo: primero consideró al botánico un espía, después comprendió que era una de las reservas de su tierra, y no dudó en hacerlo prisionero y someterlo a su voluntad, con la facilidad con que un césar romano encadenaba a un filósofo para tenerlo cerca. El amor de Bonpland por la ciencia lo llevó a convertirse en rehén de aquel déspota caprichoso, y así pasó años en el sur del Paraguay, tan lejos de su origen, cada vez más atrapado en costumbres, rituales y arbitrariedades ajenas, sin saber a qué horas había dejado de ser joven y de ser libre.

En vano intentó Humboldt mediar desde Europa para que su viejo compañero de aventuras fuera tratado como un sabio y como un hombre libre; a Bolívar mismo le escribió un día rogándole que interviniera ante el tirano, y Bolívar lo hizo, pero aquello fue inútil. Bonpland duró confinado nueve años en aquella frontera y un día, en 1831, fue liberado sin explicaciones. Lejos, en Francia, le habían concedido la Legión de Honor y una pensión vitalicia, lo nombraron académico, el rey de Prusia lo designó caballero de la Orden Real del Águila Roja, todos deseaban su regreso, pero él nunca volvió. Cultivaba los campos, vendía su miel, descalzo, sentado en el suelo, hablaba en guaraní con sus pacientes, atendía a los soldados de Urquiza en su guerra contra Rosas. También él fue arrastrado por una fuerza ciclónica, sembrado como una planta exótica en las selvas distantes, y así lo encontró la muerte en 1858 en una difusa frontera. Había vivido cuarenta años entre el amor y el peligro. En el pueblo donde lo velaron, todas las casas estaban iluminadas en su honor y con las ventanas abiertas, pero un borracho vagabundo lo vio dormido y apuñaló el cadáver.

La estela de los sueños de Humboldt no dejaba nada en su sitio. También ocurrió con Mariano de Urquijo, el joven ilustrado al que Carlos III vio aparecer como una flor del futuro para la España que quería transformar. Muerto el rey, Urquijo siguió siendo el vocero entusiasta de las ideas de aquel final de siglo, y nadie como él en la corte supo reconocer en Humboldt al enviado de la historia y calcular el beneficio que esa suma de saberes podía prestarle a España, tan demorada en su edad media. Urquijo hizo posible la aventura de Humboldt, pero este nunca olvidó que el imperio no estaba en las manos de

Carlos III: tanto el melancólico Carlos IV como el nieto indescriptible Fernando VII, que empezaban a disputarse el poder, nunca quisieron prolongar el proyecto ilustrado del viejo rey.

Entonces apareció Napoleón, y nadie podía saber qué representaba entonces Napoleón: si era un fantasma del antiguo régimen con toda su ambición imperial, o si era la espada de la revolución triunfante, con su voluntad de arrasar a los viejos poderes. Urquijo terminó siendo ministro de José Bonaparte, y su país lleva siglos preguntándose si aquellos que apoyaron el gobierno de Bonaparte estaban traicionando a España o solamente combatiendo al absolutismo decrépito.

Muy grande fue el fervor patriótico con que los españoles lucharon en Zaragoza y en Bailén contra los sables napoleónicos. El propio Carlos Montúfar salió de su academia militar y se batió como un jaguar en las trincheras, hasta ascender en Bailén al cargo de asistente personal del general Castaños. Estuvo a punto de dar la vida por esa España que después se la quitaría. Pero cuando Napoleón se apoderó de los monarcas españoles y coronó como rey a su propio hermano, muchos jóvenes ilustrados, entre los que estaba Mariano de Urquijo, apoyaron la causa francesa, y una parte de España los vio como traidores.

Cuando Humboldt regresó de su viaje ya no estaba Urquijo en el gobierno de España, porque había perdido la confianza de la Corona, y solo cuatro años después, en 1808, volvería al poder como ministro de Estado de José Bonaparte. Humboldt seguía los acontecimientos del reino, y prefirió no volver por un puerto español. No se sentía subordinado ni en deuda, ya que financió con su propia herencia su expedición, pero no dejó de enviar sus herbarios y sus colecciones, lo mismo que informes numerosos a los geógrafos y astrónomos del Jardín Botánico de Madrid. Recordaba, en el momento de embarcarse para América, haber visto a la distancia la prisión en La Coruña donde estaba encerrado Malaspina, quien después de una notable expedición terminó siendo objeto de sospechas y acusado en la corte por sus enemigos, hasta dar con sus huesos en una mazmorra. Sabía que en las cortes la ambición y la envidia hacen correr rumores malignos, que en tiempos de guerra (que son casi todos), fácilmente podía ser acusado de espionaje, por algún contacto casual con los rebeldes americanos, por sus intercambios ocasionales con funcionarios de las otras potencias, por su origen prusiano, por haber tenido contacto con Jefferson o con algún espía de Napoleón.

Más sano era mantener la independencia sin descuidar la gratitud... y allí estaba la república de las ciencias, esperándolo. Los sabios que conoció antes de partir, a los que había escrito desde las selvas, y que serían sus entusiastas y entrañables contertulios después del regreso, ansiaban verlo: Gay-Lussac, que medía en un globo la temperatura del cielo de París; Aragó, que estudiaba la velocidad del sonido y el magnetismo rotatorio, y determinaba el círculo del meridiano para precisar la longitud del metro; el viejo Lamarck y el joven Darwin, a quien no conocía, pero que llevó sus búsquedas todavía más lejos.

El vuelo de la abeja

¿No había otro dibujo insinuado en aquella aventura? ¿El viaje a las regiones equinocciales, y también la obra *Cosmos,* no eran acaso el boceto de otra búsqueda que no hemos comprendido? Los viajes cambian a los seres humanos, y Humboldt, ese hombre tan activo como frágil, que emprendió en 1799 su expedición a las regiones más desconocidas del Nuevo Continente y regresó cinco años después con una salud renovada que duró hasta la más avanzada vejez, no solo venía de reconocer el mundo: traía datos y hallazgos que tal vez permitirían descifrarlo.

Expuesto a los insectos, al pasmo de las lunas, al sol de los desiertos, al influjo inconstante de los climas, aquellas cosas casi lo inmunizaron contra los males físicos, y la expansión de su horizonte sensorial lo llenó de vitalidad y de razones para vivir por muchos años. Al comienzo no sabía por qué le interesaban tanto las piedras y las plantas, por qué necesitaba tan desesperadamente partir hacia tierras remotas y explorar selvas desconocidas. Lentamente sintió que no era solo él: que todo un mundo estaba tratando de salir de sí mismo. Europa se agitaba en una lucha ciega que no iba a resolverse detrás de sus puertas cerradas. Esa necesidad de escapar era un impulso común, pero nadie acababa de encontrar el camino, ni los hombres ni las naciones.

Es claro que Francia quería huir, huir del antiguo régimen, de la aristocracia, de la monarquía, de las costumbres, de Dios, de la memoria, del calendario, de la locura y hasta de la razón. Pero ya hay algo de locura en querer escapar totalmente de la locura: los viejos fantasmas nos alcanzan de nuevo: el dios destronado vuelve, disfrazado de luz o de razón, y a menudo son más humildes las frentes coronadas por la tradición que las frentes coronadas por la ambición.

Los sabios medían la realidad, calculaban, observaban, advertían frecuencias y repeticiones; Humboldt sabía hacerlo tan bien como cualquiera de ellos, pero también lo desvelaba esto que todos sentimos en la contemplación de la naturaleza, que conmueve y endulza nuestras horas. Otro de los espíritus de aquel tiempo dijo con menos cortesía que hay algo que sabe hacer «menos horrible al universo y menos pesados los instantes», y es la belleza. Quizá solo consiste en la intuición de unas leyes serenas e invariables: la armonía y el ritmo que unen todas las cosas y mantienen en su cohesión. Pero las cosas eran letras de un texto y signos de un camino, y siguiendo ese rastro no solo se fue aproximando a los secretos del mundo sino también a la gruta del amor humano, al abrazo apacible que justifica toda existencia.

Una planta era el diagrama de un territorio, una piedra contaba sagas de millones de años, una forma del mundo concentraba el misterio de lo que es a la vez evanescente y eterno. Dibujos vegetales, colores, climas, la fecundidad de los suelos, todo parecía crecer en intensidad a medida que los viajeros se acercaban a la línea ecuatorial, y Alexander sentía esa efervescencia, la vivacidad de su mente, el hervor de su sangre; porque pocos fueron provistos como él de sensores tan finos para la percepción de la vida y de sus manifestaciones. Era la vecindad de una música, lo que siente la abeja que se va aproximando a la flor.

Ante una relación tan copiosa como la suya, pensamos en las cosas que Humboldt no sabía contar en sus diarios, y que apenas podía advertir. Desde el comienzo se había propuesto no incluir sus sentimientos y emociones íntimas en el relato de sus viajes; quería cumplir el precepto ilustrado de ser un observador objetivo, el fiel de la balanza, el equilibrio de la medida universal. Y sin embargo hay momentos en que parece a punto de decir algo más.

«Así es que cuento entre las circunstancias más felices de mi vida el que mis investigaciones, durante una época en que mis estudios versaban especialmente sobre botánica, hayan podido abrazar al mismo tiempo los elementos esenciales de una nueva ciencia, poderosamente favorecidas, como lo estaban, por el aspecto de una naturaleza grandiosa en la que se encontraban reunidos todos los contrastes de la geografía y del clima».

Podía verse en el espejo de la vida que lo circundaba, advertía en sí mismo la avidez tentacular de las enredaderas, la tensión de los estambres entre la carnadura de los pétalos, las antenas sensibles de polen luminoso que se entregan al aire ascendente. ¿Sabe la rosa que la espina podrá defenderla, vulnerando la piel del que ataca? ¿Sabe la ceiba que, lanzando a volar sus semillas en una gasa leve, lejos germinarán en suelos más propicios? ¿Dónde termina cada cosa y empieza su designio?

Una historia de piedras y vientos, de mares y enfermedades, de islas y embarcaciones, una historia de herbarios y minas de oro, de flores que son la cifra de extensos territorios, de gasas que flotan sobre los pantanos, de ríos que corren por el viento y torrentes que se internan por el océano, también es la historia de un polen verbal que hizo brotar destinos, plantas de las que florecieron naciones, glifos de piedra que anunciaron muertes gloriosas, batallas y fusilamientos, cicatrices sagradas y oscuros remordimientos.

Viviendo una aventura para todos, no podía dejar de vivir una aventura para sí mismo. Dante dijo en el cielo que, aunque ya le había sido dado ver el Infierno, el Purgatorio y el Paraíso, lo que no vio ningún otro mortal, todavía le quedaba algo más que pedir. San Bernardo de Claraval le preguntó en tono de reproche qué más quería, y Dante se lo dijo: antes de regresar al mundo quería que le fuera permitido ver a Dios.

No entendía que ya lo había visto, pero después de rituales invocaciones, el don, por un instante más, le fue concedido: Dante vio dos círculos del color del fuego y uno con los colores del arco iris, una danza de luces girando en armonía que precedía la visión absoluta, y sintió que veía el universo, y en el primer segundo de esa visión infinita vio que en ese universo inabarcable se iba formando un rostro, y era aterradoramente su propio rostro, que se convertía enseguida en numerosos rostros sucesivos, antes que la visión se borrara.

El viaje a los confines del mundo no podía dejar de ser un viaje a las orillas de su propia existencia, porque todo lo que alcanzamos define un costado de nuestro ser. Llegando a los extremos de Occidente, vivía la plenitud de sus hallazgos, había puesto a prueba su fortaleza corporal, su relación con los climas, las aguas y los vientos, los abismos de la tierra y del cielo. Ya andaba por él la visión del planeta como un organismo viviente, del entrelazamiento de todas las cosas. Había viajado a explorar un espacio remoto y ajeno, solo para descubrirse al final viviendo lo más propio, le parecía que iba llegando al centro de sí mismo, que en el espejo del universo iba asomando un rostro.

En la mitad del mundo

Nada recordaba tanto Carlos Montúfar como el momento inesperado que le puso fin a su infancia. Una infancia por cierto muy larga, porque tenía ya veinte años aquella mañana de marzo de 1802 cuando salió de Los Chillos con Anselmo y Antonio, los criados, y cruzó al galope el portal de la hacienda para tomar el camino de Quito.

«¿Por qué se van tan temprano, joven Carlos?», alcanzó a gritar el viejo mestizo Viterio al tiempo que corría la verja, y el muchacho, cabalgando bajo las acacias, le respondió al viejo, que ya no podía oírlo: «Prometí estar esta tarde en la casa, porque viene de visita el hombre más sabio de Europa, y mi padre no me perdonará que no llegue». Después agregó entre dientes, como hablándole más bien al caballo: «Es un anciano que lo sabe todo de las piedras y de los árboles, de los climas y de las estrellas».

Prefería estar siempre en la hacienda, pero su padre había hablado de la visita con emoción inusual, y Carlos supo que no podía estar ausente en aquella ocasión. Dos horas más tarde detuvieron sus caballos ante las esculturas del frente del palacio de Selva Alegre, en el centro de Quito. Apenas pudo llegar a su cuarto en el segundo piso, y tomar un baño tibio en la tina donde había como siempre unos lirios azules, antes de que viniera Baltazar, el mayordomo, a decirle que la visita estaba en el salón.

Al acercarse oyó a los contertulios hablando en francés, y antes de entrar en la sala quiso identificar entre todas la voz del anciano que estaría hablando con su padre y con los invitados. «Es posible que el viejo sepa mucho, pero la verdad es que habla poco. Hasta ahora no ha articulado palabra. O a lo mejor no ha llegado todavía, y solo están aquí el comisionado de Francia, el jefe de gobierno y mi padre».

Baltazar le recordó que el señor Juan Pío esperaba que toda la familia estuviera presente, y que sus hermanos ya estaban en la sala. Al llegar a la puerta, detrás del biombo de madera, observó al grupo sentado en el ala de los muebles ingleses, entre floreros grandes y a la luz de las ventanas. «Aquí está Carlos ya», dijo su padre. «Presiento que de todos mis hijos es el que estará más a gusto hablando con usted: nada lo entusiasma tanto como viajar por los bosques y escalar las montañas».

¿Por qué había pensado que el hombre más sabio de Europa era un anciano? Sin duda fue el tono reverente de su padre lo que lo indujo a ese error. Resultó ser un viajero de treinta años, de cabello rubio y sencilla elegancia, que en ese momento sonrió mirando a la puerta que Carlos acababa de cruzar. Tenía en la mano una orquídea que Juan Pío acababa de mostrarle, y después de saludar distraídamente al joven volvió a sumergirse en la observación de la flor. «Esta variedad tampoco estaba en los herbarios de Mutis», dijo, «pero es que aquí las plantas son inagotables».

Sin duda era demasiado joven para su leyenda de hombre sabio, pero también Carlos era ya muy hábil e independiente para su fama de hijo consentido de una familia rica. Aunque hablaba bien francés, le agradó descubrir que el barón hablaba español. Humboldt le preguntó si había decidido ya cuál sería su oficio. «Posiblemente ingrese al ejército, pero tengo el deseo de viajar a España y conocer Sevilla, la tierra de nuestros mayores», respondió Carlos, y añadió: «Me sorprende que a usted le interesen tanto nuestras plantas. Si lleva tanto tiempo estudiando la flora y los minerales, ya debe conocer todos los que existen».

A Alexander le agradó explicarle que en cada región las especies vegetales eran distintas, pero que en esta región equinoccial de América podía encontrarse la mayor variedad de plantas posible, y muchas que no se daban en ninguna otra parte. «Nada ha sido más interesante en nuestro viaje. Incluso el profesor Bonpland, que me acompaña, y que es un gran botánico, conocía muy poco de lo que hemos encontrado en este viaje. Hemos tenido la fortuna de viajar por los llanos de Venezuela, de navegar por las selvas del Orinoco, de visitar la isla de Cuba, y después de que una tempestad nos arrojó a las costas de la Nueva Granada, todavía nos cuesta creer lo que hemos visto. Podría hablarles horas de las ceibas de melenas de Mompox, las tecas de hojas grandes de los samanes del Valle del Cauca, de los achiotes granate de Mariquita, de los cerros de Santafé amarillos de alcaparros y de algarrobos, de los ocobos en flor de Ibagué, los guamos y los guásimos de Cajamarca, los carboneros de los riscos de la cordillera, los guaduales del Quindío, los cámbulos que pintan el cielo de azafrán, los helechos y las palmas, troncos, hojas y flores insospechados por todas partes. Y ustedes saben que aquí basta ascender unos metros para que la vegetación ya sea otra, como si la imaginación del inventor se inspirara con las temperaturas y con las mutaciones del clima».

Carlos había visto muchas de esas cosas, pero nunca había oído hablar de las plantas con esa vivacidad y oír a Alexander le reveló algo nuevo. Siempre dijo que hasta ese día las plantas para él eran bellas pero un poco aburridas. «Tal vez aquí estamos demasiado acostumbrados a esa abundancia, y no le prestamos mucha atención a las formas de la vegetación». «Eso puede entenderse», dijo Humboldt, «no nos asombra lo que vemos a menudo. En Madrid me hablaron de un clérigo que en la Nueva Granada se dedicaba al estudio de las plantas y yo imaginé un viejo aficionado a los herbarios y las hojas secas. No pensé que encontraría a un hombre ilustradísimo, un sabio increíble que ha dedicado años a clasificar la flora de estas tierras y tiene las colecciones más completas de plantas que Europa no conoce. Creí que era un coleccionista aficionado, y encontré un botánico eminente que intercambiaba información con Linneo, el mayor conocedor de plantas del mundo».

Carlos tenía la virtud de no relacionarse con la gente por sus títulos ni por su fama. En pocos minutos ya había olvidado que Humboldt era un sabio venerado y célebre, empezó a hablarle como a un amigo lleno de sorpresas y sin temor de mostrar su ignorancia. Estaba lleno de preguntas. Para él, el bosque era apenas un lugar, pero estos viajeros veían en él una academia y casi un templo. Un volcán era tal vez una aventura y un peligro, pero Humboldt se lo hacía ver como una escala de conocimiento. Las palabras le hacían visible la humedad extrema de la atmósfera uniéndose a la intensidad de la luz solar, la luz cayendo en vertical, la altura trastornando los termómetros y la cordillera multiplicando los climas. Y la vida, que surgía de la interacción del agua con la luz y el calor, en esta región brotaba con mayor intensidad que en cualquier otra parte, pero eso solo explicaba la abundancia de las plantas y hacía florecer nuevas preguntas sobre su diversidad. Humboldt se volvía a mirar a Bonpland como continuando una conversación anterior. «Tal vez este viaje nos permita entender la razón de esa variedad extrema de los follajes, los frutos y las flores».

Carlos sentía un interés creciente, y no sabía si era por el tema o por el estilo de Humboldt. Pero si Alexander era capaz de trastornar al viejo Goethe, que al parecer lo sabía todo, hay que intentar imaginar qué sentiría en su presencia un joven lleno de preguntas, lo que sintieron por unos días aquellos muchachos asturianos en el Pizarro, no solo la gracia de sus modales y el asombro de su energía vital, sino la pasión y la claridad con que exponía sus conocimientos. Era abrumador oírle hablar de plantas y flores, de musgos y piedras, de aguas y temperaturas, de selvas y estrellas, pero tenía ese entusiasmo que las gentes solo muestran al hablar de riquezas, de propiedades, de viajes lujosos y amores tormentosos, y una manera vertiginosa de pasar de un tema a otro que podía ser desconcertante si no lo expresara todo con tanto brillo y tanta convicción.

Con los ojos abiertos

Montúfar nunca olvidó aquel primer encuentro, y años después le dijo a Bolívar en su viaje por el Magdalena: «Quizá haya sido por mi juventud, o porque nunca había conocido a alguien así, pero cada cosa que Humboldt decía resonaba demasiado en mi espíritu, me revelaba realidades desconocidas, maneras de vivir y de mirar que alteraban mi relación con las cosas. Mi padre tenía una curiosidad y un entusiasmo parecidos, pero no de un modo tan continuo, ni acompañados de tanta erudición, de tanto lujo del pensamiento, como si fuera urgente encadenar las cosas en una gran idea que promete organizarlo todo. Nunca había imaginado que se pudiera vivir así, con esa energía y ese asombro: y además su curiosidad no solo era detallada y ansiosa de rigor, sino que estaba llena de alegría».

«Querido Montúfar», le dijo Bolívar, «nada habla tan bien de ti como el hecho de que Humboldt te haya escogido como su compañero de viaje. Centenares de sabios en Europa darían cualquier cosa por participar en una expedición como esa, con semejantes compañeros. Yo tengo algún talento para conocer a los seres humanos, para descubrir la función que cada uno puede cumplir, y te aseguro que Humboldt supo ver en ti muchas cosas que nadie en Quito habría descubierto».

El marqués de Selva Alegre hizo que instalaran cómodamente a los viajeros en la hacienda de Los Chillos, los invitó a desembalar sus instrumentos, y a convertir la hacienda y sus alrededores en gabinete de estudios, campamento de trabajo y observatorio. Les prometió que nadie iría a importunarlos en sus investigaciones y les pidió que se movieran con toda libertad. Para ellos fue como llegar de nuevo a la casona de Ignacio de Pombo en Turbaco, que se había convertido en el refugio ideal de sus viajes. Humboldt le aseguró que estaría complacido en compartir con él los avances de su trabajo, sus hallazgos de botánica y de geología, pero también en oírle hablar de su país y del continente.

Toda la familia, si lo deseaban, estaba invitada a participar de sus descubrimientos, pero Carlos fue el único que se convirtió en visitante asiduo de los huéspedes. El barón reclamó su compañía para revisar los instrumentos; al ver desplegarse aquel laboratorio fantástico, el muchacho quería que le explicaran todo, y Humboldt pasó horas enseñándole no solo el diseño de los aparatos sino su utilidad y el modo adecuado de utilizarlos.

Una noche de muchas estrellas, mientras instalaban el sextante de Ramsden y disponían los hidrómetros, sus manos se rozaron, y los dos alzaron la vista al mismo tiempo para mirar al otro. Carlos sintió algo tan molesto y perturbador que ni siquiera supo qué decir, pero por varios días no volvió a la hacienda. Era como si lo hubieran descubierto en algún hecho indebido, se sentía mal, no quería saber nada de Humboldt ni de plantas ni de instrumentos científicos. Sintió que había algo extraño en su interés por el viajero y en el goce de acompañarlo. Pero sabiamente Humboldt siguió dedicado a sus plantas y a sus instrumentos, y cuando volvió a ver a Carlos se comportó con tanta naturalidad, la misma con la que trataba desde la Escuela de Minas y la Universidad en Frankfurt del Oder a sus amigos más queridos, que tuvo que ser Carlos quien aprendiera que todo lo que llegara a sentir por su nuevo maestro tenía que aceptarlo como algo natural, sin hacer caso de las supersticiosas costumbres quiteñas.

Por fortuna, Pío Montúfar conocía bien el mundo, y no lo alarmaban los asuntos humanos. Humboldt estaba sintiendo algo que ya conocía de antemano pero que tal vez nunca había sentido con tanta intensidad. Y quién sabe si Carlos lo estaba descubriendo apenas, pero desde ese momento los dos supieron algo nuevo y tuvieron que aprender a vivirlo con serenidad. Cuando volvieron a encontrarse, porque se necesitaban, Humboldt le pidió con humildad que siguiera ayudándolo, y retomaron su amistad como si no hubiera ocurrido aquel instante.

Varias semanas después, Juan Pío le preguntó a Humboldt cómo iban sus investigaciones en la hacienda, y cuáles eran sus planes. El barón le contó que habían hecho varias expediciones por las selvas vecinas, llenas de hallazgos sorprendentes, y que estaba cada vez más interesado en escalar algunos de los volcanes más famosos del país, el Cotopaxi, el Chimborazo. Esta era la mayor altura conocida de la región ecuatorial, pero Humboldt estaba seguro de que en realidad era la montaña más alta de todas, y estaba entre sus planes ascender hasta donde fuera posible. «Querría acompañarlo», dijo el marqués, «pero muchos asuntos me impedirán hacerlo. De lo que estoy seguro es de que Carlos no querrá perderse ese viaje, que será histórico».

Así que Humboldt convenció a Carlos de que fuera con él. Todavía trataban de no expresar lo que sentían, pero una noche en Los Chillos, donde ocupaban habitaciones contiguas que estaban comunicadas, Carlos lo buscó a medianoche porque se sentía asustado sin explicación. Humboldt le propuso que durmiera en su cama, y pasaron varias horas despiertos los dos, callados, con los ojos abiertos en la oscuridad, sin atreverse a aceptar lo que ya sabían. Hubo un momento en que, vencidos de cansancio, se movieron como por azar, y ya no les fue posible ocultar nada porque los cuerpos tomaron decisiones más allá de las conciencias.

Carlos le prometió entonces ir con él hasta donde quisiera llevarlo, y Humboldt le dijo que si de él dependiera seguirían juntos para siempre. «Si tu padre acepta que seas parte de nuestra expedición, vendrás conmigo a Lima, después iremos a México y a los Estados de la Unión Americana, y será muy grato para mí que seas mi ayudante y mi compañero. Siempre creí que no había nada que me importara más que las selvas y las estrellas».

Así comenzó la aventura. Él estaba en su casa de Quito sin presentir nada cuando la historia vino a buscarlo y lo arrebató a su crisálida. Tenía veinte años, pero aquel niño mimado del destino, hijo de un marqués sevillano convertido en gran señor de las Indias, formado, como los jóvenes privilegiados de entonces lo mismo en Europa que en América, en lecturas filosóficas, más en el respeto que en el cultivo de la ciencia, y en las artes de la vida práctica; aquel muchacho que tenía un padre, una madre, una hacienda, un caballo, la voluptuosidad de ser dueño de un río y de ser el amo de una montaña, si bien era el vástago de profundos linajes llegados del otro lado del mar, podía sentirse ilusoriamente, como todos los americanos, como el primer hombre de un mundo nuevo.

Un viento luminoso lo arrancó de su casa, se lo llevó por los mares y los países, le brindó la oportunidad de ser otro, de pertenecer a los reinos distantes, pero algo en él permaneció atado al origen, y su conciencia no consiguió desprenderse jamás de la raíz que lo sembraba para siempre en su tierra.

Los Montúfar de Quito

Juan Pío, el segundo marqués de Selva Alegre, no solo fue el anfitrión de Humboldt en su mansión de Quito y en su hacienda de Los Chillos, y habló con él de la taxonomía de Linneo y de los principios de Newton, sino que al final sacrificó su fortuna y su vida luchando por la independencia de su país.

Fue Carlos quien le contó a Humboldt que aquella mansión de Los Chillos, adquirida por su padre el marqués, era una de las 64 haciendas que tuvieron los jesuitas en la cordillera y en la costa; que era tan grande que en los viejos tiempos mil quinientas personas trabajaban en ella, y que tenía un batán, dos molinos, tenería con tintoreros y tahona de aceite; que todos esos valles componían una sola parroquia, Sangolquí, mucho después de los tiempos en que pasó Belalcázar repartiendo en encomiendas entre sus hombres la tierra de los incas, cuando las pestilentes porquerizas de Francisco López y de Juan del Río cubrieron un suelo donde todavía estaba fresca la sangre de Rumiñahui y ya se había secado la de Atahualpa.

Rosa, la única mujer entre seis hermanos, era tan sabia y bella como todos, pero tuvo un sentido de la política tal vez más fino que el de sus sacrificados parientes, porque fue la única que pudo diseñar y saborear la victoria. En Los Chillos, años después, acogió a Sucre con sus tropas en vísperas de la batalla de Pichincha, y sabemos que también una vez se disfrazó de hombre, para ayudar a su padre a escapar del cautiverio.

Pero ninguno como Carlos se parecía a su época, y puede decirse que solo por él todavía recordamos a los otros. Los Montúfar de Quito eran tan ricos como los Bolívar de Caracas y tan hijos de la aristocracia como los Humboldt de Berlín, pero además eran parientes cercanos de grandes señores de Andalucía y compartían su mirada sobre el mundo. Las disputas entre Carlos IV y su hijo Fernando, y la ferocidad de la Reconquista, quieren hacernos olvidar que a finales del siglo XVIII hubo una España ilustrada. Pero fue trágico que las luces de la historia dependieran de las luces de un solo hombre, porque bastó que Carlos III desapareciera justo cuando en Francia estallaba la gran revolución, para que la Edad Media arrinconada en España volviera a invadir los salones.

Aun así, esas breves luces alcanzaron los espejos de América. Y si la mansión de los Montúfar en Quito era espléndida, y su hacienda en Los Chillos era un cosmos en miniatura floreciendo sobre la línea ecuatorial, su vida era también una muestra perfecta de la realidad de los criollos americanos: esplendor natural y desdicha social, una frontera desgarrada entre el boato de la metrópoli y la sed de modernidad, una isla de lujo entre la vida dura de los esclavos y el silencio de las razas sometidas, un exceso de patria para la vanidad y la obsecuencia, y una falta absoluta de patria para la voluntad y el pensamiento.

Lo tenían todo y a la vez no tenían nada. Bolívar lo resumió en la carta que le inspiró en Jamaica un rastro de sangre que venía de lejos, del Magdalena: nada más humillante que pertenecer a los notables de las Indias y no tener ninguno de los derechos de los peninsulares. Ser en su propia tierra un ciudadano de segunda, tener los títulos de un mundo y no poder hablar nunca en su nombre, saber lo que se podía saber en su tiempo y no poder hablar con la historia, ser mayores de edad, como lo exigía la Ilustración, entender el momento, pero nunca tomar decisiones.

Encogerse a la sombra de Rousseau, inclinar la cabeza ante Montesquieu, no atreverse a reír ante Voltaire y enmudecer ante Diderot; tener las manos enjoyadas y atadas. Su ansia de libertad los hizo más curiosos del saber de su época que sus pares de la península, y los convenció de que las ideas que brotaban en el mundo al soplo de los tiempos tenían que convertirse en realidades, porque sentían los tacones de la monarquía en la nuca y estaban empezando a exasperarse.

Mire usted este retrato de Pío Montúfar y empezará a entender qué hombre era aquel: Byron habría envidiado su estampa física, pero lo habría conmovido más la irradiación de su espíritu: esos ojos revelan lo que estaba encendido en su interior. Y no es de Juan Pío Montúfar de quien debemos hablar. La de Juan Pío es otra historia: la crónica de cómo estuvo a punto de formarse una monarquía en la América equinoccial y no se formó, porque el hombre que estaba llamado a ser rey prefirió ser solo un ciudadano.

Lo que ocurre es que un relato sobre Carlos Montúfar no puede dejar de arrojar una mirada sobre sus padres y sus hermanos, y sobre el torbellino de gentes que alcanzó a conocer en los treinta y seis años de su vida: la misma edad de Byron, la misma época, y la misma fiebre romántica. La pasión de vivir, la libertad sin límites, una serie de acontecimientos inesperados, y un camino que parece no dejar opciones porque en cada encrucijada tenía que decidir sin remedio entre la comodidad y el deber, entre la lealtad a los hombres o a los principios, y hay cosas que no te permiten dudar y cada decisión viene cargada de consecuencias.

Algo en las líneas de su destino hizo que este muchacho pudiera vivir la plenitud de su época, cuando parecía sometido como sus hermanos a las limitaciones de los criollos de las colonias bajo el poder de una corona lejana. Los niños no ven los rostros de la historia, y los primeros años de Carlos fueron el deleite de vivir a la sombra de un techo generoso y seguro, en una cámara bien iluminada.

Como si hubiera sitios y seres señalados para que pase por ellos la historia, esa hacienda de Los Chillos, el paraíso de su infancia, fue el laboratorio y el estudio donde Humboldt y Bonpland se atarearon en la región ecuatorial antes de ir con él a escalar los grandes volcanes; fue años después el sitio donde fraguaron su rebelión alrededor de Pío Montúfar los notables quiteños, y más tarde el vivac donde se acuarteló el ejército insurgente antes de la batalla definitiva.

A los veinte años, Carlos había completado sus estudios de matemáticas y filosofía. Lo atraían como a su padre las ciencias, y era también un humanista, pero la vecindad de la naturaleza le impuso otros saberes, como nadar con Anselmo y Antonio por ríos torrentosos, cabalgar por llanuras abiertas, remontar los peñascos, aprender a ser ágil y preciso con la espada y la daga, orientarse por ruidos y huellas en los bosques nublados, sintiéndose una criatura más de los campos, comiendo grandes moras silvestres, pescando en los ríos, oyendo batir el viento en los balsos gigantes, visitar las llanuras amazónicas y pisar con cautela recelando las víboras, y frecuentar los ásperos lujos de la intemperie, con bebidas fermentadas de maíz y carne de venado tostada en las fogatas, o tomar al regreso en los corrales esa leche que aún tiene la tibieza de la ubre y la espuma del ordeño.

Ahora empezó a vivir otros asombros nacidos de la ciencia: la manera como ese laberinto de miles de formas, colores y texturas de la naturaleza, que frecuentaba desde la infancia, se iba ordenando en un esquema de categorías con nombre propio, propiedades singulares, utilidades, afinidades y parentescos; el modo como el mundo armonioso pero indiferenciado de la costumbre se exaltaba en un orden y en un sistema de leyes previsibles que podía abarcar el planeta. No podía presentir que para esas cosas estaban destinados su mente y sus ojos.

También podemos contemplar aquí su retrato: esa mirada oscura, poderosa, ingenua y profunda a la vez; una expresión un poco más melancólica, más distante que la de su padre; algo recio y rotundo en el trazo de la mandíbula, algo más contundente en el rostro, que contrasta con el gesto impaciente de su boca, donde ha quedado un resabio infantil. Delata la serenidad de sus primeros años, antes de que la vida le impusiera sus rigores y sus privaciones, antes de que el destino hiciera brotar del muchacho el explorador, del aprendiz el viajero, del aventurero el mercader, del guerrero el rebelde, del desertor el héroe y del héroe el mártir, en una metamorfosis que abarcó los últimos quince años de su vida, también los quince años más turbulentos de la vida del continente.

Los camaradas

Algunos piensan que simplemente Humboldt se apasionó por él y le pidió que lo acompañara en el resto del viaje. Pero sabemos que fue Pío quien le pidió al barón que considerara la posibilidad de llevar a Carlos en su expedición: quería que su hijo fuera a España a gestionar en la corte una licencia para exportar la quina de sus haciendas. Pero esa misión se habría cumplido de un modo más fácil si Carlos se embarcaba directamente hacia Cádiz, sin incurrir en los gastos adicionales de una aventura que todavía iba a durar dos años. Pío propuso aquello y asumió los costos porque entendió cuán útil podía ser para Carlos viajar en esa compañía: era más ventajoso que la mejor academia imaginable, y Pío Montúfar comprendía mejor que muchos la importancia de la aventura que Humboldt estaba viviendo.

Pero además advirtió enseguida que Humboldt y Carlos se habían hecho amigos y se sentían bien juntos. El muchacho quería saberlo todo de los instrumentos que los sabios traían, y sin ser botánico, sin saber nada de volcanes ni de geología, se había pasado la vida mirando plantas, coleccionando piedras, cabalgando por los valles, escalando peñascos, como si presintiera que un día iba a necesitar todo eso. Rosa, que lo conocía como nadie, advirtió que, desde la llegada de Humboldt, Carlos ya no atendía a nada más. Ella misma, por un momento, viendo aquel alemán joven y hermoso, creyó que viviría con él alguna aventura galante: pronto comprendió que Humboldt era muy parecido a su hermano, se aburrían en los salones cumpliendo deberes sociales, solo se hallaban bien lejos de todo, en la selva, en el mar, en las montañas, instalados en un gabinete, examinando con el mismo detalle flores o mapas o viejos libros.

Es verdad que Humboldt siempre sintió especial entusiasmo por sus amigos más jóvenes, pero todo aquel con quien pudiera compartir una afición, un interés, despertaba su afecto. Casi ebrio de dicha había viajado con su maestro Carl Ludwig Willdenow, estudiando las interrelaciones del clima y la vegetación. Desde sus veinte años, diez antes de emprender el viaje, ya entrevió el proyecto de una geografía de las plantas, un rastreo histórico de la extensión progresiva de la vegetación sobre la tierra. Igual le pasó con el explorador Georg Forster, desde cuando hicieron su primer viaje de estudios, investigando el origen de los basaltos del Rhin. Y antes, a los diecinueve años, en Frankfurt del Oder, durante seis meses nada fue más importante para él que su amistad con Wilhelm Gabriel Wegener, que tenía todos los pasmos y las exaltaciones de una relación sentimental.

Pero mayor intensidad todavía tuvo su relación con Reinhard von Haeften, con quien no compartía la devoción por alguna disciplina científica, sino un amor desmedido, al estilo de la época, que lo llevó incluso a querer casarse con su viuda, para protegerla, cuando el alférez Von Haeften, el muy amado amigo, murió a los treinta años en su ausencia. Si experimentó en alguna de esas pasiones una curiosidad más carnal, tuvo que parecerle natural, y si le hubieran preguntado si era amor lo que sentía por ellos, habría respondido sin vacilar que sí, que era amor en todos los sentidos que le quisieran dar a esa palabra.

Su afición por Montúfar fue intensa, pero no la entenderíamos si pensamos en ella apenas como una atracción física. Lo que experimentaban juntos ante una montaña imponente, ante un río desbordado o ante una planta desconocida podría expresar mejor la relación que existía entre ellos. Solo habían visto de verdad algo cuando ambos lo habían visto, y eso era lo mismo que le pasaba con Bonpland y las plantas. Carlos mostraba el respeto profundo que se siente ante un sabio cuando oía a Humboldt hablar de los basaltos, de la solfatara de los volcanes, de los cataclismos que formaron las cordilleras, de los mapas de la vegetación o de los ángulos de las estrellas, y Humboldt no dejaba de amonestarlo cuando sentía que algo estaba mal, como también le exigía más de lo que solía exigir a cualquier otro.

Quiso estudiar el Etna y el Vesubio, pero el destino le dio el Teide y el Chimborazo; solo quería ir a México y al Perú, pero el destino lo arrojó a Venezuela y a la Nueva Granada; buscaba otros ríos, pero el destino le ofreció el Orinoco y el Magdalena; pensó estudiar los Andes solo en el Perú, y el destino se los dio en la Nueva Granada, donde está toda la vegetación equinoccial, la más diversa y compleja, y allí lo proveyó de una mirada nueva, la que habían arrojado Mutis y sus pintores sobre la flora equinoccial.

En Europa sintió muchas veces que era un error intentar entender la vegetación sin pensar en las piedras, en el clima, en el magnetismo: eso fue lo que lo llevó a sentir que Kant tenía razón al exigir que se lo estudiase todo con precisión y con detalle, pero no se aislase el conocimiento en celdas cerradas. Cuando su maestro Willdenow le reveló la botánica al final de su adolescencia, sintió un principio de éxtasis; pero era lo mismo que sentía estudiando las minas, acercándose a los volcanes o mirando las estrellas.

En las montañas, fue sintiendo cada vez más la abundancia de las formas, el misterio de las hojas y de las flores, y una suerte de plenitud, de incandescencia, porque no estaba descubriendo apenas los secretos de la botánica, sino que estaba viendo algo de sí mismo, sentía sus propias lianas, sus flores, sus semillas, y no tiene por qué extrañarnos que la conclusión de este proceso no fuera solo la concepción de la geografía de las plantas sino el encuentro con lo inesperado, con el amor que mueve al sol y a las estrellas.

Ahora no sabía si el camino que de pronto lo había unido a Carlos Montúfar era el de las piedras, el de las plantas o el de los volcanes. Hasta el lenguaje de la botánica les parecía una suerte de poesía melodiosa, escrita en el idioma de un planeta vecino. Había algo sensual en esos periodos: para el oído, para la imaginación, no parecía haber un lenguaje más detallado y sensible. Era como imaginar el recorrido de unas yemas sensitivas o de unos labios temblorosos por los repliegues húmedos del amor y de la penumbra.

Euphorbia cyathophora, hierba anual o perenne. Tallos ascendentes verdes, glaucos, dispersopubescentes, hojas basales alternas, verticiladas. Estípulas glanduliformes, pecíolo disperso pubérulo, lámina panduriforme, ovada, elíptica, lanceolada, membranácea. Base atenuada, ápice redondeado, haz y envés glabros, ciatos en cimas terminales, rodeadas de brácteas verdes con una mancha roja. Pedicelo femenino, ovario glabro, estigmas capitados. Semilla truncado-elipsoide, a veces angulosa, superficie finamente tuberculada, con tubérculos afilados, sin carúncula. Glándula sésil, solitaria, aplanada, lateral, bilabiada.

Si una flor era el mapa de un territorio, si una piedra era un mensaje del abismo, si los climas sintetizaban fuerzas, humedades, temperaturas, campos magnéticos y rumbos que hacen visibles a los vientos, ¿cómo sorprenderse de que allí, en la vecindad de los hondos volcanes, también el ser humano fuera apareciendo a sus ojos con toda su complejidad y su plenitud?

Humboldt no ignoraba que Francisco José de Caldas, el sabio granadino amigo de Mutis y también de Pío Montúfar, quería más que nadie acompañarlo en el tramo final de su expedición, y sabía mejor que nadie que la de Caldas era una mente privilegiada. Podía ser el mejor compañero si se tratara apenas de investigar, medir y conocer el mundo, pero a la hora de sentir, Caldas parecía un poco intimidado por la vida y juzgaba con severidad las pasiones ajenas. Si admiraba la sabiduría de Humboldt, lo incomodaba su manera de ser, y Humboldt prefirió no llevarlo.

Mientras Alexander era libre y vivía a torrentes, a Caldas se le dificultaba sentir, expresar su alegría, su asombro, su miedo. Él mismo lo sabía muy bien, como puede verse en la carta que le dirigió a Mutis a raíz de aquellos hechos, en la que habla de sí mismo en tono casi reverencial: «El carácter de Humboldt y el de Caldas son muy diferentes. El primero tiene una viveza que ya toca en inquietud, locuaz, amante de la diversión y de la sociedad; el segundo, con un fondo de actividad, conserva cierto grado de lentitud en sus operaciones, taciturno, de una vida un poco austera, y amante del retiro; su semblante frecuentemente tranquilo; rara vez risueño, no salta, no canta, no corre, no lucha. Este es el origen, diga lo que quiera el barón de

Humboldt de su negativa: así lo dijo a un amigo. Si no es así, ¿de dónde la estrechez, las satisfacciones con unos jóvenes que no saben sumar, que no conocen un ángulo? La amistad más viva, el amor más verdadero, no puede igualar al que el barón ha manifestado en Quito con esta especie de gentes. Este es un hecho público y de que darán testimonio todos estos habitantes. Es joven, es extranjero, no es inglés. Una conducta severa y tranquila no es del gusto del barón. Bien presto conocí que el modo de agradarle era hablar, reír, correr. Pero yo no puedo contrahacer mi carácter: paso antes por disgustar al barón».

Esas alarmas, esos penosos pasadizos mentales, acabarían por volver incómoda su compañía. Por un momento hasta el propio Humboldt no supo cómo manejar la situación, dudó en ser franco porque sintió que podía ser hiriente, pero entendió que no escogerlo como compañero de viaje no lo descalificaba como científico ni lo desvalorizaba como ser humano, solo que hay cosas que no se pueden aclarar, porque están claras desde el comienzo.

Sin embargo, para Caldas aquella fue quizás la tragedia central de su vida. Aquel cruce de cartas entre él y Mutis por los días en que Humboldt se disponía a partir de Quito hacia el sur, renunciando a su compañía y escogiendo a Montúfar, «su Adonis», como Caldas lo llama, muestra las dramáticas conmociones de un alma sensible, altamente ilusionada en el destino científico que los esperaba a él y a su patria si lograba ser parte de la expedición del barón, y el modo como se fue dando cuenta de que su propia manera de ser, sus alarmas triviales, lo desterraban de esa aventura en la que parecía cifrar toda su dicha.

Sus comentarios sobre las relaciones entre Humboldt y Montúfar muestran que estaba escandalizado con la cercanía que había entre Alexander y el joven quiteño, y Mutis no necesitó mucho esfuerzo para advertir que con esa actitud Caldas estaba cerrando la puerta de su propio futuro. Humboldt, uno de los hombres más libres del mundo en aquel momento, no iba a permitirse llevar en su compañía a alguien capaz de escandalizarse por el amor entre dos camaradas.

Caldas empezó a ver a Montúfar como un rival, y ya no pudo apreciar bien la relación que el joven sostenía con Humboldt. Los celos profesionales son a menudo más enfermizos que los sentimentales, y dado que Caldas era un hombre sutil, hay que decir que no era falso lo que vio: Humboldt prefería a Montúfar, se sentía relajado en su compañía, a veces a su lado se comportaba como si él también fuera un muchacho, permitiéndose bromas y travesuras, y eso a Caldas lo paralizaba de indignación, como si el sabio renunciara a su sabiduría y el erudito a su dignidad si mostraban candor o alegría. Así que cuanto más severo era el gesto de Caldas y más rígidas eran sus reacciones, más se convencía Humboldt de que ese hombre respetable y admirable tenía sus patéticas limitaciones, y si podía ser un colega instructivo posiblemente no sería un compañero agradable. Por esos mismos días, hablando de Sócrates y Alcibíades, Hölderlin había escrito aquel verso: «Quien ha pensado lo más hondo, ama lo más vivo».

Y esto tal vez solo significa que Montúfar tenía menos avidez de sabiduría y menos propósitos profesionales. Su juventud todavía le permitía viajar por viajar, aprender por aprender, reír por reír. Para Humboldt, en medio de preocupaciones tan hondas como las de Caldas, de exigencias tan rigurosas como las de ese hombre pulcro y sabio, Montúfar era un bálsamo de vivacidad y de buen humor, de ingenuidad y de gracia, y a menudo lo sorprendía con hallazgos que no podía lograr alguien más informado. No es difícil que la mirada sin prejuicios de los niños descubra más cosas que la mirada aplicada de los sabios.

El diario de Carlos Montúfar

El 9 de Junio de 1802 salimos por fin de Quito, mi ciudad, construida sobre un abismo y cercada por diversas colinas. Vimos temprano el Pichincha al oeste, cubierto de nieves perpetuas. Todo nos une a este volcán, que hizo erupción tantas veces y nunca trajo ruina a la ciudad, aunque esté levantada sobre sus faldas.

Sabíamos ya que el volcán estaba encendido, por la expedición que hicimos con el barón de Humboldt hasta su cráter. La ciudad se alza en arcos por encima de grandes quebradas, por eso es tan desigual el terreno. Calles angostas y altos edificios hacían más amenazantes los temblores, que se volvieron tan frecuentes después del terremoto del 97. Mi ciudad tiene ya treinta y siete mil habitantes, es la Cabeza de la Provincia, tiene un presidente (el Mariscal de Campo Barón de Carondelet), una Audiencia, un Obispo (don José Cuero), cabildos eclesiástico y secular, cinco comunidades de frailes y otras tantas de monjas, cármenes, recoletas, dos Colegios y una Universidad.

Aquí la gente es agradable, obsequiosa, condescendiente; van ellos vestidos a la criolla, y como peruanas las mujeres. La temperatura es más fría que cálida, el termómetro marca regularmente 11 grados, no sube de 18 y rara vez baja de 8. A tres leguas de Quito pasa la línea del Ecuador, por San Antonio de Lulumbamba, «la llanura de los frutos maduros», y la ciudad está rodeada de nevados y elevados volcanes, que han hecho erupción muchas veces. El suelo provee maíz y papas, toda clase de viandas y verduras, y las frutas son traídas de lugares cercanos. Haciendas de manufacturas producen paños y bayetones, bayetas y sayales, jergas, tocuyos. Aquella producción, que sostenía al país, era muy apreciada en Popayán, y una vez vendida allí, el dinero pasaba a Cartagena, para adquirir prendas de Europa. Pero este mundo se ha ido empobreciendo y decae día tras día.

Cumplimos la primera jornada hasta Mulaló, a la hacienda del Marqués de Miraflores, avanzando por el camino real de Tacunga. Tuvimos que parar un día entero para esperar a los arrieros con las mulas cargadas, que se habían quedado atrás, y a lo largo del viaje esto se fue volviendo costumbre, porque los expedicionarios avanzábamos excitados y presurosos, con los ojos atentos a todas las cosas que la naturaleza y la historia ponían en nuestro camino.

El primer territorio que cruzamos fue de desolación: por todas partes se sentían los efectos del sismo de cinco años atrás. Llegamos a Tacunga, un sitio devastado por el terremoto, que causó la muerte de más de 3.000 personas y destruyó todas las casas. Lo que me pareció más asombroso es que estuvieran reconstruyendo aquello en el mismo lugar, a menos de una legua del Volcán Cotopaxi, que ya había destruido la región en dos ocasiones.

Ahora tres mil personas habitan pequeñas casas o chozas, y están alzando con los mismos materiales de las ruinas unas casas que podrían acabar siendo sus sepulcros. Hubo muchas haciendas de manufacturas y de obrajes alrededor, donde se atareaban once mil indios, cultivando alimentos que después debían viajar diez y ocho leguas hasta Quito. Las haciendas de ovejas proveían la lana para incontables talleres de tejidos.

Ambato, a ocho leguas de Tacunga, había sufrido los mismos estragos: todas las casas estaban en ruinas. Las gentes vieron que en el primer momento del sismo los dos ríos que la rodeaban primero se detuvieron y al retomar su curso se desbordaron causando inmensa destrucción. También a Ambato lo estaban reconstruyendo en el mismo lugar, con el argumento de que su temperatura es tan grata y saludable que muchos la buscan para convalecer. Se dan en abundancia buenas frutas, y ese es el comercio principal que mantienen con Quito, pero también allí la población indígena se redujo a la mitad con el terremoto. Las mejores haciendas se arruinaron y los terrenos reventaron de pronto en grandes avenidas de lodo que se llevaron los caseríos, los cañaverales, las huertas, cuanto encontraban por delante, y todo fue a parar al río grande del valle de Patate.

Era horroroso ver el espectáculo de aquellas ruinas; ya ni siquiera se reconocía el sitio donde estuvieron las haciendas. Los terrenos seguían cubiertos por los derrumbes de la montaña; la plaza misma se había reventado y el río se llevó gran cantidad de gente con sus caseríos. Las haciendas mayores, las de Don Baltasar Carriedo, no solo se hundieron: el dueño mismo murió con toda su familia, y no escapó ni uno solo de los más de 500 hombres que ocupaban la hacienda de San Xavier, a la orilla del pueblo, en las propias faldas del Tunguragua. Y eso fue lo que vimos Humboldt, Bonpland y yo el 14 de junio, después de parar en Ambato, cuando llegamos con el Corregidor Bernardo Darquea, curiosos de observar esas ruinas que, pasados cinco años, todavía nos causan terror.

El mismo día nos detuvimos a almorzar en casa del Cura fray Felipe Carrasco, y seguimos hacia Riobamba, que estaba renaciendo en unos llanos de Arena donde no hizo estragos el terremoto. Y allí apareció a nuestros ojos, entre el desastre visible, también el esplendor de un mundo. Sería más hermoso este lugar si hubiese gentes que cultiven el campo, y si el terreno no fuera tan flojo, pues siendo pura arena, absorbe el agua. Esta tierra solo podría regarse haciendo cañerías de piedra de las que ahora carecen por completo, y para los pequeños edificios hay que traerla de dos y tres leguas de distancia. Sería necesario que compongan las acequias para que no se derrumben e inunden el terreno. Ya han logrado construir algunas casas y conventos, pero todo lo hacen pequeño y bajo porque nada parece estar tan vivo como el temor a que la tierra se mueva otra vez. Pero el lugar es amplio y acogedor, y cuando uno alza por fin la vista de las ruinas ve al noroeste el Chimborazo, recubierto de nieve, y por el este el nevado Altar, y por el noreste el Tunguragua, grandes y majestuosos.

Al día siguiente fuimos a ver el sitio donde había estado Riobamba, a cinco leguas de allí. Es una oquedad rodeada de cerros por tres de sus lados y por el otro una inmensa laguna. Apenas se podía advertir que había sido un lugar habitado, por unos vagos vestigios. Todo estaba arrasado, y por en medio pasa ahora un río que antes corría a doce cuadras de distancia. De cuanto hubo en esa villa, edificios, iglesias, conventos, torres, casas, ya no quedaban rastros. Hasta el cerro que se empinaba al Norte, el Igualata, se había partido en dos, y cubrió la mitad de la villa, así que los que consiguieron escapar fueron muy pocos. La mayor parte de la gente murió por falta de auxilios, porque quedaban enterrados, y sin quién los sacase morían de hambre, o por los golpes que tenían, pero a otros fue imposible sacarlos, por el estrago de los edificios en que habían quedado a medias enterrados. Nos dijeron que habían pasado cosas increíbles: que las casas mudaban de sitio, que los edificios saltaban de un lugar a otro. Pasados cinco años todavía esos destrozos nos causaron horror. Pero las gentes son tan insensatas y a la vez tan amantes de su tierra, que habrían intentado edificar en el mismo lugar si el gobierno no lo hubiese impedido.

El mismo día subimos a la laguna de Colta, llamada así por los quechuas por su abundancia de patos, que está en un alto encima del Antiguo Riobamba por el Sur. Es bastante grande, de aguas muy frías y de un color verdoso; allí nos embarcamos en una canoa pequeña y dimos vuelta a la laguna, viendo los patos de diversas especies, garcetas, y muchas otras aves.

El mismo día volvimos a la villa nueva, y el 18 seguimos al pueblo de Penipe, para subir al Tunguragua. El pueblo está a seis leguas de Riobamba, en un valle muy hondo a orillas del Río Chambo, de media cuadra de ancho y muy profundo. Pasamos el puente que llaman de Maroma: tejido de una especie de bejuco con palos y tendido de una banda a otra. Se mueve demasiado al pasar, pero es seguro, y mientras tanto los caballos pasaron nadando por el río. El 19 fuimos hasta el volcán por la mañana, pues está en realidad muy cerca del pueblo, subimos por pequeños caminos a pie como hora y media, pero no siendo posible subir hasta la nieve por no haber paso alguno, por ser el cerro demasiado empinado por todas partes, y por estar ceñido de incontables quebradas, tuvimos que volver al pueblo el mismo día, y solo conseguimos cortar unas muestras de piedra de la peña, antes de regresar a las seis de la noche, hasta la casa del cura Mariano Tinajero.

El 21 de junio, uno de los días más luminosos del viaje, Humboldt decidió que era momento adecuado para medir la altura del Tunguragua y del Chimborazo. La gran llanura ofrecía terrenos excelentes para emprender esas mediciones, y todo el día lo pasamos en ello. El barón hizo las mediciones con su acostumbrada minuciosidad, y halló que el Chimborazo tenía 3.309 toesas y el Tunguragua 2.620. Pero medir no era suficiente para él, el 22 fuimos hasta el pueblo de Calpi, a seis leguas de Riobamba, situado en las faldas del Chimborazo, porque al día siguiente íbamos a escalar la montaña.

Salimos muy temprano del poblado, alcanzamos el nivel de la nieve y remontamos gran parte a caballo, hasta cuando se hizo imposible subir más con las bestias, entonces nos apeamos y empezamos a remontar a pie, ya por encima de la nieve, ya por unas estrechas cornisas de piedra a mucha altura, con quebradas profundísimas de un lado y del otro. Con nosotros venían dos indios, y el muchacho que siempre traía el barómetro. Al principio del recorrido varias personas que nos acompañaron desde Riobamba empezaron a subir con nosotros, pero a pocas cuadras después se rezagaron sin poder seguir adelante. Los indígenas eran fuertes y nos acompañaron hasta la mitad del ascenso, pero no pudiendo resistir ya el frío, se quedaron resguardados bajo unas piedras grandes que había en el camino. Solo seguimos adelante el Barón, Bonpland y yo, con el muchacho del barómetro.

Después de haber caminado hasta la una de la tarde desde las seis de la mañana, a pie, llegamos al fin de una escollera infranqueable, y no pudimos pasar adelante por una profundísima quebrada que estaba delante. Y fue en ese lugar, ante la imposibilidad de seguir, donde midió el Barón por el Barómetro que estábamos a una altura de 3.036 toesas, y por consiguiente muy cerca de la cima.

Soplaba un viento recio, habíamos subido casi sin abrigo, tanto por la decisión de no llevar prendas que nos dificultaran avanzar contra el viento, cuanto porque nos habríamos fatigado en el ascenso con el más pequeño peso. Y la bajada no fue menos penosa que la subida, resbalándonos sin cesar en la nieve y las piedras, que nos hacían caer a cada instante. Pero cuando ya veníamos bajando empezó a caer copiosamente la nieve, y allí ocurrió lo que suele ser más peligroso en estos ascensos. La nieve nos cubrió, nos pusimos enteramente blancos y muy mojados, pero con la nieve que caía se nos cubrieron las señales de las pisadas que habíamos dejado al subir, y esas pisadas tenían que ser nuestra guía. Nos vimos en mucho riesgo de perdernos, porque no oían nuestros gritos los que estaban abajo. Adivinando difícilmente el camino, tardamos dos horas en bajar hasta el sitio donde nos aguardaban nuestros acompañantes, y seguimos a caballo todavía un tramo largo sobre la nieve. En el punto más alto que alcanzamos, donde no había llegado nunca nadie más, unas piedras quemadas le permitieron a Humboldt inferir que aquel era un volcán, aunque no había tradición ni memoria de que alguna vez hubiera reventado.

Hacia las tierras del inca

Lentamente fueron pasando de las provincias coloniales de Quito hacia regiones más secretas, metidas en los desfiladeros de la cordillera, y con caminos siempre impracticables, porque si algo advirtió Humboldt es que tres siglos de presencia española no habían construido una red de caminos que uniera verdaderamente a las provincias y mucho menos al continente.

De no ser por los ríos, por el Apure, por el Orinoco, por el Magdalena, sería muy difícil avanzar hacia el interior. Los pasos por la cordillera eran tan malos, que en el ascenso a la sabana de Bogotá y al paso del Quindío era necesario recurrir a los cargadores, seres humanos reducidos prácticamente a la condición de bestias de carga, no solo de mujeres encintas, de ancianos, o de personas enfermas, sino de hombres y mujeres que podrían valerse por sí mismos si los caminos estuvieran mínimamente trazados y cuidados.

Aquí los pueblos estaban en ruinas por efecto de los terremotos, y los caminos tan abandonados como en la Nueva Granada, a causa de la desidia de los funcionarios. Todo era tan absurdo, que a veces la razón para que no se hicieran obras en los caminos era el argumento de que los cargadores se quedarían sin trabajo, como si no hubiera algún oficio más digno, pensaba Humboldt, como si no hubiera montañas de yacimientos de hulla en Guaduas, montes de esmeraldas y de azufre, ríos llenos de peces capaces de proveer toda la alimentación imaginable, y sobre todo campos de cultivo para el maíz de tantas variedades, para el plátano y el algodón, para el café mismo del que a veces se encontraban haciendas, y para la caña de azúcar que podía dar para vivir con dignidad a miles de familias, si no se la cultivaba como en Cuba, para el esplendor de unos cuantos dueños y la miseria de millones de esclavos.

Calpi, en las faldas mismas del Chimborazo, tenía un clima muy frío, pero se daba en él mucho trigo y cebada. Pasaron las noches en casas de los curas de la provincia, como don José Zambrano; en casas de los corregidores, como Xavier Montúfar, el hermano de Carlos; en las casonas de los hacendados, como don Mariano Dábalos, o en las casas de los militares, como el teniente don Baltasar Pontón. De la Villa de Riobamba, en ruinas como todas, fueron a Cuenca, pasando por varias aldeas de menos de mil almas, que tenían casas nuevas muy bajas por temor a los sismos, procurando ver todo lo que atraía la curiosidad del viajero. El diario de Montúfar se detiene sobre todo en la descripción de los caminos, en lo mortificante de los climas y en la belleza de los paisajes, pero se deja contagiar del entusiasmo continuo de Humboldt con la riqueza mineral y vegetal, y de su curiosidad por las arquitecturas del inca, que lentamente iban apareciendo entre las lluvias de la cordillera.

Fuimos a ver el mineral de Azufre, 4 leguas distante de la provincia, en un cerro muy pendiente y de bastante altura. Se extrae solo de cuenta del Rey el necesario para la fábrica de pólvora, y está prohibido el consumo por los particulares. Lo hay en abundancia, y se saca con mucha facilidad. No hay hasta hoy un trabajo formal, se extrae solo lo que está en la superficie, y se desperdicia muchísimo que rueda para el río que corre en las faldas del cerro. De este azufre, se hace la pólvora que se consume en toda la Presidencia de Quito.

Los pasos de la cordillera eran cada vez más difíciles. El 10 de julio, la tarde en que vieron un colibrí de cuello azul que tenía el canto más agudo que Humboldt hubiera escuchado, fueron a dormir a Pumallacta, en lo alto de una montaña, y con la aparición del mundo inca la cordillera fue ganando una majestad y un rigor que los sobrecogía.

Al día siguiente salimos muy temprano para pasar el páramo de Lasguai. Esta parte de la cordillera se convierte en un paso temible por sus fuertes nevadas y vientos tan continuos, que se habla de muchos casos de gentes que han muerto entumecidas. No es mucha todavía la altura, pero son poderosos los vientos, y después de los llanos que se abren adelante, viene un cañón muy largo, muy lodoso y de malísimos caminos, que hacen tardar a los pasajeros largo tiempo, y son un gran peligro en tiempos de borrasca. Cuando pasamos estaba muy nevado y ventoso, caía nieve y agua, llegamos a la posada cuando ya estaba oscuro, y aumentó tanto el aguacero que nuestras cargas, a pesar de que venían a pocas cuadras de distancia, no pudieron llegar al sitio donde estábamos, no solo por lo abrupto del camino sino por el temor de que se despeñasen las bestias en la oscuridad de la noche, que nosotros pasamos muy mala, con un frío terrible y sin camas, en casa de Don Mariano Ato, hacendado de la provincia de Cuenca.

Así como el relato de Humboldt informa siempre sobre aquello que solo él sabía ver, los tesoros minerales y vegetales, atmosféricos y geológicos que se sucedían al avance de su expedición, el breve diario de Montúfar logra transmitir mucho de la penuria cotidiana de los desplazamientos, la variedad de los hospedajes, hoy lujosos o al menos cómodos y mañana escabrosos, lo mismo que el cambio de estados de ánimo que producía la sucesión de los climas. Muy pronto aparecieron las primeras reliquias del inca, abandonadas como monumentos fantasmas, pero extrañamente firmes y llenas de espacios que para los viajeros resultaban indescifrables. Casi escuchamos la conversación de estos viajeros entre las ruinas, tratando de imaginar el viejo mundo sumergido, los rituales y las costumbres de una humanidad inaccesible.

Dormimos en una choza y por la mañana, a las 7, tuvimos un temblor bastante fuerte. Salimos para Cuenca ese día y llegamos a las tres de la tarde. En el camino de este tambo a la ciudad están los grandes caseríos y la fortaleza de Cañar, llamados por los indios Ynga Pirca. El Castillo es un gran edificio de piedra sillar labrada, construido sobre una peña muy alta y fuerte. Es ovalado, el interior es de piedra pequeña y cal, y el exterior de piedra labrada y tan bien unida que no puede conocerse el lugar de la unión porque por fuera no se puede ver el material o mezcla con que están unidas. Tiene encima del Castillo, en el medio, dos pequeños cuartos de piedra, con sus ventanas, cuatro cada uno, unas frente a las otras, y sus pequeñas alacenas.

Abajo del Castillo hacia el lado derecho tiene un considerable caserío dividido en tres partes, compuestas de salas bastante grandes, de ocho a nueve varas de ancho y otras tantas de largo. A continuación de las salas tienen sus pequeños cuartitos todo de piedra, las puertas son comúnmente largas y angostas, todos los cuartos tienen escaparates y en las esquinas de los dos chicos, unas piedras redondas atravesadas y agujereadas por el medio. No hemos podido inferir su uso: los tres caseríos con sus divisiones e intermedios pueden ocupar más de una cuadra.

Todo está arruinado, y cada día se destruye más, porque no hay quien cuide de ello, y por aprovecharse de las piedras se destruye más diariamente. A la vista de este castillo, y a distancia de 4 a 5 cuadras, está un lugar que llaman Ynga Chungana, un óvalo de piedra labrada con un asiento al lado izquierdo y una abertura al frente; delante tiene un enlazado de piedra labrado que figura unos ochos unidos. En este sitio dicen que jugaba el Inca con unas bolas.

Fue allí donde vieron unos fuegos que saltaban entre los árboles, el color más intenso que uno pudiera imaginar, y era el gallito de las rocas, la más bella de las aves del territorio. La extrañeza de las construcciones, el enigma de sus compartimientos y de sus piedras, se llenaba de otro sentido cuando se le añadía la magia del paisaje natural en que estaban enclavados. Todas las construcciones de la cordillera parecían hechas para rendir homenaje al espacio que las rodeaba, como si más importante que las construcciones fuera todo lo que se puede ver y disfrutar desde ellas.

El lugar tiene una vista muy agradable sobre prados verdes y un río que corre delante. Sus orillas están cubiertas de árboles muy hermosos. Entre el Río y el Ynga Chungana, una cuadra más abajo, hay una piedra muy grande con dos óvalos en el medio hechos por la naturaleza, el uno solo blanco y el otro blanco y encarnado. En medio de este hay unas aberturas o agujeros que parecen ojos y nariz, a la idea de los indios. Nos dicen que este era su adoratorio porque les creían el Sol y la Luna. La piedra está en el medio de un pequeño bosque, también hay unas paredes grandes de piedra y cuartos a la salida del páramo Lasguai; y de este caserío hasta la fortaleza hay un camino hermoso de piedra de diez a doce varas de ancho, que también han dejado arruinar. Ahora corre el agua por él, y se transita por los llanos del lado, por un camino muy malo y cenagoso. El camino de piedra fue hecho para el tránsito de una casa a otra del Rey *Túpac Yupanqui. Todo es recto, y de piedras muy hermosas. Este soberano, dicen, pasaba largas temporadas, ya en la fortaleza de Cañar, ya en las caserías del Asguai. (El nombre de fortaleza de Cañar se le da por estar inmediato al pueblo del Cañar, pero este no es su propio nombre Inca).*

Las costas blancas

Fue partiendo de Quito cuando Alexander se enteró de que la tan ansiada expedición de Baudin, que definitivamente no era para él, había resuelto no tocar las costas del Perú, y ya volvía sus velas hacia el lejano oriente. Entonces trazó de nuevo su rumbo: irían a Lima por breve tiempo, de allí se embarcarían hacia México, finalmente recogerían en Cuba las colecciones que dejaron listas, y emprenderían el regreso a casa.

El mundo de los incas era asombrosamente rico y complejo, y también había sido borrado por la historia, salvo en lo que era imposible borrar: esas piedras inmensas ensambladas de un modo inexplicable, esas construcciones fantasiosas en las paredes mismas de la montaña, esas terrazas de cultivo, esas viejas lenguas que seguían arraigadas en los corazones, esos jardines que podían despertar la envidia de las cortes de Europa por su belleza y su profusión.

Atravesaron las cuestas de la cordillera, que a medida que se hacía más monumental iba perdiendo su exuberancia vegetal y se cubría con los colores delicados y llenos de matices de la aridez mineral. Por fin un día, entre las montañas crecientemente secas, alcanzaron una cresta brumosa, y al apartarse la niebla apareció algo que en ese momento Humboldt no esperaba, pero con lo que había estado soñando desde su infancia. Miró con incredulidad las vertientes que descendían, la planicie allá, muy abajo, y junto a ella de pronto algo, algo que estaba allí desde el comienzo y él se resistía a ver; era como un desierto de metal luminoso, cercano, increíble: el océano Pacífico.

Fue tanta su emoción que por una vez en su largo viaje se olvidó de sus instrumentos, olvidó medir con su barómetro la altura y la presión atmosférica a la que se encontraban al divisar la extensión marina, ni siquiera pensó en el cianómetro, por un momento no fue un investigador ni un sabio ilustrado sino solo un hombre emocionado que sentía acelerarse el pulso en sus venas, y en su pecho el orgullo y la extrañeza de su tremendo viaje.

Ni lo que vivió después pasando por el litoral de Trujillo, con sus caballos finos y sus músicas, o recorriendo las calles señoriales de Lima, con su pompa cortesana y su miseria, ni la satisfacción que sintió al fijar la posición exacta del puerto de El Callao el día en que fueron testigos del tránsito de Mercurio sobre el disco solar, fue más poderoso y memorable para él que aquel momento de soledad y de vértigo en que al ver aparecer un nuevo mar se sintió asomándose a la otra cara del planeta.

En Lima estaban no solo el poderío de España sino también su arrogancia y su fragilidad. De allí había salido buena parte de la riqueza que consolidó al Imperio Español como la primera potencia mundial por mucho tiempo, pero eso no parecía haber servido para nada ni al viejo pueblo inca calumniado y sometido, ni a las muchas culturas borradas, ni tampoco a los criollos que anhelaban sin voz ingresar en la historia.

Bajo el vuelo blanco de millones de pájaros del litoral, vio el guano que formaba el excremento de las aves y que era una increíble mina de sustancias fertilizantes para el suelo, conocida por siglos en Suramérica pero desconocida en Europa. Envió las primeras muestras a sus sabios amigos, contándoles que aquel detritus de gaviotas, murciélagos, alcatraces, pelícanos y focas de las costas, abundante en potasio, en fósforo y en nitrógeno, ya era conocido y utilizado por los incas, tenía el nombre quechua de *uano*, que significa abono, y había fecundado las terrazas de cultivo del imperio durante siglos. Esa sustancia que cubría los litorales y blanqueaba los arrecifes marinos tardaría medio siglo en convertirse en un gran comercio mundial, pero fue Humboldt quien se lo reveló a Europa.

Y en eso, como en otras cosas, pudo advertirse que allí ni siquiera se necesitaban sabios que descubrieran sustancias o propiedades desconocidas, sino alguien que por fin fuera capaz de reconocerlas, de explicarlas y de hacerse oír por un mundo que podía pasar caminando sobre un tesoro sin ojos para verlo. Cuando dos meses después se embarcaron rumbo a México, Alexander cumplió con su ritual de medir la temperatura de las aguas del Pacífico, cuya corriente fría en plena zona equinoccial había sido señalada por el jesuita José de Acosta dos siglos atrás, y que marinos y pescadores conocían desde siempre, y pudo describir por fin con detalle sus características.

Esas aguas frías de la superficie venían del extremo sur del océano, emergían de las profundidades, traían por ello nutrientes en abundancia y alimentaban el más prodigioso banco de vida marina del planeta. Esa corriente nutritiva daba fuerza a una incontable variedad de especies, y por eso las aves que se nutrían de ellas dejaban en las costas aquel detritus fertilizante.

Formaban una sola cadena de vida la corriente fría, el plancton marino, los cardúmenes litorales, las criaturas voladoras y terrestres que se nutrían de ellas, el guano que fertilizaba los suelos, y los antiguos cultivos de la cordillera. No era él quien lo había descubierto, pero desde que Alexander hizo su descripción y llamó la atención sobre ella, no pudo impedir, aunque lo intentó, porque le parecía una injusticia, que desde entonces la humanidad la llamara «La corriente de Humboldt», y que durante mucho tiempo fuera en el mundo el principal recuerdo de su viaje.

Un camino entre dos mundos

Desembarcar en México por el océano Pacífico, por la bahía de Acapulco y sus selvas litorales que no permiten imaginar los desiertos del centro del país, puso también a Humboldt a pensar en algo distinto: la necesidad de unir las dos caras del mundo. Por fin pudo ver el continente en conjunto, sintiendo que si en ese norte estaba la frontera entre dos culturas continentales, América también tenía que ser un enlace entre dos hemisferios. Ya no se limitó a mirar a México sino a toda la América Central, vio desde allí el Caribe y la vasta región dividida entre la cordillera de los Andes y la selva amazónica.

Así se explica que, en su laborioso estudio sobre la Nueva España, dedicara muchas páginas a pensar los caminos que atravesando el continente podrían acortar las distancias con la otra mitad del mundo. Años atrás solo había hablado con Goethe del necesario canal de Panamá, pero ante el tamaño descomunal del continente comprendió que un solo paso no sería suficiente, y dedicó su tiempo a examinar en detalle los nueve trazados posibles, acuáticos y terrestres: uno desde los grandes lagos del norte, otro por el río Bravo, que entonces cruzaba el territorio de México y que terminaría siendo una frontera, los otros por el istmo de Tehuantepec, por el lago de Nicaragua, por el istmo de Panamá, después, recordando sus conversaciones en Cartagena con Ignacio de Pombo, consideró las dos rutas posibles por el Chocó en la Nueva

Granada, la del tapón del Darién y la que conectaría el río Atrato con la bahía de Cupica, y estudió finalmente el modo de unir en el Perú el río Huallaga con el Amazonas, o de anticipar en la Patagonia un paso, 75 leguas al norte de la Tierra del Fuego.

Unos serían canales interoceánicos, otros combinarían trayectos terrestres con cauces de agua, todos debían acortar las distancias y mejorar el comercio. Ante las desgracias de Europa y sus discordias perpetuas, el Nuevo Continente podía dar pasos singulares hacia la civilización «en una época en que el comercio de la China y el de la costa noroccidental de América van siendo cada vez más importantes».

Advertir esas rutas posibles no era lo difícil, lo verdaderamente asombroso es el detalle con que estudió, sin haber estado en ninguno de esos sitios, pero utilizando toda la información disponible, y sobre todo los datos que le comunicaban viajeros enterados, los ríos que podían unirse, las llanuras que podían atravesarse, los lagos que podían aprovecharse, y finalmente las montañas, las sierras o las colinas que iban a ser los principales obstáculos.

Más allá de su profundo respeto por el universo natural, sentía que la realidad es algo que puede ser intervenido buscando una más eficiente conexión planetaria, no solo en beneficio de nuestra especie: era como si la certeza de que la vida es una sola y el planeta un sistema orgánico hiciera cada vez más necesario que las regiones se comunicaran y los seres humanos compartieran sus vidas, sus culturas. Alguien podrá objetarle que esa sed de comunicación ponía en peligro las culturas locales y hacía que el invasor y depredador espíritu universal se abriera camino arrasando y alterando para siempre las regiones secretas. Pero es que la irreparable conquista de América ya había demostrado que mantener a las comunidades aisladas y dispersas las dejaba cada vez más inermes a merced de unas fuerzas casi incontenibles.

Lo único que habría permitido proteger a las culturas americanas en los primeros días es que hubieran sabido del mundo distante, que no existiera esa tremenda desigualdad en el desarrollo técnico entre unas culturas y otras. Por eso, al mismo tiempo que veía las rutas que podían hacer de América un enlace real entre las dos caras del planeta, cada vez sentía más interés por ese viejo mundo indígena tan complejo y tan silenciado. Tal vez por eso transcribió en su ensayo una de las primeras relaciones de la llegada de los españoles a América: la carta que Hernán Cortés dirigió en 1520 a Felipe II, en la que describía con detalle cómo era esa ciudad de Tenochtitlan que acababan de encontrar.

Porque ese documento lo estremeció hondamente, era la prueba incontestable del grado de civilización que tenía el pueblo azteca en el momento en que llegaron los invasores. Al incluir íntegra esa carta en su ensayo quiso dejar el testimonio de todo lo que había sido aquel mundo borrado después por la política, oprimido por una invasión cultural abrumadora y sometido por una tiranía religiosa. En algún momento tuvo que sentir que no era necesario decir nada más que lo que Cortés había dejado escrito; y que si después de decirlo Cortés se había permitido arrasar aquel mundo, dejar que la leyenda de la barbarie americana se abriera camino, sus propias palabras servirían con los siglos para mostrar la dignidad, la complejidad y la grandeza de una civilización minuciosamente borrada y profanada.

A pesar de la tremenda aniquilación que había obrado la Conquista, todavía era posible ver en México la enormidad de una cultura. Estaba en todo: en la gastronomía, en la arquitectura, en los colores, en la decoración, en la complejidad lingüística, en las costumbres de su pueblo, que, a pesar de la opresión religiosa, mantenían vivas tradiciones poderosas, ritos sorprendentes y divinidades ocultas.

«Entre las colonias sujetas al dominio del rey de España, México ocupa actualmente el primer lugar, así por sus riquezas territoriales como por lo favorable de su posición para el comercio con Europa y Asia. No hablamos aquí sino del valor político del país, atendido su actual estado de civilización, que es muy superior al que se observa en las demás posesiones españolas».

Humboldt añadió, muy significativamente, que aquel país era apenas una cuarta parte menos extenso que la Rusia asiática, pero después se sirvió de una imagen más audaz: lo comparó con la mitad de la superficie de la Luna. México, como símbolo del continente entero, era la cara oculta de la Tierra. Su conquista había sido como la ocupación de un planeta desconocido, con su geología, su botánica, sus culturas, sus templos, sus rituales, sus dioses y sus mitologías.

A medida que examinaba el territorio, los volcanes, la complejidad cultural, la solidez de su arquitectura y el refinamiento de su mundo académico, advirtió con más dolor y con creciente asombro el modo como las viejas culturas americanas fueron no solo anonadadas sino también degradadas por el avance de una civilización que ni las comprendía ni las respetaba. Desde México vio mejor el Perú, y relató la tremenda rebelión indígena de Túpac Amaru, que solo veinte años atrás había estremecido las montañas andinas como otro terremoto, y que era ya una advertencia de lo que se gestaba para los dominadores del continente.

En 1781, apenas dos décadas atrás, un levantamiento indígena había estado a punto de arrebatar al rey de España una vasta extensión de la cordillera de los Andes, justo en el momento en que Gran Bretaña estaba perdiendo casi todas sus colonias en América. José Gabriel Condorcanqui, quien se dio a sí mismo el nombre inca de Túpac Amaru, se había presentado ante los muros de Cuzco a la cabeza de un inmenso ejército indio. Mucho se discutía si era hijo del jefe Tongasuca, de la provincia de Titzta, o solo de su mujer, porque algunos decían que el rebelde era un mestizo y que su verdadero padre había sido un fraile. Lo que podía verse allí, ante el abandono de las poblaciones, era que los mestizos iban a tender a identificarse menos con el mundo europeo que con la memoria de los pueblos nativos, postergados por siglos en sus sueños y en sus derechos.

Ante la pérdida de raíces reales la humanidad sabe inventar sus raíces, y Condorcanqui se decía descendiente del inca Sayri Túpac, «que desapareció en la espesura de los bosques al este de Vilcacampa», y del inca Túpac Amaru, decapitado en 1578 por los oficiales del virrey Francisco de Toledo. A José Gabriel, hombre educado en Lima, la corona le negó el título de marqués de Oropesa, que correspondía a su familia, y él aprovechó la indignación de los pueblos de la montaña con el corregidor Arriaga, para levantarlos contra el poder virreinal. Esto solo mostraba que el régimen colonial estaba despertando una resistencia cada vez mayor, y que si no eran las nuevas ideas que corrían por el mundo, serían recuerdos o fábulas del pasado prehispánico las que precipitarían la total rebelión.

El pueblo reconoció a Condorcanqui como descendiente legítimo de los reyes incas y como Hijo del Sol. Este «ciñó su frente con la diadema imperial de los incas», invocó los símbolos de la antigua grandeza imperial, y no solo combinaba elementos del mundo indígena con otros de la tradición occidental y del orden cristiano, sino que protegió al comienzo a los eclesiásticos y a todos los hijos de América, formando un partido de criollos y mestizos contra los españoles peninsulares. Pero después, cuando creció la desconfianza en las intenciones de sus aliados, aquello se volvió una despiadada guerra de exterminio contra todo lo que no fuera de su raza.

«Túpac Amaru había conquistado ya las provincias de Quispicanchi, Tinta, Lampa, Azangara, Caravaja y Chumbivilcas, cuando los españoles le hicieron prisionero con toda su familia; y todos fueron descuartizados vivos ante las murallas del Cuzco. Túpac Amaru consiguió despertar tan gran respeto en los indígenas, que, a pesar del miedo que les infundían los españoles, y estando rodeados por estos, miles de indios se prosternaron ante el último Hijo del Sol, cuando atravesó las calles para ir al suplicio. A sus parientes les permitieron vivir en paz por algún tiempo, pero más tarde una política insidiosa los redujo a presidio bajo el pretexto de una nueva conspiración».

Después de aquello se presentaron en la cordillera pequeños alzamientos, los horrores que la insurrección cometió contra los blancos se repitieron periódicamente, y Humboldt añadió en su relato, ya presintiendo lo que iba a venir: «Es del mayor interés, aun para la tranquilidad de las familias europeas establecidas hace siglos en el continente, velar por los indios y sacarlos de su actual estado de barbarie, de miseria y de abatimiento».

Leyendo la carta de Cortés

Lo que vio Hernán Cortés el primer día, y así se lo contó al rey Felipe en su carta, fue una ciudad inmensa, Tenochtitlan, el primer señorío de Moctezuma, en el centro de un lago de agua salada, que estaba junto a otro de agua dulce, de tal modo que las mareas iban con la luna creciente de este al otro, y regresaban con la luna menguante. Esos lagos estaban conectados por un canal entre altas sierras, y en el lago mayor la ciudad era tan inmensa como podían ser entonces Córdoba o Sevilla, y estaba cruzada de canales por los que iban y venían canoas adornadas de flores. Había también calzadas de tierra firme y de piedra labrada, y podían ser tan anchas que pasaban por ellas hasta diez hombres de a caballo uno junto al otro.

En su parte central estaba llena de mercados, cada uno en una plaza dedicado a un comercio distinto. La más grande de aquellas plazas era como dos veces la ciudad de Salamanca, y él pudo ver que circulaban por ella más de 60.000 personas comerciando con géneros y mercancías, tanto alimentos como joyas de oro y de plata, objetos de plomo, de latón, de cobre y de estaño, adornados de piedras, de huesos, de conchas, de caracoles y de plumas. ¿Cómo podían haber difundido la leyenda de que era un pueblo primitivo y bárbaro? Aquel mercado era mucho más diverso y refinado que el de cualquier ciudad europea del Renacimiento.

Véndese tal piedra labrada y por labrar, adobes, ladrillos, madera labrada y por labrar de diversas maneras. Hay calle de caza, donde venden todos los linajes de aves que hay en la tierra, así como gallinas, perdices, codornices, lavancos, dorales, zarcetas, tórtolas, palomas, pajaritos en cañuela, papagayos, cornejas, águilas, falcones, gavilanes, y cernícalos, y de algunas aves de estas de rapiña venden los cueros con su pluma, y cabeza, y picos, y uñas. Venden conejos, liebres, venados y perros pequeños, que crían para comer castrados.

De las plazas de los alimentos se podía pasar a otras que eran más bien farmacias, baños, barberías y restaurantes.

Hay calle de arbolarios, donde hay todas las raíces y yerbas medicinales que en la tierra se hallan. Hay casas como de boticarios, donde se venden las medicinas hechas así potables, con ungüentos y emplastos. Hay casas como de barberos, donde lavan y rapan las cabezas (con navajas de obsidiana): hay casas donde dan de comer y beber por precio. Hay hombres como los que llaman en Castilla ganapanes, para traer cargas.

En aquel ensayo sobre la Nueva España decidió pues Alexander transcribir esa carta de tres siglos atrás: comprendió que no se necesitaba más que aquella comunicación del conquistador al rey de España, el primer día de la Conquista, para ilustrar al mundo sobre el refinamiento de la sociedad azteca, la calidad de sus costumbres y la complejidad de su orden social, más allá de sus ritos guerreros.

Hay mucha leña, carbón, braseros de barro, y esteras de muchas maneras para camas, y otras más delgadas para asiento, y para esterar salas y cámaras.

Estaba también la evidencia de una complicada y depurada gastronomía, que es la expresión más vigorosa de una gran cultura.

Hay todas las maneras de verduras que se hallan, especialmente cebollas, puerros, ajos, mastuerzo, berros, borrajas, acederas y cardos y tagarninas. Hay frutas de muchas maneras, en que hay cerezas y ciruelas, que son semejantes a las de España. Venden miel de abejas y cera, y miel de caña de maíz, que son tan melosas y dulces como las de azúcar: y miel de unas plantas que llaman maguey, que es muy mejor que arrope: y de estas plantas hacen azúcar y vino que asimismo venden.

Incluso por momentos Cortés muestra las afinidades del gusto de la cultura azteca con el de ciudades como Venecia o Granada, donde el contacto con mundos distintos permitía una afluencia memorable de objetos y de técnicas, en la hilandería, en los tejidos, en las tinturas, en las riquezas del color.

Hay a vender muchas maneras de hilado de algodón de todas colores, en sus madejicas, que parece propiamente alcaycería de Granada en las sedas: aunque esto otro es en mucha más cantidad. Venden colores para pintores, cuantas se pueden hallar en España y de tan excelentes matices cuanto pueden ser. Venden cueros de venado con pelo y sin él; blancos y teñidos de diversos colores.

Los objetos permitían adivinar la riqueza de las tradiciones, de los rituales, de las comodidades. Los lechos, los muebles, los recipientes, la alfarería de usos múltiples, ya eran muestra elocuente de la acumulación de costumbres y de destrezas, pero también eran llamativos el orden, la especialización de las plazas, las medidas que usaban, las evidentes leyes que gobernaban aquellos intercambios, y la presencia de agentes de justicia que aseguraban la responsabilidad en la calidad de las mercancías, la claridad en las transacciones y la justicia de los intercambios.

¿Cómo podía la leyenda colonial negar todo eso solo porque aquellos pueblos practicaran feroces ritos guerreros, cuando si algo caracterizaba a la Europa de aquel tiempo eran los crueles rituales, cruzadas como la que exterminó a los cátaros, las criptas de la Iglesia, los potros del tormento y las piras de la Inquisición? Este mundo había sido profanado y calumniado con precisas intenciones políticas.

Venden mucha loza en gran manera muy buena. Venden muchas vasijas de tinajas grandes y pequeñas, jarros, ollas, ladrillos, y otras infinitas maneras de vasijas, todas de singular barro: todas, o las más, variadas y pintadas. Venden maíz en grano y en pan… Finalmente en dichos mercados se venden todas cuantas cosas se hallan en toda la tierra, cada género de mercaduría se vende en su calle sin que entremetan otra mercaduría alguna. Y en esto tienen mucho orden, todo lo venden por cuenta y medida, excepto que hasta ahora no se ha visto vender cosa alguna por peso. Hay en esta gran plaza una muy buena casa como de audiencia, donde están siempre sentados 10 o 12 personas que son jueces, y libran todos los casos y cosas que en el dicho mercado acaecen, y mandan castigar los delincuentes. Hay en la dicha plaza otras personas que andan continuo entre la gente mirando lo que se vende, y las medidas con que miden lo que venden: y se ha visto quebrar alguna que estaba falsa.

Humboldt, que siempre prefería contar las cosas a su manera, entendió la necesidad de transcribir completos ciertos textos, permitiendo que su claridad lo transmitiera todo con un grado mayor de verdad e incluso de patetismo. No es solo que aquel mundo hubiera sido abrumado por el poderío técnico de los invasores, más grave todavía es que fuera persistentemente negado y borrado, que se mantuviera a los indígenas en unos grados de postración escandalosos, que se persistiera en unos niveles de desigualdad y de injusticia que ya permitían adivinar en un futuro no muy lejano cada vez más desesperadas rebeliones.

«Si la fuerza política de dos estados dependiese únicamente del espacio que ocupan en el globo y del número de sus habitantes, si la naturaleza del suelo, la configuración de las costas, el clima, la energía de la nación, y sobre todo el grado de perfección de las instituciones sociales, no fuesen los principales elementos de este gran cálculo dinámico, el reino de la Nueva España podría colocarse en el día al lado de la confederación de las repúblicas americanas. En una y en otra parte se conoce el inconveniente de una población distribuida con demasiada desigualdad».

Por eso también se permitió transcribir el mensaje que un obispo le envió al rey, hablándole de los peligros de no mejorar radicalmente el orden social que imperaba en los territorios coloniales:

Ahora bien, Señor (exclama el prelado), ¿qué afición puede tener al gobierno el indio menospreciado, envilecido, casi sin propiedad y sin esperanzas de mejorar su suerte, en fin, sin ofrecerle el menor beneficio los vínculos de la vida social? Y que no se diga a Vuestra majestad que basta el temor del castigo para conservar la tranquilidad en estos países; porque se necesitan otros medios, y más eficaces. Si la nueva legislación que la España espera con impaciencia no atiende a la suerte de los indios y de las gentes de color, no bastará el ascendiente del clero, por grande que sea en el corazón de estos infelices, para mantenerlos en la sumisión y respeto debidos al soberano. Quítese el odioso impuesto del tributo personal; cese la infamia de derecho con que han marcado unas leyes injustas a las gentes de color; declárreseles capaces de ocupar todos los empleos civiles que no piden un título especial de nobleza; distribúyanse los bienes concejiles, y que están pro indiviso entre los naturales; concédase una porción de las tierras realengas, que por lo común están sin cultivo, a los indios y a los castas; hágase para México una ley agraria semejante a la de las Asturias y Galicia, según las cuales puede un pobre labrador, bajo ciertas condiciones, romper las tierras que los grandes propietarios tienen incultas de siglos atrás en daño de la industria nacional; concédase a los indios, a los castas y a los blancos plena libertad para domiciliarse en los pueblos que ahora pertenecen exclusivamente a una de estas clases; señálense sueldos fijos a todos los jueces y a todos los magistrados de distrito: y he aquí, Señor, seis puntos capitales de que depende la felicidad del pueblo mexicano.

Coatlicue

Cuando Hernán Cortés le exigió a Moctezuma que retirara las imágenes de piedra de las diosas en la cúspide del templo mayor de Tenochtitlan, y que las sustituyera por las de Cristo y la Virgen María, argumentó que esas efigies monstruosas habían sido testigos de miles y miles de sacrificios humanos. De haberlo sabido, en vano pudo haber respondido el emperador de la silla de oro que las efigies del Dios y de la Virgen también habían presenciado muchas muertes, en las cruzadas, en las criptas y en las piras de la Santa Inquisición, donde el fuego gritaba.

Cuatrocientos hombres las bajaron del templo por las empinadas escaleras de la pirámide, y algunas se rompieron en pedazos a pesar del cuidado con que las llevaban en hombros, porque era una maniobra ardua para los músculos y espantosa para los corazones de aquella multitud, y los sacerdotes, con la demás gente vestida con trajes lujosos «que no tenía número», se las llevaron a guardarlas donde nunca más tuvieran que verlas los ojos de los europeos.

Una de ellas era Coatlicue. Llevaba una falda hecha de serpientes de cascabel retorciéndose, un gran collar en el que se alternaban manos y corazones, medía más de dos metros, y tenía en lo alto dos cabezas de serpiente que enfrentadas podían parecer una sola cabeza.

Si era obra de los hombres, el escultor o la escuela de escultores que la cinceló en piedra tenía gran talento para reproducir con realismo y cadencia las formas de la naturaleza, el dibujo y la textura de las manos y de las serpientes, pero sin duda su propósito era más bien estremecer, darles una forma al miedo y al horror sagrado. Siglos después un escritor, hablando de una ciudad perdida, dio con palabras que podrían atrapar las emociones que despierta esa imagen: «No quiero describirla; un caos de palabras heterogéneas, un cuerpo de tigre o de toro, en el que pulularan monstruosamente, conjugados y odiándose, dientes, órganos y cabezas, pueden (tal vez) ser imágenes aproximativas».

Así bajó Coatlicue del templo, «cubierta de nácar, y colgaban de ella muchas joyas de oro y collares de turquesas, esmeraldas y amatistas». No era una diosa cualquiera, era la madre del mundo, con toda su extrañeza y su horror, y había tenido cuatrocientos hijos, que eran los dioses de las estrellas del sur, y una sola hija, antes de quedar embarazada por última vez, del dios que pone fin a la noche estrellada y hace surgir el día. «Suerte de parodia o reverso —sigue diciendo el poeta— y también templo de los dioses irracionales que manejan el mundo y de los que nada sabemos, salvo que no se parecen al hombre».

El 13 de agosto de 1790, Coatlicue fue encontrada de nuevo, junto a la Piedra del Sol, que era su hijo, por hombres que limpiaban y ordenaban la plaza central. De allí fue trasladada a la universidad. Y desde entonces habían pasado trece años cuando Humboldt pidió a las autoridades autorización para verla. Oyó el relato de cómo habían sido descubiertas, enterradas en una de las esquinas de la gran plaza del Zócalo, frente a la catedral, dos piedras antiguas: el calendario azteca y la imagen de la gran madre del mundo, madre de los dioses, de los guerreros, de la Luna y de las estrellas.

El calendario estaba visible, pero al parecer la Coatlicue despertó tanta inquietud entre los españoles y tanta voluntad de rendirle culto entre los indígenas, que las autoridades del virreinato creyeron conveniente mantenerla enterrada. Alexander expresó con tanto ardor y con argumentos tan elocuentes su deseo de ver esa efigie, que el obispo de la ciudad accedió a que por un día la Coatlicue fuera exhumada solo para que él pudiera verla.

Tenía en su memoria la imagen recientemente contemplada de una escultura del Louvre que representa al Tíber. Ese anciano de mármol de barbas de miel, sobre el cual retozan como niños las gentes, expresaba muy bien la antigua tentación de humanizar a los dioses, de dar atributos humanos a la naturaleza, haciendo desaparecer de ella lo perturbador, lo inquietante y lo desconocido, ese carácter terrible que la hace no solo digna de veneración sino también de temor y cautela.

Porque ni siquiera la naturaleza europea, a pesar de sus dimensiones, permitía impunemente esa familiaridad. Ya las estaciones eran buena prueba de que no todo en ella es apacible: por sus rigores extremos, Europa se había hecho previsiva, pues donde hay estaciones no puede uno sentarse a esperar que los árboles den sus flores y sus frutos, se sabe que hay un tiempo para sembrar y para cosechar, un tiempo para acumular y un tiempo para consumir lo acumulado.

Ese espíritu de previsión, que gobierna las siembras y las cosechas, impregna la conducta, pero bien puede producir la sensación de que todo depende de nosotros, de que todo en la naturaleza está para ser regulado por nuestra planificación y nuestra industria. Y si nada parece más hermoso que esa idea de que los dioses tienen forma humana, nada es más peligroso, porque acaba por darle a nuestra especie una idea equivocada del lugar que ocupa en el mundo, de las leyes que rigen el universo.

El día en que se abrieron ante él las puertas para que pudiera ver a Coatlicue, Humboldt vivió algunas de las emociones más hondas y perturbadoras de su viaje. Dijo enseguida que era «un ídolo monstruoso y una masa informe», pero ¿qué tenía esa piedra que afectaba tan hondamente su mente y su corazón? La gran madre no era una mujer desnuda, generosa, maternal, apacible; era otra cosa, algo que Alexander casi no podía describir. No pudo no advertir que en esa imagen había una verdad profunda, pero empezó a entender que la verdad contenida en ella era una de las más difíciles de expresar para un occidental, era tal vez la diferencia más profunda que podía señalarse entre los europeos y el resto de los pueblos de la Tierra. Esa madre no hablaba solamente de lo salvaje y de lo primitivo, sino de lo terrible y de lo inhumano.

No podía decirse que el arte de su ejecución fuera torpe. Había refinamiento en ella, en su cabeza insinuaba un rostro la conjunción de dos serpientes enfrentadas, las manos que brotaban de su pecho no eran deformes, el tejido en filigrana de su superficie daba la impresión de una inmensa espiga de maíz, la curva de las serpientes que arqueándose y enfrentándose parecían formar una cabeza humana tenía un diseño rítmico y poderoso, aquel caos de elementos heterogéneos no era hijo de la torpeza sino de la intencionalidad, y eso le daba a la figura una condición perturbadora todavía más fuerte.

Nadie educado en la estética del Renacimiento europeo podía tener ni remotamente un sentimiento de la belleza mirando aquella piedra, pero un hijo de la Ilustración, alguien en cuyo tiempo y en cuyo corazón se estaba gestando ya la era romántica, sí tenía que experimentar sentimientos ambiguos al lado de esa mole cargada de mensajes terribles. Sin duda los altares aztecas participaban de esa ferocidad, con sus grandes serpientes de colores, pero aun así no llegaban tan lejos en la acumulación de atributos caóticos.

Después de describir esa escultura como una muestra de barbarie indecible, Alexander recordó que según Winckelmann la Atenea de la Acrópolis estaba adornada de serpientes, y que todos los dioses del panteón olímpico tenían su equivalente en el mundo animal: Apolo, un lobo; Palas, una lechuza; Zeus, un toro. Solo con Cristo lo humano se había exaltado enteramente a la condición de la divinidad, pero en la antigüedad lo terrible y lo desmesurado parecían reclamar su lugar en el mito; por eso hubo gigantes y dragones, hidras, quimeras, cíclopes y centauros; por eso hubo sirenas y tritones, minotauros y esfinges.

Algo profundo intentaban representar los aztecas en esta diosa múltiple de cabeza de serpientes, de cuerpo en el que pululaban las manos y los corazones, en cuyo centro se veía un cráneo, cuya falda estaba tejida de serpientes como la cabellera de Medusa. Entonces por un momento, porque era temprano para pensar así, Humboldt se dijo que un día necesitaríamos recordar de un modo más audaz que la naturaleza no es humana, que el universo no es humano. Que imaginar al Dios con pectorales y bíceps, con muslos armoniosos y amable rostro griego puede halagar la mente, pero puede ser peligroso para el mundo. Más vale recordar que la naturaleza tiene un costado apacible y fecundo, pero tiene también un costado desproporcionado y caótico.

¿No era eso lo que había intentado recordarnos Voltaire con su *Cándido*? ¿Que este no puede ser considerado el mejor de los mundos, porque abunda en catástrofes, pero que al mismo tiempo podemos mirarlo con buen humor y con prudente gratitud si estamos advertidos de sus peligros? Tal vez no estaba mal que entre las imágenes de lo divino conserváramos esta: la más confusa y perturbadora, y ello podía resultar a la larga menos peligroso que ver el amor como una diosa desnuda, la guerra como un hermoso y atlético muchacho, la fecundidad de los campos como una bella cazadora y el mar como un anciano colérico.

Esas imágenes podían corresponder a una región como Europa, especialmente organizada y generosa, aunque vivía siempre sembrada de guerras, pero Humboldt estaba viendo nacer, como nadie en su tiempo, la conciencia tremenda de vivir en un globo cuyo núcleo es un magma incandescente, la emoción y la inquietud de un planeta brotado de volcanes, y había hecho su viaje movido sobre todo por el deseo de orillar esos abismos de fuego. Tras saludar al mundo verdadero en las grietas sulfúricas del Teide, había remontado con Montúfar los volcanes ecuatoriales, viajó a México para sentir un mundo donde a los volcanes se los ve crecer como brotes de las praderas, y nunca como ante aquella piedra pudo sentir el mensaje de las profundidades.

No era una piedra para el ensueño, sino para la alarma y el asombro, incluso para el miedo. Este que hormigueaba alrededor era el país donde la muerte misma era un invitado a la fiesta, donde no se cerraban los ojos ante la ausencia de las generaciones, donde los esqueletos bailaban en las plazas y donde los campesinos hablaban de la

Santa Muerte. A solas, en castellano, Humboldt repitió varias veces «la santa muerte», tratando de entender lo que sentían estos humildes hombres de bronce celebrando algo que el cristianismo nos había enseñado a abominar.

Todo esto pensó después de ver a Coatlicue, pues solo a él le concedieron el privilegio de que la efigie fuera desenterrada para que ojos humanos la examinaran. Y pudo contemplarla un par de horas. Acompañó de regreso al hombre generoso que le concedió esa merced, diciéndose todo el tiempo que tenía que volver inmediatamente al claustro donde habían desenterrado a Coatlicue, para seguir interrogando sus misterios.

Por eso volvió presuroso al recinto, solo para comprobar con asombro que los mismos hombres que la sacaron a la luz para que él la viera por unos minutos la habían vuelto a enterrar enseguida, como si la estabilidad de aquel mundo de claustros y señores, palacios y virreyes, dependiera de que esa piedra no fuera vista por la humanidad.

Fue entonces cuando recordó las piedras del Teide, las formas inquietantes que perturbaban el habla y parecían nombrar a los dioses de las profundidades. Y fue tal vez la visión de aquella piedra azteca lo que hizo que después, cuando dedicó a Goethe su *Geografía de las plantas*, no recurriera ya a una figura humana de la naturaleza, sino a la efigie antigua de Artemisa de Éfeso, agobiada de senos como un árbol cargado de frutos, y llena de figuras de animales, la representación de la fecundidad que presidía el extinto templo de Diana, en la misma región donde creció la leyenda de esa otra madre, la Virgen, que Cortés quería entronizar en lo alto de la pirámide.

Filadelfia

Fue casi en el último instante, ya recogiendo en Cuba las colecciones que había dejado guardadas, cuando se le ocurrió a Alexander visitar Estados Unidos, menos por continuar su trabajo de reconocimiento del mundo que por rendir homenaje a la república recién nacida y a la democracia recién fundada.

Iban en la fragata española Concepción, rumbo a Filadelfia, y una vez más la tempestad se encarnizó contra ellos, hasta el punto de alarmar a Humboldt y a Bonpland, que ya tenían alguna experiencia, y de aterrar a Carlos, que empezaba apenas su relación con los mares. Al cabo de veinticinco días tormentosos entraron en la bahía de Delaware y remontaron el río.

Jefferson contestó con modestia al mensaje de saludo de Humboldt, asegurándole que un viajero como él encontraría en ese entorno algunas cosas dignas de admiración, pero que sobre todo tenía mucho que enseñarles a él y a sus gentes. Era timidez o cortesía, porque Jefferson y Humboldt eran almas gemelas: la misma pasión por la naturaleza, la misma avidez por todos los conocimientos, el mismo sentido práctico de explorar los oficios, estudiar los cultivos, pensar la economía, la misma capacidad de pasar sin perder rigor de un tema a otro, y la misma emoción por la belleza de los paisajes, unido todo eso a una gran sencillez en el trato con los demás y un gran desdén por las ceremonias y las formalidades.

Humboldt se sintió por unos días liberado de su obsesión fáustica y de su deber de mediciones y de cifras, y antes del encuentro con Jefferson derrochó gracia, ingenio, erudición y buen humor en los paseos campestres con las personas que salieron a recibirlo. Pudo demostrar que hablaba tan fluidamente el inglés como el español de Montúfar y el francés de Bonpland, y por unos días sus compañeros, mudos, entraron a formar parte del paisaje, mientras el sabio viajero era el centro de las conversaciones en las cabalgatas, en los coches, en las embarcaciones, ante la belleza y la enormidad del escenario del país recién fundado, porque todo el mundo lo encontraba espléndido y cautivador.

Los testimonios que dejaron sus interlocutores, hablando de ese hombre «expresivo y erudito que sabía de botánica, de mineralogía, de astronomía, de filosofía y de historia natural, que había tenido una educación liberal y que había recogido información de hombres ilustrados de todos los lugares del mundo, que había viajado desde los once años y que nunca vivió en ningún lugar por más de seis meses», hace que muchos se pregunten cómo sería de verdad oír a Humboldt una tarde entera en diligencia entre Filadelfia y la nueva capital, Washington, que tenía solo 5.000 habitantes, y que ya estaba siendo diseñada como la imponente capital de una inmensa república.

Después de los primeros encuentros formales, el presidente le permitió entrar en su círculo familiar, y lo invitó a su refugio en Monticello, en los campos de Virginia. Alexander llegó a encontrarlo gateando en el suelo con sus nietos, y tuvieron largas conversaciones sobre temas científicos, porque Jefferson, quien había sido embajador en París y viajó conociendo las actividades agrícolas, en

Francia, en Italia y en Alemania, no era indiferente ni a los grandes árboles ni a los musgos del camino. A treinta años de su independencia, Estados Unidos ya abastecía a Europa de algodón, de cacao, de trigo y de azúcar, y apenas acababa de duplicar su territorio.

Es asombroso el contraste entre la laboriosidad con que Humboldt estudiaba una montaña y la facilidad con que Napoleón podía vender un mundo. Todavía estaba Humboldt en México cuando Francia anunció la venta de Luisiana a Estados Unidos. El país creció en dos millones de kilómetros cuadrados, duplicando de pronto su territorio con el pago de solo quince millones de dólares, y cuando un país crece de ese modo, no es fácil impedir que sueñe con crecer otro tanto.

Al final de la guerra de los Siete Años, quedó acordado que, en caso de ser vendida, esa región central en torno al Mississippi, arrebatada por los franceses, le sería ofrecida de nuevo a España como primer comprador, pero Bonaparte, necesitado de recursos, no quería fortalecer a España, y menos aún darle alientos al poderío británico. Así que vender la Luisiana a la joven república que encarnaba un nuevo sueño de libertad, fue una decisión política llena de sentido y más llena aún de consecuencias.

Al reunirse con el presidente solo un año después, Humboldt no dejó de sentir con cuánto interés escuchaba Jefferson el relato de su viaje por México, con cuánta curiosidad le recibía en préstamo los mapas que había hecho del territorio del virreinato de la Nueva España, sobre todo de ese nuevo vecindario de Oregon, Nevada, California, Arizona, Colorado, Nuevo México y Texas, los estados que antes de cincuenta años se convertirían en parte de Estados Unidos.

Ningún país creció tanto en aquel medio siglo, incorporando las viejas colonias de España, primero la Florida y Luisiana, y después el oro del oeste y los cañones y los desiertos del sur, a donde Jefferson acababa de enviar la expedición de Lewis y Clark reconociendo plantas, semillas y fauna silvestre, minerales y minas, los suelos y los ríos. La Unión Americana iba a convertirse en una incontenible fuerza expansiva.

A pesar de la resistencia que había mostrado el congreso americano para la adquisición de Luisiana, porque quince millones les parecían a algunos un precio excesivo por tierras que a sus ojos eran inservibles, los visionarios fundadores presentían todas las riquezas del oeste. Esas praderas de bisontes, esas extensiones donde se alzaban tiendas cónicas de indios, donde se traficaba con carnes y pieles, donde cabalgaban comanches y dakotas sobre potros de grandes manchas bajo las sucesivas lunas de hielo y de sangre, no solo eran ya de una riqueza natural y agrícola inmensa, sino que eran la entrada a las sierras llenas de oro, que enloquecerían al país en la segunda mitad del siglo.

Jefferson, que aún sentía asombro de haber duplicado el territorio de su país, le pidió información y proyecciones sobre cuánta gente «blanca, roja y negra» podía habitar en aquellos territorios. Humboldt le dio toda la información disponible. Estados Unidos representaba para él, como pocos años después para Whitman, el sueño realizado de una democracia profunda en un territorio ideal. Solo expresó, como en Cuba, su rechazo por la institución de la esclavitud. También les prestó sus mapas para que los estudiaran y los reprodujeran, y apenas a punto de embarcarse de nuevo le fue posible recuperarlos.

Por esos días visitó la Escuela de la Sabiduría, el Museo de Curiosidades Naturales de Charles Willson Peale, uno de sus contertulios, que era menos un gabinete de historia natural que un depósito de rarezas, que albergaba desde un mamut hasta «una vaca de cinco patas amamantando a un ternero de dos cabezas». Aquellas colecciones, pensó Humboldt, pretendían menos el conocimiento que la alarma y el escándalo; allí podía calibrarse la diferencia entre admirar y celebrar las leyes del mundo o escandalizarse por sus excepciones.

Veinte días después se embarcaron en la fragata francesa La Favorita, rumbo a Burdeos, y cuando vieron perderse atrás las costas del continente, sintió con orgullo que todo ese mundo que parecía desaparecer a sus espaldas iba en realidad con él, en sus colecciones y sus diarios, y que ya nunca lo perdería.

No calculó el rastro de poderosas consecuencias que iba dejando a su paso. Sin duda se extrañaría de advertir que su trayecto pareció bosquejar en la América equinoccial el mapa de la Independencia: no solo porque recorrió el Orinoco, desde Angostura hasta el delta, y Cumaná, Caracas, Carabobo, o porque después de Cartagena remontó el río Magdalena desde Mompox hasta Honda, más tarde la cordillera del Quindío hacia el sur orillando a Cali y llegando a Popayán, a Pasto, a Quito y el Pichincha, y después el camino de los incas hasta Junín y Ayacucho, sino porque gracias a él y a sus relatos las regiones secretas de América empezaron a existir de otra manera para Europa.

Llegar a París de Venezuela o de la Nueva Granada era como llegar de la Luna: nadie sabía nada de esos territorios inmensos, que sin embargo ya estaban marcados por la huella de Europa y europeizados por la fuerza y por los sueños, aunque hubieran tenido que descartar en esa tarea la mitad de su alma. Los países habían empezado a dibujarse a sí mismos, y la era romántica fue el relámpago inmenso que los hizo visibles para el mundo.

De eso no tardarían en beneficiarse Francisco de Miranda y el propio Bolívar, porque fue solo después de su encuentro con Humboldt cuando Bolívar emergió de su vida privada para sembrarse en la historia. Solo gracias al celebrado regreso de Humboldt empezó por fin a hablarse en Francia de la América del Sur. El silencio de la monarquía española estaba dejando oír de pronto, con un sonido propio, la voz de la otra cara del planeta.

Descifrando el futuro

Apenas llegado a París, Carlos comprendió que su padre tenía razón con el proyecto que le había encargado: para todas las fiebres los franceses usaban quinina. La fiebre maligna que desde siempre se atribuía a los pantanos solo empezó a ceder bajo el efecto de esa planta remota, de modo que los campos de su familia en Quito eran una reserva milagrosa de salud para Europa. Y la ciudad era una combinación inextricable de palacios espléndidos y arrabales sombríos, donde eran fuente de infecciones las ratas, las pulgas, la falta de higiene, las aguas malsanas, la pobreza y la guerra.

Bonpland había pasado de Burdeos a La Rochelle para reencontrarse con los suyos, y Alexander y Carlos siguieron a París y se hospedaron en un albergue provisional, antes de que Humboldt alquilara los altos modestos pero espaciosos de una vieja casa del Faubourg Saint-Germain, pero pronto el barón empezó a atender invitaciones de las sociedades científicas, de los geógrafos y astrónomos, geólogos y botánicos, con los que harto había logrado intercambiar en su viaje. Muchos recibieron sus cartas y estaban ávidos de nuevas y más detalladas informaciones.

Esas Indias de las que Humboldt venía apenas estaban surgiendo, nunca habían sido vistas de un modo tan minucioso y diverso, y algunos tenían la sensación de que Humboldt era el inventor de esas cosas de las que hablaba. Le atribuían a Humboldt todo lo que Humboldt nombraba, pero era su hermano Wilhelm quien podría explicar mejor ese asunto: porque en cierto modo puede decirse que el lenguaje inventa el mundo, una descripción matizada y precisa inaugura un objeto para el conocimiento y también para la imaginación. ¿Qué es la China para los que nunca la hemos visitado? Solo puede ser lo que alguien nos dijo de ella.

Carlos, por su parte, no había estado nunca en un lugar que respirara tanta antigüedad como el mundo que ahora lo rodeaba, porque hay ciudades que parecen cargar más que otras el peso y la magia de sus ayeres. Allí los siglos se sentían en todo, en la arquitectura contrahecha y crujiente de esas viejas mansiones medievales de la rue Saint-Paul, en los templos de aspecto ruinoso de Les Halles, en esa calle sucia y retorcida de La Parcheminerie, llena del rumor de colmena de los preparadores de pergaminos, los editores, los vendedores de vino, de rufianes, mendigos y veteranos de guerra.

Mientras Humboldt oficiaba sus conferencias y recibía el aplauso de los sabios, Carlos merodeaba por la ciudad. Fácil se reconoce un país que ha padecido conflictos durante años, por la abundancia de hombres con muletas y con piernas de palo, parches negros en los ojos, tantos rostros con cicatrices de navaja y de sable, tantos cuerpos que han dejado ya sus fragmentos en los campos de muerte. El muchacho consentido por la vida venía de un país donde aún no comenzaban las guerras, y su experiencia del tormento corporal se limitaba a la contemplación de los cristos sangrantes, el arte expresivo y profundo de los talladores quiteños.

Lo excitaba sobre todo la profusión de las artes, las bodegas de exposiciones donde convivían obras llenas de corrección, pero frías y sin vida, con cuadros conmovedores y esculturas asombrosas. Era un contraste brutal pasar de salones luminosos donde se veían madonas del Renacimiento, planchas anatómicas, grabados de paisajes montañeses y ciudades laberínticas, galerías de caricaturas, diarios viejos con estampas de la Revolución e ilustraciones de viejas fábulas, a calles llenas de charcas y de estiércol. Le gustaba también descubrir en los mercados de animales criaturas que nunca había visto: liebres de orejas desmesuradas y faisanes de plumajes espléndidos. Unas lluvias tristes parecían venir de regiones muy viejas y estar cargadas de recuerdos centenarios.

Ahora es difícil imaginar aquel París donde el Hotel de los Inválidos era apenas un hospital inmenso, y no todavía la tumba de un imperio. Notre-Dame, que alguna vez estuvo a punto de ser derribada como vestigio de edades siniestras, ahora estaba siendo restaurada, porque ese mismo año iba a ser el escenario donde un teniente de artillería, exaltado a general y cónsul de la república, se disponía a mostrarle a la historia que la Revolución era capaz de arrebatar a alguien de un origen oscuro y entregarlo a un destino imperial.

Siempre pasa lo mismo con los sudamericanos en París: más temprano que tarde se encuentran en los cafés, en los salones, en las calles. Francia casi nunca los ve, pero ellos lo ven todo y se reconocen enseguida unos a otros. Había algo apasionante y lleno de lecciones en visitar lo más visible cuando se procedía de lo más invisible. Los jóvenes de Suramérica se movían con holgura por esa sociedad compleja y abigarrada, el país más poblado de Europa en su momento de mayor confusión, presenciando las simulaciones de la nobleza recién aparecida y al mismo tiempo el odio de la vieja aristocracia hacia esos nuevos ricos y esos plebeyos recién ennoblecidos.

Las víctimas reconocían de pronto entre la multitud, en el rostro de un viejo desvalido, los rasgos de un verdugo de los tiempos del terror, en un viejo jubilado a un médico que hacía experimentos con el corazón de los perros después de la decapitación, en un inválido postrado por la miseria y por la tos, la cara de un antiguo almirante de la guardia real. ¿Esa mujer que cantaba en el mercado público no era la hermana de aquel funcionario rico de la administración militar que había ordenado disparar contra la muchedumbre?

Un día Carlos vio la indignación del populacho al darse cuenta de que un vecino que trataba de pasar inadvertido había participado quince años antes en las masacres de septiembre. Comprendió que la Revolución barajaba los destinos, que habían pasado los tiempos en que todos los aristócratas eran ricos y en que los provincianos eran necesariamente pobres y rústicos, los tiempos en que las casas humildes de los arrabales solo producían doncellas de servicio, obreros desharrapados y rufianes nocturnos. Si, como decían las señoras en los andenes, durante siglos el lugar de la gente se podía deducir del sitio en que vivía o de su región de procedencia, ahora detrás de cualquier rostro podía haber una historia escandalosa o espléndida, y esto hacía que todos tuvieran un poco más de desconfianza hacia sus vecinos, aunque también hacía que estuvieran más dispuestos a la sorpresa y a la admiración.

Montúfar no ignoraba la historia: su padre le permitió formarse en la literatura de la época, los diarios de Europa llegaban a Quito con cierta demora, pero también con regularidad. Y dado que había leído en su adolescencia el relato de cómo el fugitivo Luis XVI, cruzando ya la frontera de Bélgica, fue delatado y capturado porque alguien reconoció en la penumbra de un coche el mismo perfil que iba de mano en mano en las monedas de aquel tiempo, lo estremeció una mañana oírle decir a una dama que repartía la leche a las puertas de las casas, y que ofrecía jarabe de uva ante la escasez de azúcar de remolacha, que aquel hombre con cierto parecido al rey decapitado, que vendía biblias ilustradas en un puesto del mercado de Grenelle y que procuraba pasar inadvertido, era uno de los hermanos perdidos de Luis XVI.

Francia tenía bastantes problemas inmediatos para interesarse mucho por las tierras lejanas, y Suramérica era un lugar tan remoto e inalcanzable como la Luna misma, con la diferencia de que a la Luna la tenían cada noche en las pupilas. Montúfar conoció gente de España y de las colonias, visitó los salones donde se reunían, los restaurantes que frecuentaban, los cafés donde cada noche discutían de política. Como buen hijo de un marqués, alternaba con notables de España y franceses relacionados con el gobierno español. Y si hoy no sabemos dónde encontró a Bolívar, no debió ser difícil para él enterarse de la existencia de alguien tan llamativo como ese caraqueño que acababa de enviudar y se había ido a Francia exclusivamente a olvidar el luto y a ahogar en vino la desgracia.

Los Bolívar de Caracas y los Montúfar de Quito lo tenían todo en común, la riqueza y la cultura; hasta habían leído los mismos libros y compartían la pasión por su tierra de origen, aunque solo conocieran aquello a lo que dan acceso los privilegios. Pero oyendo a Bolívar, sus ideas, su pasión por el destino americano, su interés por la economía, Carlos entendió que sería importante para aquel muchacho apasionado, orgulloso, impaciente, conocer a su amigo el barón. Bolívar lo invitaba al salón de su prima Fanny, a donde acudían intelectuales y militares amigos del nuevo régimen, y a Carlos le pareció un buen escenario para que Alexander y Bolívar coincidieran.

También Bolívar quería conocer al viajero del que todo París estaba hablando, porque el regreso de Humboldt, comentado y celebrado, era el acontecimiento de aquellos días en una ciudad donde la historia estaba siempre demasiado viva, donde la política y la guerra eran tan importantes que no era fácil que un científico fuera tema de admiración y motivo de entusiasmo.

Napoleón recibió a Humboldt y a Bonpland, y Alexander logró que Carlos pudiera participar en la reunión. Pero el encuentro no le dejó una buena impresión porque Bonaparte dijo con displicencia, como afirmando el primado varonil de la política, que a su mujer también le gustaban las plantas. Pero no ignoraba la importancia del viaje de Humboldt y de sus descubrimientos: no por casualidad había llevado a Egipto una legión de científicos, dibujantes, traductores e historiadores. Aquí no era posible la indiferencia con que la corte española miró por siglos el saber y el provecho que se podían obtener de las provincias que le surtían su oro y parte de su orgullo. Napoleón, que estaba diseñando su imperio europeo, miraba de sesgo hacia España y por momentos ponía sus ojos más allá, en la cara oculta del planeta, en ese continente que España dominaba pero no había logrado conocer, y que corría el peligro de perder en cualquier momento.

Aquel año de 1804 era apenas una transición entre los horrores del pasado y los horrores del porvenir. No parecía que pudiera haber en Francia más viudas ni más huérfanos, ni tampoco más padres que hubieran perdido a sus hijos, porque nadie, por fortuna, podía presentir que la verdadera cosecha de la muerte vendría después, que aún faltaban las guerras napoleónicas y la ocupación de España, donde Montúfar iba a vivir en carne propia lo que ahora apenas miraba como espectáculo. Todavía faltaban la invasión a Rusia, y peor aún, la retirada de Rusia, y Austerlitz, y Waterloo.

Con vino oscuro en las copas, Bolívar y Montúfar hablaban del presente mientras caía la lluvia sobre la puerta de Saint-Denis y sobre los mercados de Les Halles, y veían con alarma la furia guerrera que devoraba a Europa, sin presentir que también ellos estaban señalados, que la guerra implacable se iba a convertir en su destino.

La cascada en el salón

Fue en diciembre de 1804 cuando Bolívar ofreció un banquete al que asistieron oficiales y funcionarios conocidos del nuevo régimen. La política empezaba a remplazar en su alma las honduras del duelo, y pronunció un discurso feroz contra la autocracia, ante la decisión de Napoleón de coronarse emperador.

Seguía deslumbrado por la celebridad y el carácter de aquel hombre, pero nada contrariaba tanto sus convicciones republicanas como un retorno de la monarquía; vivió como una traición personal que ese héroe al que admiraba hubiera caído en la tentación de buscar la corona, y quiso poner a prueba el discurso de los derechos que la Revolución acababa de instaurar. Pero allí comprobó que ni siquiera su condición de criollo rico, de inmigrante privilegiado, lo dejaba en igualdad de condiciones frente a sus invitados: el suyo era un origen prácticamente inexistente para las gentes con quienes alternaba. Ni siquiera los españoles, salvo si tenían algo que ver con la administración de las Indias, se hacían una idea de esas provincias de ultramar, sacadas a la luz por los descubridores, puestas un momento en la historia por la turbulencia de la Conquista, y devueltas a la penumbra por un sistema colonial que saqueaba sin comprender, y que se beneficiaba de los países sin conocerlos ni engrandecerlos.

Aunque la Independencia de Estados Unidos cumplía casi treinta años, pocos veían a América en su complejidad, muy pocos advertían que las colonias no seguirían encerradas mucho tiempo en las fronteras de su suelo antiguo. Solo cuando Goethe pensaba en el mercado mundial aparecían en su mente, como proyectos ineludibles, el canal de Suez y el canal de Panamá: solo a él le parecía increíble que para ir de Nueva York a la pequeña aldea de San Francisco, en México, fuera preciso doblar por la Tierra del Fuego, en la vecindad de la Antártida.

El continente entero se incorporaría pronto con sus riquezas y su vastedad geográfica a los desafíos de la historia. Por eso, cuando la Ilustración arrojó su mirada sobre las regiones desconocidas, no atendía solo a intereses políticos y económicos más bien mezquinos, sino a la evidencia de que el presente era ya inconcebible sin tener en cuenta ese hemisferio que estuvo tanto tiempo por fuera de los ojos de Occidente.

Una tarde de invierno, en el salón de Fanny du Villars, Humboldt hizo la relación de su viaje por el nuevo continente, y Montúfar, Bonpland y Bolívar estuvieron presentes. Finalmente, convergieron en casa de Fanny, la prima amada del muchacho de Caracas y el paño de sus lágrimas de viudo. El momento anterior al relámpago parece más oscuro, y este es el caso de un hecho privado, casi invisible, que sale a la luz por todas las cosas que se gestaron en él. ¿Cómo podremos distinguir cuándo el azar se convierte en destino? Hoy sabemos que el viaje de Humboldt no había sido casual en absoluto, que era una necesidad tan evidente como el propio viaje de Colón; que aquello iba a ocurrir sin importar cuáles fueran los nombres de sus protagonistas.

Las palabras grandes obran sobre todo grandes ocultamientos: un continente había aparecido y había sido conquistado, pero lo cierto es que esas regiones fueron conquistadas antes de ser descubiertas, y ahora, perdidas en la bruma de una Edad Media casi fantasmal, todos necesitaban descubrirlas. Humboldt era también la avanzada de una época. Si conjugaba el conocimiento, la sensibilidad y la capacidad de comunicar sus hallazgos, los instrumentos que llevaba eran los ojos, las antenas y los tentáculos que Europa había pulido siglo a siglo en su avidez de escudriñar la realidad. Y España, apenas tocada por el aura de la Ilustración, había advertido gracias a las luces de Mariano de Urquijo la posibilidad de que la ciencia, la razón, el sentido de observación y el espíritu de especulación universal se inclinaran sobre ese territorio enorme.

Y este era el clima de aquellas horas: la sensación de que las piedras tenían memoria, que las rosettas estaban hablando, que los volcanes arrojaban mensajes, que la humanidad intentaba traducir la lengua de las flores y de los vientos, que había que ver a esa desconocida mitad del mundo. El caer de la luz equinoccial en las grandes alturas, el escalonamiento de los climas en las estribaciones de las tierras solares, las grandes esponjas de humedad, la profusión de vida que despierta la franja solar sobre las cordilleras andinas. De todo habló Humboldt aquella noche, pasando como siempre de un tema a otro, y todos lo escuchaban con admiración, pero dos muchachos lo oían con un estremecimiento distinto.

Porque si los demás eran testigos, Bolívar y Montúfar eran una porción del milagro que Humboldt estaba describiendo: no podían dejar de sentirse tocados hasta los huesos por lo que oían. La descomunal cordillera, los más inmensos ríos, la pradera continental, la selva planetaria, plantas de todas las formas, flores desconocidas, colores indecibles, cultivos, yacimientos, galerías de cristales y espinazos de oro, criaturas nunca vistas: una reserva de vida que no solo exigía ser aprovechada y comprendida, sino ser amada y respetada.

Y ahí estaban las cosas que solo ellos podían entender: que América existía como geografía, como mapas y climas, que existía como médulas de oro, túneles de esmeraldas, yacimientos de hulla, campos de caña de azúcar, de cacao, de patatas, de tabaco, de prodigios médicos como la quina saludable que el marqués de Selva Alegre se proponía exportar a Europa, y de alimentos como el cacao que los mantuanos de Bolívar ya exportaban. Que cada cosa que se descubría invitaba a nuevos descubrimientos y cada riqueza a nuevas exploraciones, pero que una pregunta se hacía cada vez más urgente: si ese tesoro seguiría existiendo solo para satisfacer las codicias de Europa, si iba a producir metales porque así lo requerían los señores de Habsburgo, si había que sondear las perlas de los ostiales de Cumaná y de Manaure solo para los cuellos de cisne de las señoritas de Toledo y de Génova, si se iban a extraer esmeraldas solo para los pechos de las vizcondesas, si el continente entero iba a seguir siendo eternamente una mina de seres miserables y oscuros, o si alguna vez la riqueza de América podría fundar la dignidad de América.

Eso fue lo que perturbó aquella noche a Bolívar y a Montúfar. La voz de Humboldt en ese salón francés sofisticado y confortable era como una cascada cayendo en medio de la selva, llena de los secretos del agua, del limo de las tierras fecundas, niebla de las montañas condensada y destilada por los frailejones y el musgo para convertirse en hilos de agua y arroyos y quebradas que descendían por las pendientes, aguas que se tejían y se anudaban con otras para formar días abajo los ríos más grandes, poblados de una vida sorprendente, y que se desplomaban en fango por los declives hacia la tromba oceánica.

Era la voz del hombre que había mirado más minuciosamente el continente americano, que venía de recoger sesenta mil muestras de plantas, por cuya voz hablaban ahora las cordilleras y sus glaciares, la llanura viviente, la selva multiforme y el fuego siempre activo de las profundidades. Entonces Bolívar se animó a hacer la pregunta que faltaba. Y Humboldt le respondió que aquellos países estaban maduros para la independencia, pero, y esto lo dijo con sinceridad, que él no veía quién pudiera encargarse de dirigir semejante proyecto.

Como en una selva desconocida, Bolívar acababa de ser alcanzado por una flecha.

El informe

Hubo muchas intrigas examinando aquel viaje. Es verdad que la corona española buscaba en el verbo incesante de Humboldt las minas que alimentaran sus guerras, los tesoros ocultos bajo las piedras, el añil, el banano y la quina que llenarían sus despensas; es verdad que Napoleón buscaba grietas para extraviar a los españoles y peñascos para hacer naufragar a los ingleses; es verdad que Jefferson quería conocer sus borrosas fronteras del sur y del oeste, saber si apoderarse de esos desiertos difusos y de esas costas distantes era tan fácil como quedarse con los mapas que Humboldt le había prestado.

Pero el verdadero informe de la expedición y su consecuencia más vasta se estaba presentando casi por casualidad, en una reunión que parecía frívola, entre la tos de la marquesa de Chalais, el jugueteo con los guantes del hijo de Josefina y el brillo de los diamantes de Fanny sobre el cuello demasiado escotado.

Esas realidades que Humboldt pudo ver, medir y enumerar, reinos y selvas, flores y piedras, ríos y temperaturas, podían sorprender a la vieja Europa, pero solo embriagarían a seres que pertenecieran a ese mundo nuevo, y que además estuvieran agobiados por el peso de la realidad y necesitados de una razón para vivir cuando el viejo orden se caía en pedazos.

Por eso Alexander no se había quedado en los gabinetes de Europa estudiando botánica en el Jardín de Plantas y mirando las estrellas desde el Observatorio. La realidad estaba buscando pasiones nuevas, tenía a la vez ansia de futuros distintos y nostalgia del paraíso. Humboldt no podía dejar de ser un instrumento de las fuerzas que conmocionaban su tiempo, de la duda que engendró una nueva época, de la audacia que había derribado sistemas, de la indignación que terminó cortando cabezas de reyes y del delirio de libertad que renovaba el orden de las medidas, cambiaba los nombres de los meses y quería devolver a cero las cronologías.

Bolívar vivía tiempos de locura y lujuria, gastando en los garitos el oro mantuano de sus haciendas, extenuando en carreras su cuerpo flaco oloroso a agua de colonia, anulando su espíritu en desplantes y en vanos apasionamientos políticos, pero en Humboldt sintió la pasión, el conocimiento, el rigor. Esa voz producía el efecto de la champaña, pero lo que nombraba era a la vez tan preciso y tan nuevo, que no se podía danzar en esos suelos pedregosos, no se podía uno distraer en aquel recorrido entre abismos, no se conseguía disfrutar con ese espectáculo de muchedumbres condenadas y follajes sorprendentes; era preciso estar atentos, recelosos; algo en aquel discurso obligaba a indignarse y maravillarse, a reaccionar y a estallar.

Todos los que lo oían podían sentir asombro, pero solo Bolívar y Montúfar sintieron embriaguez, una urgencia repentina por montar sus caballos y desenvainar sus espadas; por convertirse como los bogas del Magdalena en la fuerza del río, como los llaneros del Apure en las discordias del viento, como los indios enlutados de Cajamarca en los vengadores del sol.

Humboldt tardó en saber que aquella noche había encendido un fuego que ya no se apagaría. Durante todo su viaje se estaba preparando para conversar con Bolívar, aunque no podía imaginar que Bolívar existiera. Apenas iba a comenzar a escribir su *Viaje a las regiones equinocciales del Nuevo Continente*, y sin saberlo ya estaba presentando el informe más completo de sus hallazgos, de las riquezas que la cara oculta del planeta guardaba para el tiempo, y no lo había hecho ante sus geógrafos, sus geólogos, sus botánicos o sus astrónomos, ante los estudiosos del clima o de la hidrografía, sino ante un muchacho atormentado que lloraba sobre una tumba sin poder imaginar cuál sería su destino, y ante su querido compañero de viaje, que a pesar de haber estado junto a él varios años, de repente advertía el dibujo borroso de su propio futuro, que solo se haría claro con el tiempo.

Ese tejido de montañas y selvas, de flores y pájaros que Humboldt mostraba, era una prueba de que la naturaleza tenía cosas nuevas que decir a los humanos, de que la vieja Europa perdida en sus laberintos de sangre y de fuego podía encontrar rostros distintos con quienes dialogar, mentes distintas con las cuales examinar su historia.

Y Bolívar, que se estaba ahogando de impotencia y de hastío bajo el rigor de una triple orfandad, la de su tierra, la de sus padres y la de su bella mujer entregada temprano a la muerte, sintió que las fuerzas de su vida se unían en una sola dirección, y ya no ignoró quién era, qué tarea lo estaba esperando, qué maderas y qué metales tenía en sus manos. Incluso sintió, tal vez porque estaban en los últimos días de 1804, con la soberbia de sus veintiún años, que el sol se estaba poniendo sobre Francia y que el sol se estaba alzando sobre Suramérica.

El escenario que estaba siendo iluminado aquella noche por el discurso tenía, para colmo, nombres familiares. Si

Humboldt viajó al otro lado del mar para encontrar las emociones y los símbolos que iban a alimentar a una generación de aventureros, Bolívar había viajado a Europa para descubrir desde su duelo que el tesoro estaba enterrado en su propio patio, en su casa, entre los barrancos del origen. Y el hombre que le estaba revelando su porvenir era este alemán que venía de conversar con su hermana María Antonia en la casa de Caracas, que viajaba con el hijo de Nariño por el Magdalena, que subió al Ávila con su maestro Andrés Bello, y que conversó muchas mañanas con Pío Montúfar en su hacienda de Quito.

Era como si le mostraran a uno que el escenario sorprendente de una nueva aventura histórica es su vieja casa familiar y los campos vecinos, como si al desembarcar en un planeta desconocido, donde está a punto de comenzar la epopeya, descubriéramos que estamos en el demasiado conocido patio de nuestra infancia.

Bolívar ya no quería oír más, quería salir corriendo y tomar un barco, saltar al lomo de su caballo y atravesar su tierra, dando gracias a ese dios que había engendrado tantas riquezas y ahora le proponía engrandecerlas con el poder de una palabra desconocida, de esa palabra que suena siempre como un disparo en un mundo esclavo.

Entonces pareció despertar. Humboldt estaba dibujando un mapa de ríos, de selvas, de pájaros, y ese era el mapa que él tendría que recorrer en adelante, aunque fuera de noche, aunque hubiera que iluminarlo con el fuego de los cañones y con la luz de los cuchillos. Pero Bonpland, que solo oía la voz de las plantas, fue el único que de verdad comprendió esa noche que después de haber sido inspiradas por las flores y los territorios, las rebeliones de América corrían el riesgo de dejarse influir demasiado por las ideas y las costumbres de Europa, que el excesivo europeísmo de aquellos criollos podía dejar afuera por mucho tiempo a las naciones indígenas y sus saberes profundos, el legado africano y su energía, el mundo americano y sus secretos. Que el militarismo napoleónico podía acabar siendo una larga amenaza, y que las repúblicas corrían el riesgo de sucumbir bajo el dominio de la Iglesia, hábil en mimetismos y capaz de pasar siglo a siglo de un régimen a otro sin romperse ni mancharse.

Humboldt admitiría después que al comienzo no pudo ver en Bolívar lo que ese muchacho impulsivo llegaría a ser. Le pareció tal vez demasiado centrado en sí mismo, un joven lujoso y vanidoso, brillante pero también disperso. Cómo negarlo, si al propio Simón Rodríguez le pareció lo mismo cuando volvió a encontrar a su discípulo en Viena o en París después de aquellos tiempos en Caracas, y sintió la necesidad urgente de reorientar su destino. Pero era un mal del siglo: Byron igual despertaba una sensación parecida de dandismo decadente y de hiperestesia a la moda; y harto sabemos que el propio Humboldt había dejado en Schiller la misma impresión de un hombre copioso pero poco profundo, acaso demasiado móvil para detenerse en algo, demasiado nervioso para llegar a convertirse en el centro de gravedad de un gran destino. Esa sobrecarga eléctrica, esos giros mundanos, esa excitación incontrolada parecían excluirlos de un porvenir heroico. Pero es que en aquel tiempo en que el presente era tan visible, el futuro sabía esconderse.

De la casa de Fanny du Villars no salieron los mismos hombres que habían entrado. Humboldt tardaría en saber qué selvas estaba cubriendo con el polen de sus palabras, pero el destino de los países había cambiado. Dos muchachos acababan de encontrar un camino trágico, y dos hombres más decididos y temerarios se levantaron de sus camas al día siguiente.

Las corrientes de la historia

Dos años después de su llegada, ya andaba Humboldt viajando por Europa con Gay-Lussac y sus nuevos amigos científicos, y Carlos Montúfar comprendió que era hora de cumplirle a su padre la promesa de buscar en la corte española una licencia para exportar a la península la quina de las haciendas de Quito y de emprender sus estudios en la academia militar de Madrid. Sin que él lo supiera, en ese momento comenzó su regreso.

Ya había abierto la puerta para la quina de su padre cuando crecieron en España unos males que no podía curar ningún febrífugo. La academia le ayudó a conocerse, y una carrera militar ascendente parecía ser su destino, pero se estaban formando nubes oscuras, y otra vez las guerras cercaban a España. Empezó sus estudios en la Real Academia de Nobles a la hora misma en que se libraba la batalla de Trafalgar, donde la sangre puso en el agua el color del atardecer, y estaba en primera fila cuando comenzó la guerra con los franceses.

Aunque hubiera nacido en Quito, la suya era una ilustre casa sevillana y él quiso a España con todo el calor de su sangre. Y por los días en que logró avisarle a su padre que sus cultivos de quina podían mercadearse en España, supo que Napoleón estaba aprovechando la discordia entre el rey de España y su hijo para forzar la abdicación, así que de pronto el arte bélico que Carlos estaba aprendiendo en los libros se convirtió en un hecho alrededor. España se alió con Francia para enfrentar a Inglaterra, pero Napoleón, ya coronado, no cabía en el cuerpo de su país.

Sin entender que, en ese momento, dondequiera que una corona vacilaba, allí estaba Napoleón para recogerla, Carlos IV abdicó en favor de su hijo Fernando VII, y cuando este, bajo la presión francesa, le devolvió la corona, ya el rey pusilánime había renunciado a ella a favor del emperador, quien nombró enseguida como rey a su hermano José Bonaparte.

Con el pretexto de ocupar Portugal, el ejército francés invadió la península, y entonces hizo su aparición lo que nunca ven los invasores hasta cuando ya es tarde: el feroz patriotismo, el orgullo indomable de un pueblo. España se alzó contra la invasión, la guerra encendió el territorio, y pronto los franceses pudieron ver que de España iban a tener que apoderarse provincia por provincia, barrio por barrio y al cabo tenazmente casa por casa.

Presos los reyes, Napoleón pudo pensar que España se había convertido en un país fantasma, o al menos eso creía hasta cuando sus tropas avanzaron sobre Zaragoza el 15 de junio de 1808. Rompieron las murallas y cayeron sobre la ciudad, esperando que esta se rindiera enseguida, pero de cada casa salieron paisanos armados: no hubo francés que no padeciera la resistencia indomable, y la única avanzada francesa que consiguió adentrarse por las calles fue desgastada y debilitada por los defensores, hasta que al fin una tropa de mujeres la atacó por el frente y la destruyó sin misericordia. Era más fácil convertir en fantasma a una piedra.

Y a lo largo de esa jornada, allí estuvo Carlos Montúfar, espada en mano, defendiendo su reino contra los invasores. Viendo cómo las gentes se hacían matar sin ceder, cómo resistían, cómo afrontaban la candela y el filo del cuchillo, los franceses empezaron a entender que España no caería. También estuvo Montúfar en la batalla de Somosierra, donde España fue por un momento vencida por la superioridad numérica de la Gran Armada Francesa, que entró con 45.000 hombres, y sobre todo por la presencia de Napoleón, que no tanto desalentaba a los adversarios como embriagaba a sus propios soldados.

El emperador pudo haber ganado allí con menos víctimas y menos sacrificios, pero tenía impaciencia por mostrar su poder, ordenó avances atroces, sacrificios absurdos, cargas brutales, de modo que su victoria mostró también un desperdicio de recursos que pronto le costaría caro. Pero a cambio de esa derrota, Carlos Montúfar ascendió a ayudante de campo del general Castaños, que comandó enseguida la batalla de Bailén, donde el ejército napoleónico, que pronto sería dueño de Europa, fue por primera vez derrotado.

A veces me detengo a mirar el cuadro de Casado del Alisal que muestra La rendición de Bailén, pintado bajo el modelo magistral de La rendición de Breda, de Velázquez, y busco en el entorno del general Castaños, que se inclina indulgente ante el orgulloso Dupont, dónde está el muchacho quiteño que en esa batalla se batió como nadie. Sus acciones fueron tan notables, de tal modo lo vieron avanzar entre los adversarios con la bayoneta ensangrentada, que un día después fue condecorado, y pareció destacarse como uno de los oficiales de la guerra contra Francia, que iba a durar casi cuatro años más.

Pero entonces ocurrió un hecho no sé si providencial o fatídico: la Junta Suprema de Cádiz, en reconocimiento, le dio un ascenso a Carlos en el ejército real, y nadie sabe si le asignaron una misión porque conocían su origen, o si le preguntaron qué esperaba por sus hazañas y él, movido por su amor filial y por la nostalgia, pidió que lo enviaran como comisionado regio del ejército español a la Audiencia de Quito.

Tenía ya treinta años. En esos tiempos estar un año lejos era mucho, y Carlos llevaba ocho lejos de su tierra. Y haya sido por azar o por un acuerdo consciente, su primo Antonio Villavicencio y Berástegui fue nombrado a la vez para un cargo idéntico en Santafé de Bogotá. De modo que, despedidos con admiración por las tropas, y convertidos en una esperanza para controlar las rebeliones de América, el 1° de marzo de 1810, los dos primos se embarcaron en la goleta Carmen, llenos de la emoción del regreso, y llegaron a La Guaira el 18 de abril, sin saber que era la víspera de la declaración en Caracas de la Independencia venezolana.

Viendo a qué revuelta había llegado, Montúfar pensó entonces en Bolívar, con quien había compartido tantos debates y fiestas en el París de Napoleón, y de quien no sabía nada desde entonces. Quiso verlo, para entender lo que estaba ocurriendo, pero Bolívar no formaba parte de los rebeldes que a mediados de abril declararon la Independencia. Carlos apenas pudo intervenir para que la Declaración de Independencia no fuera total, y se concediera un margen de esperanza al proyecto republicano español.

Los primos se embarcaron hacia Cartagena, rumbo a Santafé de Bogotá, y llegaron a otro polvorín. Allí, Carlos fue testigo otra vez del clima de exasperación, y fue un incidente a propósito del banquete que le ofrecían a su primo Villavicencio lo que precipitó el grito de Independencia, la formación del cabildo y la salida del virrey. El mundo al que estaba regresando no era el mismo que había dejado ocho años atrás; era el que Humboldt empezó a presentir hablando con Bello, con Mutis, con Caldas, con los quiteños del círculo de Pío Montúfar y de Eugenio Espejo.

Si en España vio como un premio el cargo que le dieron, al llegar comprendió que iba a ser muy difícil ejercerlo, porque los países estaban cada vez más insatisfechos y más deseosos de independencia, justo en el momento en que la Corona se había desvanecido. Llegó a Quito sintiéndose todavía el representante de la ley y del orden virreinal, convencido de que podría manejar sabiamente la rebelión que crecía, pero al día siguiente se enteró de que Pío Montúfar, su padre, el ser al que más amaba y admiraba en el mundo, era el jefe de la rebelión.

Aquella noche en Los Chillos, entre la emoción del encuentro y la angustia de las revelaciones, la conversación de Carlos con su padre fue larga y tormentosa. El conflicto entre dos lealtades extremas desgarraba su espíritu. Venía lleno de orgullo, buscando la admiración de la familia por su actuación en la guerra española, y por ese título que nadie soñaba cuando lo vieron partir con Humboldt en 1802, y la verdad es que su padre, su madre y sus hermanos sentían admiración y orgullo por sus méritos, pero no podían cerrar los ojos ante el hecho de que en ese momento Carlos Montúfar era el jefe del ejército enemigo.

De lealtades y traiciones

Estaba listo para todo menos para ser un traidor, pero atrapado entre fuerzas contrarias no lo pudo evitar. Tenía que escoger entre el amor y el deber, y después de días angustiosos tomó la decisión de abandonar su cargo de comisionado regio y sumarse a la rebelión. Tendría que enfrentar a las tropas que días antes venía a comandar, no quería imaginar lo que sentirían sus compañeros en España, por los que poco antes había estado dispuesto a dar la vida, incluido el sagaz Pablo Morillo, a cuyo lado libró varios combates, a quien le debía gratitud, y que para desgracia mayor pronto iba a convertirse en el jefe de la Reconquista. La vida, como siempre, decidía por él.

Todas sus acciones parecían prefijadas en la carta de su destino, su suerte se le antojó tan gobernada por leyes inapelables como el plano de las constelaciones. Si solo traicionando a España podía ahora ser leal a su gente, no dejó de ser un consuelo la certeza de que Humboldt aprobaría esa decisión, porque su amigo y su maestro era una de las fuerzas que inclinaron a los rebeldes a favor de la independencia y la república.

Se convirtió en el jefe, formó con las tropas rebeldes el Estado independiente de Quito, comandó en 1812 la batalla del Panecillo, después fue derrotado en Ibarra, y un día huyendo por su viejo valle de Los Chillos, a pocos metros de su infancia, fue capturado y procesado por traición. Lo enviaron en un barco a Panamá para ser llevado a su mazmorra final en Sevilla o en Cádiz.

Las noticias viajaban despacio. Humboldt, a quien había escrito varias veces en tiempos de la guerra de España, solicitando ayuda cuando tardaban en llegarle los recursos de Quito, se iba enterando lentamente del rumbo que seguían las cosas. Cuando pensaba que Carlos era todavía estudiante en la academia de Madrid, él ya estaba luchando en Zaragoza; cuando se enteró de que había entrado en la guerra, ya estaba triunfando en la batalla de Bailén; cuando supo que lo habían condecorado en Madrid por sus hazañas, Carlos había vuelto a Quito, y cuando lo imaginaba convertido en jefe de las tropas realistas, ya había sido arrestado por sus antiguos compañeros, y limaba cadenas en un barco, tratando de esquivar una prisión española.

Tal vez sea falso, porque las aguas del Pacífico no suelen permitir esos lances, pero es buen testimonio de su energía y de su arrojo el rumor que corrió de que una noche, mientras el barco atracaba ante la bahía de Tumaco, rumbo a Panamá, sin que sus captores se dieran cuenta, Montúfar se deslizó por la tiniebla hacia un bote, remó por el mar inestable hasta playas alejadas de la bahía, y se adentró por el territorio de la Nueva Granada.

Lo cierto es que de algún modo escapó: no sabemos si solo o acompañado. No es difícil que su elocuencia haya convencido a más de uno de seguirlo en su fuga, y enseguida hizo contacto con las tropas rebeldes. Así comenzó sus campañas por la Nueva Granada, y no tardó en recibir la noticia de que su padre también había sido capturado en Quito, y de que su propia hermana Rosa, que sobrevivió a todos, tuvo la audacia de disfrazarse de hombre para ayudar a Pío Montúfar a escapar de la celda.

Fue en 1814 cuando Carlos llegó a Tunja y se enteró de que unos prófugos de la segunda república venezolana venían en camino. Dos veces Venezuela había fundado una república y dos veces los rebeldes habían sido vencidos, la primera por desacuerdos entre los jefes y la segunda por la carga escabrosa de los lanceros del Llano, que nadie había sabido atraer hacia la causa de la rebelión y en cambio fueron eficazmente reclutados por los españoles con la promesa de hacer suyas las haciendas que lograran liberar en el territorio.

Así, los realistas consiguieron que las lanzas y los machetes del Orinoco se volvieran contra su propia gente, pero esos llaneros nunca se habían sentido parte de otra cosa que del Llano mismo: eran indios dispersos y mulatos sin dueño, acostumbrados a enfrentarse a la muerte, afrontando cada día los pantanos, los güíos, el jaguar, la tormenta y el poder de los blancos, y solo años después otro jefe fue capaz de llevarlos a luchar por promesas menos visibles y por sueños más vagos.

Pero la sorpresa fue grande cuando, al llegar los venezolanos, Carlos vio que a la cabeza de ellos venía su amigo de París, el perfumado y apasionado Simón Bolívar, con un intempestivo don de mando, convertido ahora en el jefe de la rebelión, es decir, en ese momento, en el responsable de la derrota.

El encuentro fue alegre y reanudaron su vieja conversación. Pero pronto se hizo notorio que la independencia de las provincias de la Nueva Granada era algo que nadie sabía entender ni manejar. Cada una quería ser un Estado independiente, hablaban de ciudades confederadas, creían ser libres ya, cuando apenas estaban desatando sus manos por un instante antes de que España retomara la iniciativa. Convencidos de que la independencia era un tesoro que debían proteger incluso de sí mismos, todos empezaron a desconfiar de sus vecinos más que de los españoles.

Por eso, lo que encontraron el caraqueño y el quiteño después de los abrazos del encuentro feliz, y de contarse sus vidas en los diez años que llevaban sin verse, fue que el país que los acogía y les daba alas de nuevo estaba desgarrado por discordias internas. El peligro era inminente: acordaron recorrer las regiones intentando convencer a los granadinos de la urgencia de unirse. Pero el país estaba tan fragmentado, el territorio era tan diverso y las costumbres tan poco homogéneas, que nadie parecía reconocerse en nadie. La cabalgata de Bolívar y Montúfar encontró amigos por todas partes, pero no consiguió que los granadinos se aliaran: Tunja no quería saber nada de Santafé, Popayán nada de Antioquia, Ocaña nada de Cartagena.

Bolívar venía de una tierra donde los criollos blancos se entendían a su modo con los esclavos y pronto tendrían que hacer un esfuerzo para entenderse con los indios dispersos y con esos llaneros indómitos que acababan de aplastar la república. Quito sabía que sin sus indios nunca podría conquistar la victoria. La Nueva Granada vivía la libertad como una lucha interminable consigo misma. Nariño, que gobernaba en Santafé, quiso aliarse con los señores de Tunja, estos enviaron un ejército por toda respuesta, y solo acabaron uniéndose después de haberse diezmado en batallas. Nariño emprendió con las tropas apenas aliadas una campaña militar hacia el sur, y después de un recorrido espectral por la misma ruta que siguió Humboldt, terminó en el cañón del Patía, abandonado por su ejército, entrando solo y rindiéndose a los enemigos en Pasto, la fortaleza que había soñado derrotar.

Bolívar y Montúfar, recordando sus viejas tertulias, seguidos por las tropas ahora reunidas de Tunja y de Santafé, se embarcaron río abajo por el Magdalena buscando convencer a los cartageneros de que iban a ser las primeras víctimas de la reconquista. Era urgente una alianza salvadora con las provincias del interior, pero los capitanes de la fortaleza militar se negaron a recibirlos. Acuartelado en el cerro de la Popa, viendo abajo la bahía de Cartagena, Bolívar se indignó tanto ante aquella hostilidad suicida que llegó a proponerles a Montúfar y a otros oficiales sitiar la ciudad amurallada para obligar a los patriotas a proteger a su propia gente, pero es fácil advertir que eso nadie lo entendería.

Porque era lo que venía a hacer Pablo Morillo. Los soldados rebeldes no podían intentarlo. Así que se le vino encima como de un cielo roto la certeza de que la suerte estaba echada. Si no era posible unir las provincias, los españoles volverían a tomarse el territorio. Una noche le pidió a su amigo que se embarcaran por el Caribe hacia las islas, que buscaran otra oportunidad para la insurrección que estaba fracasando, y allí se hicieron ver las diferencias de temperamento entre ellos. Su amistad era inquebrantable, pero mientras Bolívar, estratega sagaz, no toleraba la idea de someterse a la realidad, Montúfar le respondió que si alguien tenía que salir a buscar ayuda, alguien tenía que quedarse y resistir.

Así se despidieron. Bolívar tomó la decisión de viajar a Jamaica y reponerse de un año turbulento. Ya había estado en Londres en 1810 como embajador de la revolución, ahora iba a buscar otra vez que los británicos apoyaran su sueño de libertad. Y Montúfar se replegó hacia el interior del país, para coordinar la resistencia. Ya no se vieron más.

Bastó que Fernando VII se reintegrara a su palacio para que una flota naval con un ejército de reconquista zarpara de España, buscando recuperar sus posesiones de ultramar. No podía ser que un mundo que España había dominado durante trescientos años se perdiera de pronto en el mar como un barco sin dueño. Y fue así como el viejo conocido de Montúfar, su compañero en la guerra de España, Pablo Morillo, a cuyo lado combatió en la batalla de Bailén, con quien compartió la gloria de vencer a Napoleón en esa jornada donde lo ascendieron a teniente de infantería, y que ahora era general, se embarcó al frente de la escuadra que venía a someter de nuevo al continente.

Y todo ocurrió como ellos lo presintieron. El ejército real se tomó enseguida Caracas y después puso sitio a Cartagena, hasta rendirla por el hambre y el fuego. La escuadra de la reconquista pasó a cuchillo a todo defensor de la independencia en las islas y en los puertos, y después remontó el Magdalena entre el olor de los caimanes. También por el sur, desde Quito, avanzaban las tropas de Juan Sámano.

Y las provincias granadinas, Cartagena, Antioquia, Mompox, Ocaña, Santafé, Mariquita, Tunja, que un año atrás se habían negado a unirse cuando el hombre de Caracas y el hombre de Quito recorrían el reino previniéndolas contra la reconquista, fueron cayendo una tras otra en manos del imperio.

La Cuchilla del Tambo

La independencia casi había muerto. De todos los pueblos rebeldes que se levantaron contra la corona española en 1810, que declararon la Independencia en Quito, en Caracas, en Santafé, en Cartagena, en Mompox, en Mariquita, solo quedaban esos setecientos muchachos dispuestos a luchar por su tierra, y sabían que iban a morir.

Estaban acantonados en Popayán, oyendo a lo lejos el rumor del avance de las tropas de España, que eran tan inflexibles y ardientes en la defensa de su propio suelo como tratando de conservar su poder sobre el ajeno. Morillo, terrible luchando junto a Wellington y a Montúfar por su patria española, ahora era despiadado con todos los que luchaban por su patria americana. Bastaba que el rey hablara, y Morillo vertía la sangre que fuera necesaria. Carlos Montúfar no lo ignoraba, y por ello sabía que no les quedaban esperanzas.

En el principio no hubo lucha: caído el rey en manos de los franceses, el territorio americano había quedado a la deriva, los gritos de Independencia se alzaron uno tras otro, más para impedir que Napoleón se apoderara de los países que para conseguir la autonomía frente a España. La nación que fue dueña del mundo ya no era dueña siquiera de sí misma.

Todas esas cosas habían alentado la rebelión. Un rey depuesto, un príncipe cautivo, una nación preguntándose si su futuro sería esa monarquía débil y extraviada o si también el suelo ibérico se convertiría, al soplo de los vientos del este, en una república. Pero un orgullo antiguo sostenía su ilusión de seguir siendo una de las naciones más poderosas del mundo, y es verdad que los españoles lucharon con denuedo, casi hasta el suicidio, contra sus invasores.

Napoleón era el peligro más grande que había inventado la historia en muchos siglos, pero los grandes hombres son apenas los rostros condensados de una época. Napoleón, decía Bonpland, no habría existido sin cien años de libros, de armas y teorías, sin esas décadas de libelos, panfletos, manifiestos, declaraciones y convocatorias, afirmaciones y refutaciones que lo precedieron: sin Voltaire y sin Danton, sin la soberbia de los príncipes y la ira de los humillados, sin todo ese furor que al final se hizo ley en una oblicua hoja de acero.

Los países habían permanecido callados sin saber si seguían o no bajo el poder de los españoles, y a la vez corrían el riesgo de convertirse en parte del Imperio francés. Así que fue la mirada también oblicua del hombre inmenso lo que alertó a los criollos de las colonias: si España había perdido la cabeza era hora de ser libres. Podía ser útil invocar el fantasma destronado y alegar el derecho de los pueblos sobre su territorio, pero sobre todo tenían que conjurar el peligro de caer bajo una dominación nueva, más arrogante, sin duda más sanguinaria, de la que ningún criollo, ningún indio, y sobre todo ningún esclavo, podía esperar comprensión ni grandeza. Solo que el águila española resistió y se recuperó, y lo primero que hizo fue volver por su presa.

Y esta es la historia de las vueltas que da la vida: de cómo giraron los vientos hasta hacer que un valiente que ofreció por España la sangre de sus venas se encontrara seis años después en medio de setecientos muchachos granadinos, en Popayán, preparándose para enfrentar al ejército español, que venía arrasando, segando la vida hasta del último patriota, recuperando los reinos que se escaparon de sus manos en 1810.

Lo que queremos entender es por qué Carlos Montúfar y Larrea, uno de los más hábiles soldados de aquella república, no quiso huir, aunque sabía que todo estaba perdido. Por qué seguía allí, conversando con Liborio Mejía, el presidente provisional de la nación sentenciada; hablando con José Fernández Madrid, quien acababa de entregar la presidencia; con los hermanos Patricio, Juan José y José Valentín Armero, que venían de la provincia de Mariquita; hablando con ese muchacho burlón, José Hilario López, que, aunque supiera que iba a morir mañana, actuaba con la misma altanería, como si le diera lo mismo morir que vivir para siempre.

Eran fogosos, jóvenes, valientes, insensatos. Los sueños de la Independencia y de la República los dominaban de tal modo que seguían esperando un milagro. Otros se habrían ido: en realidad, otros se fueron. El más vehemente de todos, y tal vez el más lúcido, se había ido, y no por cobardía sino por ambición. Cuando entiende que todo está perdido, Bolívar no se queda para rendirse al sacrificio, se va a buscar por los mares difíciles una puerta imposible.

No hacía mucho que Montúfar se había despedido de él en Cartagena. Bolívar le dijo: «Vayamos a Jamaica, en algún lugar encontraremos quién nos ayude: no dudes de que volveremos en condiciones de triunfar». Pero quizás Montúfar no sabía ver el futuro, o nunca supo ver más que el presente, y ese presente le ordenaba resistir, seguir luchando, permanecer custodiando su sueño. «Si no se queda nadie resistiendo, todo estará perdido». Esas pudieron ser las palabras que le dijo en el abrazo de la despedida, porque el destino de Montúfar era de responsabilidad y abnegación.

El de Bolívar, en cambio, era el poder ineluctable de la voluntad. Sin importar lo que dijera la realidad, él no esperaba nada de la suerte; tenía un propósito y estaba decidido a alcanzarlo, aunque tuviera todo en contra. Camilo Torres y Tenorio, otro hombre de los que fueron sacrificados por Morillo, cuyo cuerpo sería entregado en pocos días al hambre de los gallinazos, después de oír hablar a Bolívar solo pudo decir: «Donde esté Bolívar está la república».

Hubo quien dijo que Bolívar solo era experto en retiradas, pero lo que nadie pudo negar es que nunca huía sino para volver, nunca se retiró sino para aparecer de nuevo cuando menos lo esperaban. Y eso era tal vez lo que mantenía encendida la esperanza en los ojos de Carlos Montúfar. Su amigo venezolano podía aparecer en el último instante: ese hombre tres años menor que él, que dos veces fundó una república y dos veces la vio caer en pedazos, siempre era capaz de inventarse de nuevo, y ahora iba por allá, de isla en isla, de país en país, buscando una esperanza cada vez más esquiva, una estrella cada vez más perdida.

Así amaneció el día anunciado, y Liborio Mejía, y Eloy Zaldúa, y el pintor Espinosa, casi un niño, que después pintó la batalla y nos permitió comprender que había sido un suicidio, y ese otro niño, López, y Carlos Montúfar, todos supieron entonces que los españoles se atrincheraban en la Cuchilla del Tambo, y que eran muchos: posiblemente más de mil quinientos, a lo mejor dos mil, con armas y pertrechos, porque del norte venían los refuerzos realistas y estaban seguros de que la resistencia iba a terminar. Y tal vez porque no les quedaba ninguna opción, salvo la alternativa triste e indigna de entregarse sin combatir, los setecientos muchachos se prepararon para la batalla, y marcharon hacia la Cuchilla del Tambo como marcha el conejo hacia la boca abierta de la serpiente.

Y sobra decir que los destrozaron. Al cabo de tres horas la mitad de ellos estaban muertos en los campos del Cauca, muchos agonizaban por los balazos y las cuchilladas, y doscientos cincuenta fueron hechos prisioneros por los enemigos. El avance que emprendieron solo para morir fue el reconocimiento por parte de aquellos jóvenes sin futuro, la flor de la patria, de que esa patria se les estaba muriendo entre las manos y tal vez no querían durar más que ella.

Montúfar estaba entre los prisioneros. Lo llevaron encadenado a Popayán, donde entraron las tropas vencedoras entre los insultos de las mujeres del pueblo y los llantos de los niños, entre la ira de las viudas y el silencio de los ancianos, que con humillación veían pasar a los soldados empujando a los cautivos, mientras la gente del pueblo se preparaba para recoger a los que todavía se estaban desangrando en la Cuchilla del Tambo, casi borrada por la niebla.

En el cuartel amontonaron a los vencidos, e hicieron una suerte de lotería para decidir el orden en que iban a morir. A cada uno le entregaron un papel con un número: el orden en que pasarían al cadalso. Y siempre es que la suerte les sonríe a los audaces. Le habían entregado el papel con su número a José Hilario López, que tenía diecisiete años y era desafiante y burlón. El muchacho, mirando de frente a la muerte, dijo con desdén: «Hay que sacarle provecho a todo lo que se tenga». Sacó tabaco del bolsillo, armó un cigarro con la papeleta que señalaba el turno en que iba a ser fusilado, y se lo fumó silenciosamente.

Horas después llegó la orden de que solo fueran fusilados los oficiales, y López tuvo el orgullo de haberle hecho una burla a la muerte en su propia cara. No debería extrañarnos que treinta y tres años después haya sido presidente de la república, y basta ver esta fotografía que le hizo Nadar en París en 1857, para advertir el gesto que lo acompañó siempre: despectivo, reidor, receloso, el gesto del que va por la vida recogiendo todo lo que llegue.

Otro fue el destino de Montúfar: siendo uno de los oficiales, fue procesado por dos culpas distintas: formar parte del ejército rebelde y haber sido parte del ejército español. Por esa doble condición de rebelde y traidor lo condenaron a ser fusilado dos veces, y la recursiva justicia encontró una manera aproximada de cobrarle la deuda. El consejo de guerra dispuso que fuera fusilado como rebelde, pero por la espalda como traidor; que no recibiera la descarga en el pecho como un héroe, sino de un modo que se consideraba más humillante. Y ya sellado con esa sentencia lo condujeron una semana después hasta Buga, donde estaban preparando el patíbulo.

Así llegó Carlos Montúfar a Guadalajara de Buga, en julio de 1816. Tuvo diez días más para mirar su vida, desde los sueños de la infancia, pasando por el momento en que su padre le anunció la visita de un viajero increíble en Quito en 1802, hasta la tarde en que se despidió de Bolívar, apenas un año atrás. O hasta el momento mismo en que el fuego de la Cuchilla del Tambo le confirmó que su tiempo se había terminado.

La oscuridad de 1816

Fue a mediados de junio de 1816, en París, mientras preparaba la segunda edición de su obra abrumadora sobre el viaje equinoccial, cruzando el jardín de las Tullerías, cuando Humboldt advirtió que el cielo del atardecer se estaba llenando de colores insólitos. Conocía la paleta de los crepúsculos septentrionales, y esos tonos escarlata y siena y bermellón no estaban en su registro, pero él sabía mejor que nadie a qué atribuírselos: conocía los efectos de las cenizas volcánicas sobre la luz atmosférica.

En algún lugar del planeta un volcán había hecho erupción, y la nube de ceniza y cristales que arrojó a la atmósfera estaba ahora impidiendo el paso de los rayos del sol sobre el centro de Europa. Ese día no alcanzó a imaginar qué tan vasto era el influjo de aquel fenómeno, y tardó mucho tiempo en enterarse de que los colores anómalos que estaba viendo y el frío que comenzaba a sentirse en pleno verano se debían a la mayor erupción de la historia en muchos siglos, porque también en otros lugares del continente estaba creciendo aquella oscuridad. Por esos días recibió una carta desde Roma en la que le contaban que la tonalidad de los atardeceres y los desgarramientos del cielo tenían asustados a los italianos, y que algunos comparaban la atmósfera que veían con la que pinta Plinio el Joven en sus relatos sobre la erupción del Vesubio.

Era el final de la era napoleónica, era la llegada de la Santa Alianza; la situación de los países hacía más severo en los espíritus el efecto del clima. Como si otra oscuridad cubriera a Europa en el mismo momento en que los volcanes oscurecían el cielo, las sombras de la historia agravaban los fenómenos de la naturaleza, y Humboldt no supo entonces que, por esos mismos días, no muy lejos, al sur, en Ginebra, en las orillas del lago Lemán, unos jóvenes delirantes e hiperestésicos estaban viendo la misma oscuridad y sintiendo una atmósfera de pesadilla que despertaba en ellos también una lucidez casi sobrehumana.

Esas tardes sombrías lo sumieron en una meditación obsesiva sobre la teoría del color que Goethe le había expuesto, y que él intentaba confirmar en sus experimentos. Pensaba en sus repetidas visiones del arco iris. Recordó que eran pocos a lo largo de los siglos los que advirtieron que ese fenómeno no consiste apenas en una franja de los siete colores en el cielo, sino que hay un segundo arco solo a veces visible, con los colores dispuestos en sentido inverso, y que entre los dos se forma siempre un gran arco oscuro. El fenómeno, en realidad, era un arco de sombra flanqueado por dos iris cuyos colores se disponen en sentido contrario. El arco de la alianza bíblica buscaba nuevas interpretaciones.

Quería hablar con los pintores acerca de sus experimentos para obtener ciertos matices, y lamentó no haber dialogado más en detalle con los maestros de la Expedición Botánica granadina, que obtenían de los vegetales los colores que eternizaron en sus láminas. Bajo el cielo bermejo sobre el Barrio Latino retrocedió quince años para ver los herbarios de Mutis en la casona de Santafé, las tardes que pasaron con Bonpland contemplando esas láminas y las veces que se detuvieron en el camino de la gran montaña para apreciar el morado de los sietecueros, el añil de las orquídeas, el amarillo de los alcaparros, el azafrán de los tulipanes y el rojo llamarada de las bromelias.

Fue uno de esos días cuando pensó otra vez en Montúfar, de quien no sabía nada hacía tiempo: en el día en que el muchacho lo salvó de caer al abismo en el Chimborazo (Carlos, que era tan modesto, no había contado aquello en su diario). Solo sabía que estaba de regreso en Quito: no podía saber que en ese momento su amigo estaba entrando en una batalla sin esperanzas que iba a cerrar el arco de su destino. Así que una sombra adicional, una sombra que no podían percibir sus ojos, era parte de esa oscuridad cenagosa que inundaba los cielos. Si el planeta entero estaba pasando por una zona de frío y de oscuridad, también los hechos de la historia estaban conectados, y así tenían que sentirlo Napoleón en su isla, y Miranda en su celda, y Bolívar en la confusión de su desembarco catastrófico en las playas de Ocumare.

Solo entendió la desolación que despertaban en su alma los colores oscuros de aquel cielo de junio, cuando se enteró meses más tarde de que en esos momentos, en ese invierno cuando debía llegar el verano, Carlos Montúfar y setecientos muchachos de la Nueva Granada que resistían en una guerra desigual y suicida se habían lanzado a escalar la Cuchilla del Tambo, ofreciéndose inermes a la metralla enemiga instalada en la cumbre, y que a su amigo de tantos días y de tantos sueños, cargado de cadenas, lo estaban llevando a la muerte en Guadalajara de Buga, el mismo lugar donde catorce años antes él herborizaba con Bonpland y clasificaba aquellas flores encendidas.

Dejemos a Humboldt en ese rincón de su estudio, conmovido ante el cielo del atardecer, tratando de entender algo que apenas vislumbra; dejemos a Bolívar contemplando el desastre a lo largo de las playas de Ocumare; dejemos a Byron y a sus amigos en una sala de Villa Diodati, con el brillo de sus mentes a punto de colapsar; y dejemos a Carlos Montúfar, silencioso, vendado, de espaldas a los soldados y frente al paredón, esperando la descarga de la fusilería, sintiendo que el hondo espacio en torno está a punto de callar para siempre.

Carlos

Cómo fue la amistad de Montúfar y Humboldt es algo que no nos debe desvelar demasiado. Si fue un gran amor de camaradas, fue también una relación paternal de protección y de enseñanza. El diario de Montúfar nos muestra que hacía un esfuerzo formidable por ser útil a la expedición, por enriquecerla con sus testimonios, y es de dudar que otra persona hubiera podido permanecer con Humboldt los dos años del viaje y seguirlo en Europa todavía dos años más antes de la separación. Por sus cartas, sabemos que su alianza duró hasta cuando a Montúfar se lo llevaron la carrera militar y la guerra en España. Y después Alexander expresó muchas veces el dolor que le produjo su muerte en los vórtices de la guerra de Independencia.

Pero su relación tuvo un costado trágico, porque la vida de Humboldt tal vez habría sido la misma de no haberlo encontrado, pero en la vida de Montúfar, Humboldt fue el huracán que lo trastornó todo: se lo llevó de su hogar, lo entregó como un amanecer a los milagros del universo físico, le enseñó otras maneras de vivir, de pensar. México, Cuba, Estados Unidos y Europa abrieron ante él unas puertas que no abrían para nadie. Pudo ver el pasado prehispánico del Perú y de México; conoció la cosmópolis mexicana y la habanera, más complejas y vivas que la urbe de Washington, que apenas nacía; pudo ver el Atlántico a través de los ojos de Humboldt; alternó con Bolívar y con

Napoleón. Vivió las turbulencias del imperio que brotaba como una bestia mítica del vientre de la Revolución francesa y formó parte de episodios que nadie olvidaría. Entendió de otro modo la historia, la geografía y la política, y estas lo llevaron a una encrucijada que no habría imaginado en su mansión quiteña: lo arrojaron también a él en los hornos de una revolución.

No siempre es posible ver con tanta claridad cómo un hombre puede cambiar la vida de otro, modificar su destino y hasta entregarlo involuntariamente a la muerte, pues si Carlos no hubiera salido de Quito como salió, ni vivido en Francia como vivió, ni luchado en España como luchó, nadie podría imaginar cómo habría sido su muerte.

Y pensar esto tal vez alarmaría a Humboldt, quien justificó siempre su vocación de científico y de filósofo diciéndose que contemplar la naturaleza y perderse en los giros invariables de las constelaciones era lo único que nos permitía escapar a las tormentas y las locuras de la historia. Pero su aventura, que le fue revelando un mundo dormido, le permitió advertir al mismo tiempo que ese mundo estaba a punto de despertar. Y el observador de la armonía cósmica no supo cuándo, sin proponérselo, ya estaba ayudando a desatar la tempestad que iba a romper un orden de siglos, sin presentir que en ese incendio muchos seres que quiso, y sobre todo Carlos Montúfar, serían sacrificados en plena juventud.

Pero si Montúfar compartió la gloria de Humboldt, de Bonpland, de Bolívar, ¿qué lo hizo tan invisible? Hay vidas que resumen una época, que condensan las fuerzas en un momento de la historia, y nadie como Carlos Montúfar parece resumir lo que vivió su generación en los dos lados del océano. Es harto incomprensible que casi nadie lo recuerde, que nadie, hojeando la historia de esos años, encuentre algo más que su nombre.

Pero el olvido es una niebla: no vemos nuestra historia. Incluso de Bolívar solo llegan los lugares comunes, casi falsos a fuerza de exhibirlos por fuera del torrente de su vida. La condición de héroe secreto de Montúfar tal vez se deba a otras cosas, es como si los hechos de su vida buscaran un nido distinto de la historia. No se puede olvidar que, aunque su causa finalmente triunfó, él nunca formó parte de ese triunfo: pertenece a la legión de los derrotados, y no alcanzó a pisar la tierra prometida.

Hay el rumor de que los delegados que viajaron a Europa a encargar la estatua de Olmedo, el cantor de la batalla de Junín, adquirieron en algún depósito una escultura de Byron y la llevaron a Guayaquil para hacerla pasar por la efigie de Olmedo. Que sintieron que un poeta valía por otro, que era la misma época, que los rasgos se borran en las formas del mito. Claro que es falso: la escultura fue encargada, el artista añadió incluso el relieve en bronce de un anciano que representa al Amazonas y de Huayna Cápac, y allí se ve su firma.

Pero ese rumor falso sirve para recordarnos la afinidad de esas historias. Porque, en realidad, Byron estuvo a punto de ser el cantor de Bolívar: desde 1820, nada mencionaba tanto en los círculos de los carbonarios en Italia como su sueño de viajar a la América del Sur a luchar bajo el mando de Bolívar por la libertad de Colombia. Al barco que le encargó a Trelawny para navegar por la bahía de La Spezia lo bautizó «Bolívar», así como al de Shelley lo habían llamado «Ariel». Y si Byron al final viajó a Grecia y murió en Missolonghi, fue porque Bolívar ya estaba triunfando cuando estalló la insurrección griega contra los turcos.

La noticia de que Bolívar estaba triunfando en Pichincha, de que Quito era libre y se estaba uniendo a la Gran Colombia, de que la derrota de España estaba asegurada, alcanzó a Byron en La Spezia en 1822, cuando Shelley acababa de naufragar. Después de verter vino y aceite en la pira fúnebre en las playas de Livorno, después de que Trelawny se quemó las manos rescatando del fuego el corazón de Shelley, Byron entendió que esa muerte hacía más verdadera su tragedia, y lo obligaba a convertir sus discursos en hechos. Grecia hizo que cambiara sus planes: la tentación de una campaña por esos mares griegos que adoraba desde su adolescencia, la ilusión de unos laureles olímpicos, remplazaron la aventura suramericana, pero bien pudo soñar en su agonía que no estaba ardiendo de fiebre en una tienda griega, sangrado por los médicos hasta la muerte, sino empuñando el sable en una batalla y agonizando en las cañadas de Suramérica.

No se habían silenciado en Atenas los cañones que anunciaban su muerte cuando las lanzas silenciosas tejieron en Junín la batalla que inspiró el poema de Olmedo. En cierto modo, es justo que un rumor quiera confundir la gloria de uno y de otro, el mármol de Olmedo con la estampa de Byron, a quien el destino no le concedió finalmente ser el compañero de lucha de Bolívar y el poeta de su leyenda.

Montúfar, en cambio, sí fue el compañero entrañable de Bolívar, aunque no pudo ver la cara del triunfo, como no alcanzó a verla Byron en los pantanos de Grecia. Pero la muerte de Byron iluminó para la historia la causa griega, y en cambio Carlos Montúfar se hundió entre la masa oscura de los sacrificados antes de la victoria, de los que se inmolaron cuando todo parecía perdido.

Algo sin embargo lo llevaba a la mitología, todo forjaba en torno suyo una leyenda: su condición de comisionado regio de España ante la Audiencia de Quito, su decisión de preferir la causa americana cuando era ya un oficial español, no ser capaz de abandonar su puesto en el combate ni siquiera por razones estratégicas, aquel conflicto de lealtades que marcó su destino, el modo como se arrojó a la muerte cuando todo parecía perdido, y la certeza de ser el ángel de una causa justa que era ejecutado como un ser despreciable, hicieron su destino todavía más trágico. Pero fue un rasgo más imperceptible lo que lo apartó de la historia y escondió su leyenda.

Bolívar era el dueño de su propio destino, incluso cuando dictó su proclama al borde de la tumba: supo lo que quería, manejaba la suerte, pudo ver los perfiles de su aventura. A Montúfar el camino se le iba mostrando poco a poco y tenía que tomar sus decisiones urgido por los hechos; la historia nunca le daba tiempo, le imponía decisiones que le hacían revelar su carácter y le iban dando forma a su destino.

Nunca buscó la historia: fue la historia la que vino a buscarlo y lo arrebató a su casa, donde era un muchacho sencillo y posiblemente feliz. Lo llevó por los países en una aventura increíble, al mayor viaje de su tiempo; lo empujó a ser testigo y artífice de momentos centrales de la historia europea; lo llevó a presenciar en un salón parisino el despertar de la independencia suramericana; lo convirtió en valeroso defensor de España contra Napoleón, lo alzó después contra la dominación española de su tierra, lo hizo héroe y mártir de la Independencia, y enseguida lo hundió en las tinieblas, y una piedra callada guardó el secreto y escondió la memoria.

Hay hombres como Bolívar que no se dejan gobernar por la realidad, que tienen un propósito y se lo imponen a la historia; los demás vivimos nuestra aventura en condiciones que no hemos escogido, que vienen de antes y que se nos imponen.

Humboldt participaba en cierto modo de lo eterno. Bolívar sabía conducir la historia: su vida entera parece un acto de la voluntad. Carlos Montúfar vivía solo el presente. Esa fue su tragedia, pero confiemos en que fue también su embriaguez y, de alguna manera, su victoria.

El poeta

Si solo vio de verdad a Europa cuando llegó a América, también es cierto que solo al regresar a Europa vio plenamente a América, y la época de sus mayores descubrimientos empezó aquel año en que volvió a Berlín. En Prusia había un clima cada vez más hostil al hecho de que Alexander se hubiera instalado en París, y tanto su hermano como sus muchos amigos empezaron a llamarlo para que aceptara las invitaciones de la corte.

Para él estaba claro que en ningún lugar de Alemania tendría la atmósfera de vivacidad intelectual y de experimentación científica que reinaba en París, pero después de gastar en su expedición y en la publicación de sus libros toda su fortuna, un día decidió regresar a Berlín y resolver los asuntos pendientes del palacio de Tegel, que su hermano había restaurado. Solo mucho más tarde aceptaría los recursos que le ofrecía la Corona a cambio de su sola presencia.

No se sentía como un viajero atormentado por las guerras que fueron, sino como el hombre que cruza un campo desvelado por el ruido de una batalla futura. Veía con inquietud la fiebre de pasión y de furia que se estaba apoderando de las generaciones después de la Revolución francesa.

Cierta vez fue invitado por un geólogo italiano, Danilo di Pira, a unas jornadas científicas a la sombra de los Alpes dolomitas. Para llegar a la tranquila villa campestre cerca de Udine donde se instalaron, viniendo de Francia, tuvo que atravesar Suiza, y en algún momento del viaje, en una tregua de las tormentas de nieve, después de ver como un paisaje lunar la cordillera de los Alpes cristalizada, un planeta blanco de montañas casi abstractas en la pureza de sus líneas, se había dormido por un rato. De pronto abrió los ojos y vio las cumbres del sur, verdes todavía, y abajo, en la distancia, un lago bellísimo junto al muro vertiginoso de montañas, y una pequeña ciudad en la orilla, como un recuerdo suspendido entre los montes y el agua.

Se adormeció de nuevo en el carruaje, y al despertar se preguntó si había soñado, porque era el paisaje más conmovedor que recordaba haber visto en mucho tiempo, un sueño contemplado desde los altos pasos de la montaña. Como si le hubiera sido dado ver un recuerdo de infancia, se dijo que vivimos soñando con el paraíso, y en el momento en que por fin nos conceden ver una tierra feliz desde lo alto, casi desde el cielo, se nos pierde enseguida, ni siquiera tenemos a quién preguntar qué sitio era ese. Pasó unos días reconstruyendo la ruta, tratando de ubicar en los mapas aquel milagro de un instante, cautivo entre dos sueños, entre dos cielos, y perdido después para siempre.

¿Para siempre? Sobre aguas quietas y azules, bajo montañas muy altas del color de la hiedra, la ciudad mínima con casas de colores, con agujas de iglesias, con torres de castillos y barcas dormidas en la luz pareció hablarle de vidas sepultadas, amores escondidos bajo miles de hojas o de años, parejas que se besan bajo las alas extendidas de unos pájaros quietos en el aire. Concluyó que lo que había entrevisto era el lago de Como, y sintió que allí lo esperaba una revelación, algún hallazgo memorable. Pero trató de no hacer caso de esas fantasías; la única vez que estuvo a punto de ir a Como, un accidente en Roma lo hizo cambiar de rumbo, y fue la frustración de un viejo deseo, en una vida acostumbrada a lograr lo que se proponía.

De repente, sin buscarlo, en su viaje de regreso a Berlín tuvo que pasar por Como, esquivando las guerras, que eran las que en Europa complicaban el curso de los viajes, y así pudo reconocer el paisaje fugaz que vio en su viaje. Pero su sorpresa no fueron las montañas y el lago, ni las magias de la luz, sino el encuentro con un caminante que se hospedaba en la misma posada. Era suabo, andaba como Bolívar bajo la sombra de un amor perdido, y varias horas conversaron a la orilla del lago, viendo el repliegue de las nubes sobre las montañas, las cascadas de luz que modificaban continuamente el paisaje.

El hombre le dijo que, si pudiera ser un héroe, sería un héroe del mar, que le habría gustado embarcarse en Burdeos, e irse «bajo el mástil sin hojas», a levantar el velo de comarcas desconocidas. Pero cuando escuchó los relatos de Humboldt, sin dejar de sentir admiración y un asombro continuo, declaró que tal vez lo que buscaba estaba más allá de esos viajes de observación. «Una cosa es el goce que sentimos ante los fenómenos, que nos hace adivinar en su diseño un orden superior, y otra cosa es el goce más refinado del que estudia y comprueba la existencia de ese orden. Pero solo en el arte se reconcilian esas dos miradas, el placer espontáneo y el entendimiento. El artista a la vez es el testigo del mundo y el que descifra como en juego sus leyes para poder representarlo. El nombre de la orquídea todavía está lejos de la orquídea; pero si ningún lenguaje abarca toda la realidad, las formas, las texturas, el color, el sentido, desde el primer momento la belleza se impone. Quizás el entendimiento haga más honda la emoción, pero es el arte, más misterioso, el que nos acerca al milagro». El caminante parecía perderse en sus propias palabras. «La humanidad encontrará una manera de vivir muy diferente de esta vanidad amenazada por el tedio: no buscará el descanso, no temerá el peligro, vivirá la embriaguez de cada jornada, querrá parecerse más a Cristo que al césar, sobre todo en su moral inflexible en la presencia misma de la muerte».

No era fácil que Alexander callara, pero esa fue una de las tardes en que menos habló en su vida. Su interlocutor era un ser desdichado, hablaba como al borde de la alucinación, pero parecía responder a cosas que él se había preguntado recorriendo los mares y escalando los volcanes, por montañas y ríos, en la garganta de las cordilleras y en el corazón de las multitudes. Se abrazaron y no se despidieron, y cuando ya no lo encontró al día siguiente, Alexander se asombró de no haber acertado siquiera a preguntarle su nombre, de no haber hecho lo que hacía con todo el que entraba en su ámbito de influencia.

El camino recorrido florecía en su memoria. Ahora para él tenían otro sentido las ambiciones que Goethe le contagió en sus jornadas de Jena y de Weimar, las intuiciones del joven Novalis, que murió mientras Humboldt recorría la Nueva Granada, y las palabras divinas de Hölderlin, a quien Schiller mencionaba a veces con cierta compasión. No sabía que tres adolescentes de Tubinga, conviviendo en el seminario de Stift, habían reclamado poco antes una nueva mitología racional, una redoma en la que cupieran por igual los pensamientos de Hegel, las abstracciones de Schelling y las visiones de Hölderlin: «Mitos que no repugnen a la razón e ideas razonables que no se riñan con el sentido estético de la realidad; una mitología, dijeron, que haga sensibles a los sabios y razonables a los pueblos».

Era temprano para ello; la pasión era demasiado vieja para aprender a ser razonable, y la razón era demasiado nueva para aprender a ser soñadora, para dejarse estremecer por la sensibilidad o fecundar por la fantasía. Abrumado de impresiones, de cifras, de imágenes, sintió que tenía en su mente tantas mediciones, en su memoria tantas circunstancias y en su conciencia tantos datos como granos de arena en el desierto; empezaba a sentir que las flores no le dejaban ver la Flor, que las estrellas no le dejaban ver el Universo.

Después de organizar y exponer millares de mediciones, miríadas de ejemplos, después de escribir y publicar en francés y en inglés su *Viaje a las regiones equinocciales del Nuevo Continente*, que habría de iluminar los cuadros de Turner y llenar de sublime gravedad los de Caspar David Friedrich, que alentaría las imaginaciones de Julio Verne, la aventura de los pintores viajeros, el anhelo de absoluto de Shelley y Schelling y los delirios visionarios de Rimbaud, ahora Alexander quería más.

La síntesis

Quería destilar una obra suprema, la síntesis de toda su aventura, y empezaba a sentir la desazón de no ser el artista que Goethe había presentido en su poema fáustico.

Entonces emprendió su obra *Cosmos*, y ya no la confió a la escritura sino al vuelo del lenguaje oral: dedicó muchas jornadas a hablar ante públicos expectantes y crecientes para abarcar sus investigaciones y resumir sus conclusiones. Era como un diálogo con los desvelos de la *Enciclopedia*, y allí palpitaba la búsqueda de un orden total, de la perfecta respuesta al acertijo del universo, la llave de los grandes enigmas que revelara cuál es el lazo que une el comienzo con el fin, la flor con la galaxia, el corazón con el ritmo de las esferas, el amor con la gravitación de los planetas, el pozo de los volcanes con el magma de los soles desmesurados, el choque de las diferencias con la electricidad de los mundos, la descarga de los gimnotos con la fulminación de los rayos.

Había sido antes, en el verano de 1816, mientras el cielo de Francia se oscurecía de un modo inexplicable y la primavera parecía darle paso más bien a un invierno temible y anómalo, cuando Alexander concibió por primera vez ese libro y empezó a preguntarse qué lenguaje le permitiría escapar al mero espíritu de medición, qué palabras, qué metáforas, qué argumentos le ayudarían a exponer lo que no se puede decir en la lengua de las estadísticas ni en el idioma riguroso de las ciencias, porque tiene que abarcar a la vez materia y espíritu, precisión e imaginación, una extrema lucidez y una suerte de delirio místico.

Ya sabemos que no solo lo afligía la temporada de cielos sangrientos y nubes de ceniza de aquel año, sino ese hecho que estaba ocurriendo muy lejos, al otro lado del océano, y que si de algún modo lo alcanzaba es porque estaba pegado a su alma: la soledad de Carlos Montúfar, los calabozos de Popayán, su vacío al escuchar la sentencia de muerte dictada por el ejército de la Reconquista, y su silencio final en una plaza de Guadalajara de Buga donde lo fusilaban como traidor, mientras buscaba en el aire ya inmóvil de la muerte la justificación de su vida, la certeza de un viaje asombroso y el recuerdo del rostro de su amigo en una habitación de Quito, años atrás.

Así concibió Alexander su *Cosmos*, y a medida que lo exponía fue comprendiendo que algo le faltaba. Se iba aproximando, pero, en la vecindad de la gran puerta, sintió que no le sería permitido atravesarla. Que la síntesis de su aventura podía quedarse trunca, porque no había en él ni suficiente desdicha ni locura suficiente para hacerla florecer. Y cuando años después comenzó a publicar su libro, la primera parte en 1845 y la segunda en 1847, rodeado de la admiración general, porque no se podía concebir nada mejor que ese testimonio de la mayor aventura de conocimiento que se hubiera vivido en los últimos siglos, no imaginó lo que iba a pasar en los meses siguientes.

Fue en 1847 cuando el *Cosmos* de Humboldt, recién publicado en Londres, cayó en las manos de un pobre hombre de Nueva Inglaterra. Era un poeta malogrado cuyos poemas, de una extravagante musicalidad, no habían logrado emocionar al público. Mejor suerte tuvieron, en el estilo de su época, pero cargados de imaginación demencial, sus cuentos de razonamiento y terror. La gente apreció en ellos la crueldad, la fatalidad, la agudeza del pensamiento, los fastos de la muerte, la locura y el vértigo.

Su tierra estaba ebria de optimismo, y esa obra de un poeta neurasténico y alcohólico no parecía caber en el orden físico ni mental de su patria. Aquel autor de fantasmagorías tenía desde niño la pasión de los astros y la curiosidad de la ciencia, pero la lectura de *Cosmos* avivó su delirio. Le pareció primero que, gracias a la aptitud generalizadora de Humboldt, que siempre partía de preciosas experiencias concretas y observaciones detalladas, y alzaba vuelo hacia asociaciones cada vez más fecundas, estaba logrando unir el mapa de puntos del universo, y trazar los dibujos, las letras, del gran Alfabeto.

El hombre acababa de perder a su joven esposa, estaba postrado en el duelo, y por un tiempo los libros de Humboldt y su influjo espiritual le ayudaron a sobrellevar aquel estado. Finalmente, se aplicó a la tarea de escribir un ensayo febril que se iba eslabonando de un modo irresistible, en el que los argumentos se sucedían atropelladamente, lleno de cosas que resultaban cada vez más difíciles de creer, pero con un poder de argumentación y una claridad fantasiosa incontrolable.

Cuando lo terminó, estaba en un estado de excitación extrema. Le pareció que había descifrado algunos de los grandes arcanos del universo, que había deshecho paradojas abrumadoras, que había encontrado respuestas a enigmas muy antiguos, que conocía ahora los secretos del principio y del fin, del poder que amalgama y cohesiona los mundos, del modo como se van engendrando el espacio y el tiempo, de las leyes que explican la indivisibilidad de los átomos y la oscuridad de los cielos. Le pareció que todo lo existente respondía a un orden descifrable y preciso, y corrió a buscar a su editor para asegurarle que los lectores iban a quedar deslumbrados con aquellas revelaciones, y que no se hablaría de otra cosa por décadas, tal vez por siglos. Era urgente publicar una primera edición de por lo menos 50.000 ejemplares.

El editor lo escuchó con inquietud y con cierta conmiseración, le prometió leer el texto con cuidado y, después, para no desairar demasiado al poeta, accedió a publicar 500 ejemplares, que prácticamente no se vendieron. El mundo no quedó deslumbrado. Sus contemporáneos ni se enteraron de que el autor de historias de terror y poemas de estribillos había hecho una incursión en el género de las cosmogonías. Con todo, el poeta alcoholizado siguió convencido por un tiempo de que gracias a Humboldt había logrado descifrar los misterios y formular la gran síntesis, y hasta perdió la voluntad de escribir, porque le pareció que después de aquel texto ya no tenía nada que decir. Dedicó su obra con admiración y con humildad al hombre que se la había inspirado, y que estaba vivo todavía.

Corría el año de 1848. Un año después el pobre poeta murió en confusas circunstancias en un callejón de su ciudad, y no hubo nadie que recordara en su epitafio ese intento por resolver algunos de los grandes enigmas del universo. Es más, aunque pensaba que su ensayo era una gran obra de especulación y de pensamiento, asombrado al parecer por la belleza que abundaba en su verdad, «y que constituía su verdad», pidió que aquella obra en prosa fuera leída solo como un poema después de su muerte.

Y fue así como lo que Humboldt soñó a sus veinticinco años al lado de Goethe, lo que buscó incansablemente recorriendo el planeta, encontró por fin quién lo expresara con la perfecta alianza de lucidez y de delirio que a él no le fue permitida, con la elocuencia pasmosa, la precisa argumentación, el ritmo delirante y la belleza conmovedora que requería; y fue así como el sueño de Alexander terminó convertido en clarividente poesía en el poema cosmogónico *Eureka*, de Edgar Allan Poe.

Hacia el corazón de las tempestades

Eran las primeras gotas de una lluvia cálida. Temprano los viajeros vieron sobre el monte las nubes blancas que se amontonaban y que volvían grises las horas. Al mediodía ya el cielo oscuro era una amenaza, arañado de luz sobre las selvas de la cordillera. Las montañas, perfiladas una sobre otra con tonos distintos de gris, se iban borrando. Cada pájaro, cada lagarto, cada mono, podía sentir la acechanza, tenía que adivinar algo, y el bullicio formidable de la selva se iba espaciando en gritos, chillidos y aleteos.

Era la hora en que, olfateando el peligro, las criaturas se agazapan en sus madrigueras, pequeñas sombras suben a los árboles presintiendo la inundación, y de la mitad de los troncos hacia arriba crecen la actividad, el intercambio y la hostilidad entre salamandras y hormigas, entre pájaros y gusanos afanosos, entre arañas y escolopendras. En el confín de los cielos, las nubes eran perfiles de plata mordidos por la oscuridad y unas bandadas agónicas giraban como sin rumbo, descendiendo en lo inmenso.

Alexander ya estaba familiarizado con estas lluvias catastróficas, no para ellos, que podían guarecerse en el cobertizo de guadua y palmiches atado con lianas y cáñamos y levantado con prudencia por los indígenas sobre estacas para resistir las crecientes, sino para tantas criaturas ansiosas de sobrevivir en la selva indescifrable y omnívora.

«Es amenazante, pero hermoso», dijo Carlos.

«Para nosotros», respondió el barón, mientras aseguraba sus instrumentos bajo la cubierta de hojas ásperas y enormes. «Para muchos seres es el apocalipsis».

De pronto, como una humareda, termitas de largas alas transparentes empezaron a alzar vuelo en el aire que cruzaban los goterones. Mientras la lluvia iba creciendo y un viento recio sacudía los árboles, brotaba ese enjambre de seres fragilísimos que se abalanzaban hacia la luz en ruinas, tratando de escapar del peligro del agua, de la humedad de los troncos.

Esas alas finísimas, hábiles para sostener los cuerpos en los abismos y para girar bajo la gran cubierta de la selva, servían de poco frente a la borrasca. Cada gota pesada era capaz de destruir el ensamblaje de alas transparentes, quebrarlas en el punto donde se unen a los cuerpos, adherir las cuatro alas haciéndolas inútiles para el vuelo.

Anticipando la avalancha, las termitas volaban guiadas por una suerte de ciega esperanza, tratando de evadirse entre el aguacero, en el aire cruzado de lanzas brillantes que se movían al soplo del viento. Montúfar, desde el cobertizo, seguía la catástrofe.

«El dios de las nubes no es el dios del enjambre», gritó.

«¿Te gustan las termitas o te gusta la lluvia?», gritó también el barón. «Porque esa lluvia que las mata también las engendra».

«Trato de imaginar cómo puede avanzar entre los golpes de agua, esquivándolos», dijo el muchacho.

«Tenemos esos sueños para eliminar el dramatismo del mundo», dijo Alexander, «pero la naturaleza no sigue argumentos de fábula ni parece obedecer a la norma de los finales felices». Después añadió: «No se ven en Europa tempestades como estas».

Miraban la niebla de rachas sucesivas, la lluvia que el viento arroja en todas direcciones, que derriba las hojas de los tulipanes ecuatoriales, desflora los guayacanes amarillos y rasga las grandes hojas enloquecidas de los plátanos. Las termitas volaban sobre los ramajes y naufragaban sin fin en el aire, cayendo en la tierra llena de arroyos, pero el enjambre seguía brotando como humo y llenando el espacio con su vuelo multiplicado y sin orden.

«No sabe uno qué admirar más», dijo Alexander, «si las destrucciones de la lluvia o la abundancia de estas criaturas idénticas que la vida engendra y destruye sin fin. Quisiéramos saber si cada uno de estos seres importa en el balance del universo; qué voluntad ensambla en su refinamiento cada conjunto de estas alas que una gota destroza en un instante».

Permaneció un rato sin hablar, con la vista fija en las selvas superpuestas que la niebla borraba y hacía resurgir, sintiendo el agua que le salpicaba el rostro, rastreando en la distancia los rumbos del temporal. Cuando habló, ya enlazaba otro tema: «Quién sabe cuántos muertos habrá en este suelo bajo las hojas mojadas. No hay rincón de la tierra que no sea un cementerio».

Pero Carlos observaba un hecho diminuto. «Mira este vaso de agua: la termita escapó a la borrasca solo para venir a caer en él».

Con el cuerpo hundido y las alas extendidas sobre la superficie, la criatura se agitaba en el vaso.

Alexander introdujo en el agua una punta de su pañuelo blanco, el mismo que le dio Henriette Herz la última noche en el trianón abandonado, y la acercó al ser que flotaba, y que se aferró con todas sus patas a aquella tela cuya extensión no podía abarcar. La mano enorme retiró el pañuelo con su náufrago y lo dejó sobre el cajón de pino donde guardaba los barómetros. La termita avanzaba penosamente sobre la tela, arrastrando sus alas.

«Deben de estar rotas», dijo Carlos, con sereno interés.

La tela de algodón absorbía la humedad. Un momento después la criatura, ajena al estruendo de la lluvia y a la catástrofe del enjambre que se debatía inútilmente en los aires, empezó a mover las alas, una y luego otra, a ejercitarlas como quien prueba el gozne de una puerta, pero las contorsiones revelaban más bien una agonía. «No hay modo de saber qué significan esos gestos».

La termita se estiró en un espasmo, encogió el cuerpo de nuevo, hizo vibrar un poco las alas, y antes de que los dos observadores lo imaginaran, alzó vuelo en el aire en penumbras.

«Lo logró», dijo Montúfar sorprendido.

Volaba de nuevo. Giró en el aire del cobertizo como embriagada por la enormidad del espacio que la acogía, dio un viraje bajo las vigas cubiertas por hojas de palmiche, y guiada por un impulso anterior a toda prudencia y a toda experiencia, se abalanzó hacia el espacio exterior, donde miles de criaturas aladas seguían debatiéndose, y se perdió, confundida entre las otras, hacia el oscuro corazón de las tempestades.

Este libro

¿Qué puede uno añadir al trabajo de un hombre que antes de escribir sus libros copiosísimos se tomó el trabajo de vivirlos? Hace muchos años, yo soñaba con escribir un libro sobre el viaje de Humboldt por América. Tania Roelens me ayudó a ver de qué manera Humboldt ya había hecho ese relato, insuperable e inimitable en su minuciosidad, su rigor y su poderoso estilo literario. Pero Humboldt también escribió *Cosmos*, el esfuerzo por considerar su apasionada aventura.

Todo ha cambiado tanto que ya casi no es posible repetir ni resumir aquel viaje, pero podemos intentar acompañar algunos de sus momentos, recurriendo no solo a la bibliografía sino a nuestra propia memoria. Es importante insistir en que este libro, por su carácter fragmentario y personal, es una obra de ficción, no una monografía erudita ni una biografía. Palabras como Ilustración o Romanticismo tal vez se entienden mejor cuando las vemos hacerse carne, sensaciones físicas y encuentros humanos.

He tratado de seguir con detalle algunos de los tramos del recorrido, pero el lector advertirá enseguida también los grandes silencios. Humboldt es otro de los nombres del mundo, y es esencialmente inabarcable.

La Biblioteca Venezolana de Cultura, del Ministerio de Educación, publicó en 1942 nueve libros del *Viaje a las regiones equinocciales del Nuevo Continente*. De esa edición proceden muchas de las citas y los datos de la primera parte de este libro. Pero Humboldt está en el aire de nuestra época, y esta ficción se permite a veces alterar y fabular algunas de las cosas que cuenta. De todas partes nos llegan evidencias, memorias, deducciones que hace nuestro tiempo de eso que empezó a ocurrir hace dos siglos.

La invención de la naturaleza, de Andrea Wulf, es una biografía luminosa que no solo sigue los pasos del viajero, situando su importancia para nuestra época, sino que traza el retrato de un hombre que hace doscientos años ya era nuestro perfecto contemporáneo. *Humboldt y el Cosmos*, de Douglas Botting, es un libro bellísimo, necesario y preciso, cuyo estilo nos ayuda a estar a veces más cerca de Humboldt que sus propias palabras.

El trayecto de Humboldt por los distintos países americanos ha sido rastreado con detalle en casi todos ellos. A pesar del hermoso y aplicado libro *Alejandro de Humboldt en Colombia*, de Enrique Pérez Arbeláez, 1959, el viaje del barón por el territorio de la Nueva Granada permanecía en gran parte secreto hasta que apareció en 2018 la *Humboldtiana Neogranadina*, de Alberto Gómez Gutiérrez, que paga por fin con grandeza y con minuciosidad la deuda que Colombia tenía con el más célebre de sus visitantes. Cada página de esa obra admirable es conmovedora por la devoción con que fue hecha, por el sentido de responsabilidad y rigor que la anima, por la pasión que respira, y por la belleza con que ha sido concebida y editada. Es imposible enumerar todo lo que este libro le debe, y aquí quiero dejar expresa mi gratitud por su labor.

He aprovechado muchos recuerdos personales en la reconstrucción verbal de ciertos paisajes y de ciertas atmósferas. Inevitablemente, todo lo que hacemos pasa por el filtro de nuestra memoria y de nuestra experiencia. Pero aquí se trata menos de contar que de sentir a Humboldt.

Si es imposible abarcarlo, tal vez resulte posible por momentos sentirlo pasar, seguir el rastro de alguno de sus días, tratar de advertir, en ciertos tramos, esa odisea de los tiempos modernos: su energía vital, su curiosidad omnímoda, su capacidad de entregarse a una tarea que parecía exceder las posibilidades de cualquier ser humano. No diré que Humboldt lo haya hecho sin cálculos y sin vanidades, porque sin esas cosas tal vez no es posible empresa alguna, pero la grandeza de una obra se mide por su capacidad de superar por sus alcances nuestras fatales limitaciones.

Qué extraño hombre era Humboldt. Tal vez nadie merecería como él estas palabras que Borges dedicó a Carlos XII de Suecia:

Ardes glacial, más solo que el desierto;
nadie llegó a tu alma, y ya estás muerto.

Esta aventura era una tarea hecha a su medida, y no sabemos si algún otro habría podido realizarla. Nos da una idea no solo del hombre que fue Humboldt, sino de la generación a la que perteneció y de la realidad de la que fue testigo.

Seres así muy posiblemente marcan el fin de una época y el inicio de otra, y Humboldt configura no solo una aventura científica sino el comienzo de una mitología que apenas adivinamos. No sabemos cómo será el futuro, solo sabemos que, si hay alguno, se fundará sobre cimientos nuevos, y que casi nada de lo que hoy mueve al mundo va a sobrevivir a los estremecimientos y los grandes colapsos que se avecinan.

De lo que menos podía darse cuenta el viajero es del modo como iba alterando todo a su paso. Este libro que intenta ver el diálogo de Humboldt con el planeta que iba encontrando no pudo impedirse, porque han pasado dos siglos, ver algunas de esas consecuencias. La frase *Je suis celui qui modifie*, «Yo soy aquel que modifica», es un verso del *Esbozo de una serpiente*, de Paul Valéry.

Ya necesitamos menos teorías o manuales, academias o sistemas, que ejemplos verdaderos. La única pedagogía que sobrevivirá, creo, será la pedagogía del ejemplo, y allí donde termina la edad de los enciclopedistas y de los especialistas comienza un futuro que estará hecho de lucidez y de pasión, de un sincero deseo de conocer, pero sobre todo de una profunda voluntad de conservar y de celebrar.

Todo aquello que estaban soñando los filósofos de Jena, lo que avizoraba Novalis en sus minas, lo que anhelaba Hölderlin en su alma desgarrada, se fue a vivirlo Humboldt en ese mismo momento. Solo él fue capaz de abarcar el mundo con su mente, mientras al mismo tiempo lo envolvía en su abrazo.

W.O. 2023